"中国海洋大学一流大学建设专项经费资助"

2014年度教育部人文社科青年基金项目"罗伯特·瓦尔泽与德国反现代思想传统"

（14YJC752008）的阶段性成果。

Die modernen
Außenseiter in
Robert Walsers Romanen

罗伯特·瓦尔泽小说中的现代边缘人

雷海花 ◎著

新华出版社

图书在版编目（CIP）数据

罗伯特·瓦尔泽小说中的现代边缘人 / 雷海花著 . —北京：
新华出版社，2017.5

ISBN 978-7-5166-3271-0

Ⅰ.①罗… Ⅱ.①雷… Ⅲ.①瓦尔泽 (Walser, Robert 1878–1956) —小说研究
Ⅳ.① I516.074

中国版本图书馆 CIP 数据核字 (2017) 第 130117 号

罗伯特·瓦尔泽小说中的现代边缘人
作　　者：雷海花

责任编辑：王　婷　　　　　　　　封面设计：田新培

出版发行：新华出版社
地　　址：北京石景山区京原路 8 号　　邮　　编：100040
网　　址：http://www.xinhuapub.com　　http://press.xinhuanet.com
经　　销：新华书店
购书热线：010—63077122　　　　中国新闻书店购书热线：010—63072012

照　　排：众书网
印　　刷：北京市媛明印刷厂

成品尺寸：165mm × 240mm　　　1/16
印　　张：15.75　　　　　　　　字　　数：205 千字
版　　次：2017 年 7 月第一版　　印　　次：2017 年 7 月第一次印刷

书　　号：ISBN 978-7-5166-3271-0
定　　价：55.00 元
图书如有印装问题，请与印刷厂联系调换　　电话：13003646965

目 录

The Contents

第一章　绪　论

瑞士作家罗伯特·瓦尔泽（Robert Walser，1878—1956）可谓一位文坛怪才，他不属于任何文学流派，默默无闻地潜心创作，独自践行着属于自己的写作风格。瓦尔泽一生著述颇丰，得到无数文坛名人的赏识，也是诸多文学巨匠如托马斯·曼（Thomas Mann）、卡夫卡 (Franz Kafka)、霍夫曼斯塔尔 (Hugo von Hofmannstahl)、穆西尔 (Robert Musil) 等灵感的源泉及珍重的作家。但瓦尔泽对同时代的多数人来说却是一个陌生的名字，他的作品长期被遗忘或误读，他甚至被称为"疾病诗人"和"失败大师"。如此两极分化的接受，正说明瓦尔泽的不同寻常，他有着不为同时代读者所接受的闪光之处。正如瓦尔泽的发现者摩尔根斯坦（Christian Morgenstern）所言："我在瓦尔泽身上看到了一种神奇。"①

---

① Jochen Greven: Robert Walser und Christian Morgenstern. Zur Entstehungsgeschichte von Walsers frühen Romanen. In: Katharina Kerr (Hg.): Über Robert Walser. Bd. II. Frankfurt am Main 1978. S. 257.

瓦尔泽在第一部作品《弗里茨·考赫作文集》（*Fritz Kochers Aufsätze*）中写道："一个孩子几乎可以同时像智者和愚人一样说话。"有人看到了愚人的一面，有人看到了智者的一面，区别就在于此。范捷平在文章中写道：瓦尔泽的文学对于 20 世纪初似乎显得太超前，"就如康定斯基所说的那种处在时代金字塔顶端的艺术品，很难被同时代大多数人认同，它们只有随着时间的推移方能显出其本来的光彩。"[①] 自 20 世纪七八十年代以来，文坛上掀起一股"瓦尔泽热"。这次重新发现无疑是 20 世纪下半叶以来德语文学史上的一个重大事件。纵观瓦尔泽研究可以发现，这波热浪虽然从未波澜壮阔，却也从未停滞不前。

瓦尔泽的创作生涯大致分为四个时期。

初出茅庐时期（1898—1905）：1898 年瓦尔泽在伯尔尼的日报《联盟》文艺副刊上第一次发表作品，立即引起弗兰茨·布莱（Franz Blei）[②] 的重视。之后，他在《岛屿》（*Die Insel*）、《避难所》（*Die Freistatt*）零星地发表了一些诗歌和小品文。这个时期最重要的作品是《弗里茨·考赫作文集》。

柏林时期（1905—1913）：这一时期是瓦尔泽创作的第一个高峰，柏林三部曲《唐纳兄妹》（*Geschwister Tanner*）、《助手》（*Der Gehülfe*）、《雅考伯·冯·贡腾》（*Jakob von Gunten*）便产生于这一时期。这三部小说为瓦尔泽赢得了声誉，使其在文坛有了立足之地。虽

---

①范捷平：《论罗伯特·瓦尔泽的小说＜雅考伯·冯·贡腾＞的现代性》，载《外国文学研究》，2003 年第 4 期，第 96 页。

②布莱（1871—1942）：奥地利作家、翻译家与著名文学批评家，也是维也纳现代派理论的奠基人之一，他是最早接触到瓦尔泽文学文本的批评家。

然这三部曲当年并未引来多数读者的关注，却引起一些文坛名人如韦德曼（Joseph Victor Widmann）[①]、摩根斯坦[②]、赫尔曼·黑塞（Hermann Hesse）以及卡夫卡的注意与赏识。

比尔时期（1913—1921）：这一时期瓦尔泽主要写小品文，出版了不少集子。1916 年，他完成了后来备受重视的中篇小说《散步》（*Der Spaziergang*），它被视为作者比尔时期的诗学总结。

伯尔尼时期（1921—1933）：这一时期是瓦尔泽创作的第二个高峰，同时期也出现了瓦尔泽独特的"密码卷帙"[③]。《费利克斯剧本》（*Felix-Szenen*）及《强盗》小说（*Räuber-Roman*）就是用微型字体写成的。这一时期的瓦尔泽虽然创作丰硕，但他已经不再像以前那样热衷于出版了。这些文章后来经过罗伯特·瓦尔泽档案馆的贝恩哈特·埃希特（Bernhard Echte）和维尔纳·毛郎（Werner Morlang）连续多年的解码，终于于 1985 年到 2000 年以六卷版作品集的形式相继出版。1929 年，瓦尔泽因轻微的精神异常被送进瓦尔道精神病院，但仍继续创作。1933 年，他被强行转到赫利萨精神病院，从此绝笔，并在那里度过余生。1956 年，瓦尔泽饱食了一顿圣诞美餐后去散步，途中滑倒在雪中，画上了生命的句号。

---

① 韦德曼（1842—1911）：瑞士作家和记者，是第一个注意到瓦尔泽的人，他在德语近代文学的地位是在《联盟报》（*Der Bund*）编辑部时奠定的。

② 摩根斯坦（1871—1914）：德国诗人、作家、翻译家，1903 年应邀担任卡西尔出版社编辑，他是推动瓦尔泽小说出版的关键人物。

③ "密码卷帙"是瓦尔泽伯尔尼时期开始用极小的铅笔字写在废纸片上的密密麻麻的文稿，字体大小为 1～6 毫米，肉眼很难辨认，尤其到 1933 年辍笔前，缩小到 1 毫米的字体已经完全无法辨认。

第一节 主要问题

随着人类社会步入现代文明，边缘人问题也日渐突显，并引起社会和学界的广泛关注。社会边缘人群也同样是瓦尔泽作品的重要表现对象。贯穿其作品的是作者对社会底层人物、社会边缘人物以及边缘处"我"的观照。他对这类人群投入了浓厚的感情，寄予深深的同情，为他们叹息，也为他们欣慰。

尤其在《唐纳兄妹》、《雅考伯·冯·贡腾》和《强盗》这三部小说中，作者将一群特殊的边缘人物置于作品表现的中心，将其生活状况、精神状态、内心活动等淋漓尽致地展现在读者面前。这群特殊的边缘人不同于多数作品中出现的那些逆来顺受、性格懦弱的边缘人群。相反，瓦尔泽塑造的是新时代的边缘人，是 19 世纪末 20 世纪初的现代边缘人。他们透过工业文明流光溢彩的外表，窥视现代人的生活方式和精神情感，探究文明社会与生俱来的弊端，并自愿选择主流社会边缘的自由生活。这些人在社会中特立独行，看重规则条例和社会准则之外的自由。他们不按照既定规范行事，只遵从自己的精神世界与内心感受，不愿做文明机器中的一颗螺丝钉，力争保持自主性。他们对财富和名利嗤之以鼻，视"自我"、"自由"和"自主"为生存之准则，是体制外的人，是这个世界的陌生人。

他们就是汉斯·迈尔所说的"意向型边缘人"，也是瓦尔泽笔下边缘群体的特殊所在。迈尔把边缘人分为"意向型边缘人"（intentionelle Außenseiter）与"生存型边缘人"（existentielle Außenseiter），后者是社会学和文学中常见的研究对象。瓦尔泽在其作品中别具一格，将"意向型边缘人"作为其文学表现的重点，并试图通过边缘人群的视角向读者展示现代社会，这其中暗含着对文明社会弊端的揭露与批判。

第二节 研究现状

一、罗伯特·瓦尔泽作品的接受与研究现状

国外关于瓦尔泽小说的研究著作日渐增多，这里只综述小说研究具有代表性的重要著作。米德尔顿（John Christopher Middleton）[1] 是翻译瓦尔泽作品的第一人，也是开启瓦尔泽研究的第一人。他从风格入手分析，认为瓦尔泽的一个特殊功绩在于表现艺术中的现实。在米德尔顿的带动下，瓦尔泽研究慢慢拉开了帷幕，小说研究主要有以下几个角度。第一，以格莱文（Jochen Greven）为代表的存在主义角度：格莱文的《瓦尔泽作品中的生存、世界与纯粹存在》（*Existenz, Welt und reines Sein im Werk Robert Walsers*）是第一篇研究瓦尔泽的博士论文。他借用存在主义哲学的一些理论进行研究，认为存在与世界的无法统一是瓦尔泽作品的基本问题，他的著作已经具有社会批判倾向。第二，以艾弗里（George C. Avery）[2] 为代表的现代性研究，除了分析瓦尔泽作品的现代性特征，人物的自我找寻也是他研究的重点。第三，以瓦格纳（Karl Wagner）[3]

---

① J. Ch. Middleton: The picture of nobody. Some remarks on Robert Walser with a note on Walser and Kafka. Revue des Langues Vivantes (Bruxelles), 24. Jg., 1958, p. 404-428.

② George C. Avery: Focus on Reality in the Novels of Robert Walser. Diss. phil. Philadelphia 1959. – Goerge C. Avery: Inquiry and Testament. A Study of the Novels and Short Prose of Robert Walser. Philadelphia 1968.

③ Karl Wagner: Herr und Knecht. Robert Walsers Roman „Der Gehülfe ". Wien 1980.

为代表的主仆关系研究，通过对《助手》中主仆关系的分析，他指出这种主仆模式是一种不合时代的现象，是现代社会之前社会的产物。第四，以博希迈尔（Dieter Borchmeyer）[1]为代表的"仆人思想"研究，在他看来"仆人思想"是对以权力和官僚体制为特征的现代资本主义社会的反抗。第五，以赫勒劳（Cordelia Schmidt-Hellerau）[2]为代表的心理学研究，他使用心理学的两个重要概念"自恋心理分析"（Psychoanalyse des Narzissmus）与"压抑病理学"（Pathologie der Depression）分析《强盗》小说。他的心理分析并非基于作者本人，而是基于作品。第六，人物的主体性研究是瓦尔泽研究的一个重要方面，恩格尔（Manfred Engel）[3]试图在比较瓦尔泽《雅考伯·冯·贡腾》与卡夫卡《美国》的基础上说明"主体性建构"（Subjektivitätsentwurf）与"现代小说诗学"（Moderne Romanpoetik）的紧密关系。第七，瓦尔泽与卡夫卡的比较研究，齐默尔曼（Dieter Zimmermann）[4]从历史母题出发，进行比较研究。

由此可见，自重新发现以来，瓦尔泽研究渐趋多样化，也不乏创新。尽管如此，与"最隐秘的作家"、"现代主义德语文学的开山鼻祖"的称号比起来，目前的研究成果还远远不足。本文的"边缘人主题"也尚未受到深入的关注，虽然不少研究者在其学术著作中不断使用"边缘

---

① Dieter Borchmeryer: Dienst und Herrschaft. Ein Versuch über Robert Walser. Tübingen 1980.

② Cordelia Schmidt-Hellerau: Der Grenzgänger. Zur Psychologik im Werk Robert Walser. Zürich 1986.

③ Manfred Engel: Außenwelt und Innenwelt. Subjektivitätsentwurf und moderne Romanpoetik. Robert Walsers „Jakob von Gunten "und Franz Kafkas „Der Verschollene". In: JbdSG 30 (1986), S. 533-570.

④ Hans Dieter Zimmermann: Der babylonische Dolmetscher. Zu Frank Kafka und Robert Walser. Frankfurt a.M. 1985.

人"（Außenseiter）一词，但从未对其进行过系统研究。譬如格莱文在其博士论文中把《唐纳兄妹》及《助手》的主人公称为"孤立的个性"（isoliertes Individuum），并在该章节标题中使用了"边缘人"这个词。格伦茨（Dagmar Grenz）也曾在其著作中使用过"边缘人"及"边缘人角色"（Außenseiterrolle）这两个概念[①]。瓦尔泽本人则一再被称为"边缘现象"（Randerscheinung）、"边缘人物"（Figur am Rande）以及"边缘人"。这些称谓也证实了边缘人主题在瓦尔泽作品中的重要性。

瓦尔泽作品在中国的研究更是起步晚、规模小。浙江大学的范捷平教授是国内唯一一位深入研究瓦尔泽作品的学者，也是把瓦尔泽作品译介到中国的第一人。2002 年，他翻译出版了《雅考伯·冯·贡腾》《散步》以及其他几篇小品文。他的著作《罗伯特·瓦尔泽与主体话语批评》用丰富、翔实的理论，研究了瓦尔泽作品中的主体性问题以及其中蕴含的主体话语批评。在他看来，"无用"是瓦尔泽笔下文学主体的价值所在，"谦逊、耐心、没有片刻想过要突出自己的、为他者存在的物的意识"[②]是瓦尔泽肯定的主体性。同时，范捷平教授还认为瓦尔泽文学文本中对主体话语的批评实际上是对后现代资本主义社会伦理和主体价值观异化的批评。此外，他还公开发表了五篇关于瓦尔泽作品的学术论文，分别论述了瓦尔泽小说《雅考伯·冯·贡腾》的现代性、语言的文学性，"班雅曼塔学校"的象征意义，瓦尔泽与卡夫卡的文学关系以及耶利内克与瓦尔泽的文学主体观的比较。

---

① Dagmar Grenz: Die Romane Robert Walsers. München 1974. S. 183.

② 范捷平：《罗伯特·瓦尔泽与主体话语批评》，浙江大学出版社，2011 年，第83页。

他的著作也未涉及本书的核心主题"边缘人问题",而是从抽象、精深的理论高度诠释瓦尔泽作品的主体性问题。此外,理论的高度使他的著作无法也无意于贴近具体的文本细节(尤其是四部小说)。笔者将从瓦尔泽四部小说的具体文本细节出发,详细地分析边缘人主题并挖掘其背后隐含的深层意义。

除此之外,卞虹博士曾在其硕士论文中研究过瓦尔泽小说《唐纳兄妹》中的身份认同问题,她把职业看作身份认同的基本模式。

二、边缘人主题在西方文学中的研究现状

迈尔(Hermann Meyer)1943年出版的《德语文学中的怪癖人》(*Der Sonderling in der deutschen Dichtung*)是文学领域中第一本详细探讨边缘人主题的著作[1]。边缘人这一主题虽然自出现以来从未成为文学的中心主题,却也在不断丰富与发展。纵观其发展史,主要有以下六个角度的研究。

第一,基于文本,研究不同的边缘人形象。

迈尔在其著作中选取了八位德语作家的作品,从塞巴斯蒂安·布兰特(Sebastian Brant)的《愚人船》(*Das Narrenschiff*, 1494)到让·保罗(Jean Paul)、霍夫曼(E. T. A. Hoffmann)、阿德尔贝特·施蒂夫特(Adalbert Stifter)、戈特弗里德·凯勒(Gottfried Keller)、台奥多尔·施托姆(Theodor Storm)、威廉·拉贝(Wilhelm Raabe)作品中的怪癖人形象,再到《布登勃洛克一家》(*Buddenbrooks*)(托马斯·曼,1901)中的克里斯蒂安(Christian)和库尔特·克鲁格(Kurt Kluge)的《科蒂

---

[1] Klaus Schmidt: The Outsider's Vision. Frankfurt am Main 1994. p. 20.

姆先生》（*Der Herr Kortüm*，1938）中的科蒂姆，对边缘人进行分类研究。可以说，这部著作是边缘人主题的奠基性研究，尤其对边缘人类型的划分对后人研究有不少启发。1977 年出版的《1945 年后德语文学中的边缘人》（*Der Außenseiter im deutschen Roman nach 1945*）[1] 以战后文学为主，分析了《温室》（*Das Treibhaus*，Wolfgang Koeppen，1953)，《铁皮鼓》（*Die Blechtrommel*，Günter Grass，1959)，《小丑之见》（*Ansichten eines Clowns*，Heinrich Böll，1963) 以 及 《 德 语 课 》 （*Deutschstunde*，Siegfried Lenz，1968) 这些作品中不同的边缘人形象。

第二，研究黑人、犹太人、同性恋者等特殊的边缘群体。

菲德勒（Leslie A. Fiedler）的《莎士比亚的陌生人》（*The Stranger in Shakespeare*），把边缘人分为四类，即女性、犹太人、黑人和印第安人，并引入了"他者"（Fremde）的概念："这些处于边缘的人物经常被称为'影子'、'他者'、'外星人'、'局外人'和'陌生人'。"[2] 同时，菲德勒也试图从心理分析学和神话学的角度分析这一主题。汉斯·迈尔（Hans Mayer）则从女性、同性恋和犹太人的角度分析边缘人这一主题。他把边缘人分为"意向型"（intentionell）和"生存型"(existentiell) 两种类型 [3]，他在《边缘人》（*Außenseiter*）一书中研究的属于后一种类型。

第三，女性作为边缘群体。

韦斯霍芬（Carol Wershoven）在 1982 年出版的《伊迪丝·华顿小说中的女性闯入者》（*The Female Intruder in the Novels of Edith Wharton*）

---

[1] Brigitte Neubert: Der Außenseiter im deutschen Roman nach 1945. Bonn 1977.

[2] Leslie A. Fiedler: The Stranger in Shakespeare. Helm, London 1972. p. 15.

[3] Hans Mayer: Außenseiter. Frankfurt am Main 1975. S. 13.

中对"女作家是维多利亚时代的残余物"[1] 这一错误看法做了有力还击。其著作的核心是研究女性在社会中的边缘地位。奥尔巴赫（Nina Auerbach）从女权主义角度进行分析，充满讽刺意味的标题已经向我们透露了本书的基本观点：女性获取成功的前提是服从社会这座大监狱[2]。

第四，从社会学角度分析。

汤姆森（Anke Bennholdt-Thomsen）和古佐尼（Alfredo Guzzoni）两人合作写就《19 世纪左右文学中的孤僻人》（*Der "Asoziale" in der Literatur um 1800*）。在这本书中，他们把"不合群文学"(Literatur des Asozialen) 定义为"以描写不合群的行为、性格为主要内容的作品"，"离群性"（Asozialität）指"所有被驱逐出社会的形式，包括自愿的、半主动的和被迫的情况"[3]。同样，边缘人主题也是韦伯（Hartmut Weber）[4]在其《反乌托邦小说中的边缘人》（*Die Außenseiter im anti-utopischen Roman*）中表达的核心问题。他分析了角色冲突、社会化等一系列社会学现象，并得出结论：边缘人主题的特殊性决定了不同的叙述方式。他还认为，这些文本中表达的边缘人的基本问题是交际缺失。

第五，从作家生平角度分析边缘人主题。

在《阿尔诺·施密特作品中的抗争与边缘》（*Protest und Außenseitertum im Werk Arno Schmidts*）一书中，德斯里特（André

---

① Carol Wershoven: The Female Intruder in the Novels of Edith Wharton. Rutherford 1982. p. 11.

② Nina Auerbach: Romantic Imprisonment. Women and Other Glorified Outcasts. New York 1986. p. xi.

③ Anke Bennholdt-Thomsen，Alfredo Guzzon: Der "Asoziale" in der Literatur um 1800. Königstein 1979. S. 2f.

④ Hartmut Weber: Die Außenseiter im anti-utopischen Roman. Frankfurt am Main 1979.

Desilets）以作家传记为依据，结合历史、文学史、政治和社会等因素
阐释边缘人主题。在他看来，施密特（Arno Schmidt）是一个虽处在
社会中，却把自己看成边缘人的厌世作家，他把边缘人物置于作品的
中心[1]。同年出版的《女性自传的诗学：边缘性与自我表现小说》（*A
Poetics of Women's Autobiography: Marginality and the Fictions of Self-
Representation*）选取时间跨度较大的五本自传体小说为研究对象，从女
权主义视角分析这些女性作家的边缘地位[2]。

第六，艺术家作为边缘人。

鲁道夫（Rudolf）和马戈特（Margot Wittkower）共同出版的《艺术家——
社会的边缘人》（*Künstler. Außenseiter der Gesellschaft*），试图分析艺术
家作为边缘人群的原因和结果，以及直到浪漫派时期人们对艺术家个性
和行为的看法[3]。其研究仅仅局限于画家、雕塑家和建筑师等这些造型艺
术家。

综观其上，一部分人如黑人、犹太人、同性恋者、女性和艺术家等
由于身份的特殊性成为边缘人，他们主要是汉斯·迈尔所说的被现实生
存驱向边缘的人。而罗伯特·瓦尔泽作品中的边缘人形象更多的是迈尔
所说的前一种类型，即"意向型边缘人"，这也是本文和其他边缘人研
究的不同之处。其次，从时间上来看，瓦尔泽作品表达是工业社会的边
缘群体。本书试图在前人研究的基础上，进一步探讨现代社会的边缘人

---

① André Desilets: Protest und Außenseitertum im Werk Arno Schmidts. Frankfurt am Main 1987. S. 88.

② Sidonie Smith: A Poetics of Women's Autobiography: Margninality and the Fictions of Self-Representation. Bloomington 1987.

③ Margot Wittkower Rudolf: Künstler. Außenseiter der Gesellschaft. Stuttgart 1965. S. VII-VIII.

群体，研究边缘人与社会的关系。

第三节 研究思路

鉴于小说表达人物形象的整体性与艺术性，本书选取了《唐纳兄妹》《雅考伯·冯·贡腾》和《强盗》这三部小说为研究对象，并辅之以小说《助手》及其他小品文，来研究瓦尔泽小说中的边缘人主题。三部小说中的主人公西蒙、雅考伯与强盗是典型的工业文明时代的现代边缘人，他们都不愿与工业社会步伐一致，做机器大生产的牺牲品，因而自愿选择一无所有的边缘人生，属于"意向型边缘人"。瓦尔泽对边缘主题的贡献之一在于，他细致、全面地将"意向型边缘人"置于作品表现的中心，成为这一类型边缘人主题的典范。因此，本书亦重点关注作者笔下的"意向型边缘人"，只选取三部最具代表性的小说为研究对象。

本书将小说中的边缘人大体划分为三类。（1）时代骤变的产物、工业文明的畸形儿，他们不愿意接受文明社会的价值观和市民社会的伦理准则，游离于社会边缘。典型代表人物是《唐纳兄妹》中的西蒙和《雅考伯·冯·贡腾》中的主角雅考伯。（2）具有艺术家身份，却拒绝艺术创作的艺术家，代表人物是《强盗》小说中的主人公强盗。（3）两耳不闻窗外事，一心投身艺术事业的艺术家，与多数艺术家的命运一样，他们始终游走于市民社会之外。其代表是《唐纳兄妹》中的三位艺术家：卡斯帕尔、埃尔温与塞巴斯蒂安。本书基于上述分类展开论述，从文本本身出发，专注于文本内容、语言、结构及叙述策略，品读字里行间之意，并依据阐释学原理，结合作家生平、谈话、信件及其他作品详细探讨瓦尔泽笔下的边缘人主题。在文本阐释的基础上，本书借助社会学角色理论、越轨行为理论及边缘群体理论，分析作者笔下的社会边缘人形象。角色理论与越轨行为理论是研究个体行为，以及个体与社会关系的理论，前者偏重于普遍性个体行为，后者则以研究非正常个体行为为重点。这两种理论为分析瓦尔泽的边缘人物及其与社会的关系提供了重要的理论基础。此外，本书试图采取社会学研究方法，以分析边缘人与时代和社会关系的问题为研究思路。菲尔斯滕贝格的社会边缘群体理论正是从这一思路探讨边缘人的，因而恰如其分地为本研究提供了方法上的指导。

本书主体结构上共分为四个部分：

第一部分总结瓦尔泽小说在国内外的研究现状，指出到目前为止很少有学者细致地涉足边缘人主题，进而突出主题的创新性与可行性，并归纳边缘人主题在西方文学中的研究现状。此外，这一部分简要介绍与边缘主题相关的理论支撑，即角色理论、越轨行为理论与边缘群体理论。

第二部分归纳人物的主要边缘特征，并依据边缘人的三种类型分别探讨他们成为社会边缘人的原因。本书虽对边缘人进行分类，但他们表现出大同小异的边缘特征，主要体现在服饰、居住地和与社会的关系上。第一类边缘人以西蒙和雅考伯为代表，两人的共同特征是排斥资本主义社会的主流价值观，尤其是对工作伦理表现出玩世不恭的态度。这里所探讨的中心问题是"工作"母题。现代意义上的"工作"概念源于马丁·路德的宗教改革，历经几个世纪，仍保留着资本主义新教伦理的印记，并逐渐上升到伦理高度，兼具伦理道德的维度。在两部小说中，瓦尔泽一再重复工作主题，其醉翁之意实际在于揭示工作伦理中存在与伦理本真含义相悖的因素，它已经具有了工具化特征。尤以西蒙为典型，笔者结合角色理论与社会越轨行为理论，解读西蒙的角色扮演行为及其沦为社会边缘人的原因与过程。第二类边缘人是以强盗为代表的拒绝创作的艺术家。本节分别从三个角度，即社会规范、职业角色与性别角色分析强盗的边缘身份。强盗不愿遵从市民社会规范，我行我素，还选择不受社会欢迎的写作为职业，因而成为市民社会的另类。不能自主的艺术创作、沦为商品的艺术及出版工业的霸权性与强制性成为强盗放下笔杆的重要原因。他成为徒有虚名的艺术家，是双重边缘人。此外，他内在的女性特征、性别角色的失败使他成为众矢之的，成为性别分水岭上的边缘人。第三类边缘人是以卡斯帕尔、埃尔温与塞巴斯蒂安为代表的艺术家。他们沉醉于艺术之中，远离现实生活，离群索居，是地地道道的社会边缘人。

第三部分探究了几类边缘人各自的边缘生存之路。作为"意向型边缘人"，他们心甘情愿地选择了困境重重的边缘生存，但他们并未自暴自弃、心灰意冷，而是积极地寻找边缘生存之路，并表现出各具特色的生存之道。被社会视作"无用人"的西蒙还是一位稚气十足的小伙子，他不断尝试、寻找自己的人生之路，"寻觅者"是他贯穿小说的身份。小说中的他表现出从寻找职业到寻找自我及理想生活的转变。在寻觅的过程中，西蒙对自由的渴望日渐强烈，自由成为他心中的灯塔，是他边缘生存的精神支柱。另一个支撑西蒙边缘生存的方式是散步。可以说，散步是西蒙存在的方式，是其生命中不可或缺的组成部分，永无止境的散步是西蒙的自我保持之道。与散步紧密相连的自然则是西蒙的心灵疗伤之地，在自然中，人世一切的烦恼都烟消云散。此外，发出声音、自我表述是西蒙与众不同的特征，他要通过自己独特的声音传达自己的精神面貌，证明自己的存在并实现自我确认。在艺术家的生存问题上，瓦尔泽设计了"如鱼得水型"（卡斯帕尔）和"怀才不遇型"（埃尔温与塞巴斯蒂安）两类艺术家。前者经历艺术与生活的矛盾冲突，最终找到为艺术的生存之路；后者则是瓦尔泽笔下失败的艺术家形象，等待他们的是放弃或死亡。仆人雅考伯彻底颠覆传统，来到一个与主流社会背道而驰的空间，践行自己的仆人理念，目的是逃避"消极自由"，追求精神自由。施虐与受虐冲动是主仆二人逃避消极自由的途径，也是弗洛姆表述的逃避自由的一种途径，即"权威主义"机制。雅考伯在实现"逃避自由"的理想后，继而追寻精神自由，所依赖的是其在班雅曼塔学校学习的"渺小理念"与"仆人思想"。在获得精神自由后，伴随着出走荒漠，雅考伯获得了更多的自由，即精神自由与身体自由融为一体的彻底自由，从而实现了其坚持不懈追求的理想目标与生存之道。与以上三组人物不同，强盗始终在寻找自己的精神家园，以使孤独的心灵有一席小憩之地。这一精神家园便是恋母式的爱情关系，是有母亲幻影的精神世界。

第四部分涉及边缘人主题的现实意义。这部分归纳总结瓦尔泽笔下边缘人的特殊之处和这一主题的现实意义。

第二章　理论基础

从边缘人主题的研究状况来看，不管从什么角度探讨，边缘人作为一个独特的社会群体，仍离不开社会，无法摆脱种种社会因素，其边缘性亦无法脱离社会。因而，社会学理论能给予边缘人主题较多的理论支撑。本书以研究个体与社会关系的角色理论、将个体不合理行为作为研究对象的越轨行为理论，以及边缘人的社会学理作为认识和阐释边缘人形象的理论与方法指导。

第一节　角色理论

瓦尔泽小说中人物的边缘性与其对待角色的态度及角色的实施，有着紧密的联系。因此，角色理论对透析小说人物边缘性的原因有着重要的支撑作用。从角色理论的鼻祖——美国社会学家、社会心理学家米德（G. H. Mead）——将角色概念引入社会（心理）学以来，角色理论经过漫长的发展，渐趋完善。社会（心理）学家们一致认为，该理论无可否认是社会（心理）学的重要理论。在深入角色理论之前，先对这一理论的核心词"角色"稍做解释。

一、角色

"角色"一词最早源于戏剧，指演员在戏剧舞台上按照剧本和导演规定扮演某一特定人物。对演员来说，重要的是剧本的规定、导演的指示及扮演的质量，它们决定着演员的成败。"人生如戏""社会是一个大舞台"，这些家喻户晓之说表明社会与戏剧舞台的相似性。因此，米德顺理成章地将这一戏剧术语引入社会（心理）学。

目前学者们对角色一词的定义不下数十种，有的学者甚至认为角色是"社会学中最模糊不清的概念之一"[1]。角色一词既是社会学范畴的概念，又属于社会心理学范畴，因而，角色概念有两种不同的理解：社会学观点侧重从社会关系、社会规范、社会地位、社会身份角度下定义，并认为角色要按社会结构中的规范行事；社会心理学观点则着重从个体行为、行为模式的角度去定义[2]。现在多数学者认为，社会角色[3]是"在社会系统中与一定位置相关联的符合社会要求的一套个人行为模式"，即"每个角色都代表着一系列有关行为的社会标准，这些标准决定了个体在社会中应有的责任与行为"，亦可理解为"个体在社会群体中被赋

---

[1] 奚从清：《角色论——个人与社会的互动》，浙江大学出版社 2010 年版，第 5 页。

[2] 奚从清：《角色论——个人与社会的互动》，浙江大学出版社 2010 年版，第 5 页。

[3] 在社会学著作中，角色等同于社会角色，使用社会角色概念的目的是区别于舞台角色。见丁水木：《社会角色论》，上海社会科学院出版社 1992 年版，第 19 页。

予的身份及该身份应发挥的功能"①。

奚从清在《角色论》一书中总结了角色的八大特征②。这里重点介绍角色的客观性、社会性及相对固定性。角色的客观性主要指角色的产生和存在及其在社会活动中的地位和作用是客观的，是社会历史文化积淀的结果，是社会发展到一定阶段的产物。人们扮演的角色不能为自己的意愿和意志所左右，社会要求个体积极适应并扮演好自己的角色。其次，角色具有社会性，任何一个角色都离不开一定的社会关系，他的角色扮演与社会、群体和他人息息相关。再次，角色位置具有相对固定性，因为一定的角色通过一定的地位表现出来。美国人类学家、心理学家林顿（Ralph Linton）认为，地位是"一个简单的权利和义务的集合体"，"角色代表着地位的动态方面"③。这里引入了与角色紧密相连的概念"社会地位"，它指"任何具有从社会角度规定了的权利和义务的社会位置，不管这种位置是高是低，（它）是个人在社会关系体系中所处的位置"④。当人具有某一社会地位时，其行为举止就要受到其角色预先安排的规矩的束缚，这就决定了社会角色的相对固定性。社会角色的诸多特征决定了角色的本质，奚从清认为角色的本质是"对社会存在的反映，是对社会关系的反映，是对个体、群体和社会交互作用的反映"⑤。

---

① 俞国良：《社会心理学》，北京：北京师范大学出版社，2006年，第126页。

② 参见奚从清：《角色论——个人与社会的互动》，杭州：浙江大学出版社，2010年，第11-13页。

③ 转引自奚从清：《角色论——个人与社会的互动》，杭州：浙江大学出版社，2010年，第27页。

④ 朱力：《社会学原理》，北京：社会科学文献出版社，2003年，第87页。

⑤ 奚从清：《角色论——个人与社会的互动》，杭州：浙江大学出版社，2010年，第14页。

角色的本质暗示了角色的复杂性，因为社会生活的多元化决定了社会角色的多样性，对社会角色的划分亦五花八门。鉴于社会规范在瓦尔泽小说中无处不在，这里只提及从规范角度所做的划分：理想角色、领悟角色和实践角色①。理想角色，亦称期望角色，是社会或团体对某一角色规定的理想规范和相应的行为模式，它是社会对某一角色的较高期望。领悟角色，顾名思义，是角色扮演者对其扮演角色的理解，个体因自身不同的认识、价值观、价值取向、思想方法形成对角色规范和行为模式的不同理解。实践角色是个体在角色扮演中表现的实际行为模式，有时实践角色可能由于不同的角色领悟出现与理想角色相悖的情形。可见，这一划分融合了社会规范、个人价值取向与个人最终的角色行为，从实践角色可以管窥个体对规范的认可程度与个体的价值观。因此，按照这一思路，我们可以从瓦尔泽笔下人物的实践角色去分析个体与社会的关系，从实践角色与理想角色的差距看个体与社会的融合程度。

二、角色理论

虽说学术界对角色理论定义不一，但大致可以理解为"研究个体在互动过程中扮演角色及其活动规律的理论"②。角色理论始终不是一个完全统一的理论体系，而是分裂成许多命题与假设，角色理论家们似乎一直也不情愿为其构建一个统一的体系。总体来说，角色理论呈现为两种研究方法：一种是结构角色理论，以研究角色在社会结构中的位置

---

① 参见奚从清：《角色论——个人与社会的互动》，杭州：浙江大学出版社，2010年，第14-15页。

② 奚从清：《角色论——个人与社会的互动》，浙江大学出版社2010年版，第19-20页。

为出发点，具体研究角色行为、社会对角色的期望、角色冲突、角色与社会的关系等。这种研究方法的代表人物主要有乔治·赫伯特·米德（George Herbert Mead, 1863—1931）、罗伯特·帕克（Robert Ezra Park, 1864—1944）、雅各布·莫雷诺（Jacob Levy Moreno, 1889—1974）、拉尔夫·林顿（Ralph Linton, 1893—1953）、欧文·戈夫曼（Erving Goffman, 1922—1982）、T.R. 萨宾（T. R. Sarbin，1911—2005）、罗伯特·K. 默顿（Robert King Merton, 1910—2003）。另一种是过程角色理论，以社会互动为出发点，研究角色扮演、角色期望、角色冲突、角色紧张等问题，代表人物有赫伯特·布卢默（Herbert George Blumer, 1900—1987）与拉尔夫·H. 特纳（Ralph H. Turner，1919—）。这两种研究方法虽有所不同，但有着共同的思想基础，即米德的角色理论。它们绝不是"两个派系之争"，只是同一理论内部的两种不同的研究方法。

结合本书主题，这里只对角色理论中几个相关的理论概念进行必要界定，即角色规范、角色期待、角色失调、群体反应（Sanktion）及自我身份（Ich-Identität）。

第一，角色规范。

很多社会学著作把社会规范和角色规范放在一起讨论，因为任何社会规范都直接或间接转化为社会角色必须遵守的角色规范。角色规范是社会规范的一个重要方面，它比社会规范更具体。社会规范普遍、客观地存在于社会之中，支配和制约着人们的社会活动和社会关系，维护社会共同生活。它的基本功能在于联结人们的各种活动和关系，以保证社会和群体的稳定和发展①。类属于它的角色规范，指社会对特定角色规定的行为要求和行为模式②。按角色规范的形态，可以把它分为成文规范和不成文规范。前一种是形成文字的角色行为准则，大都有强制约束力；后一种规范的约束力相对于前一种较弱，但它潜移默化，深入人们的意识深处，几乎成为指导人们行为的习惯和力量，因而也具有不可忽视的约束力量③。角色规范作为约束性准则，在社会生活中扮演者举足轻重的作用。首先，它保证角色权利和义务的正常运行，能有效防止角色扮演者越轨行为的发生；其次，它连接着社会要求和个人行为，是二者的中介，尤其要强调的是，它是评价个人社会化成功与否的尺度和标准；最后，它是维护社会稳定的重要手段，它使社会规范落实为个体的行为模式④。

第二，角色期望。

角色期望指"一个人扮演角色的行为符合于社会、组织、团体、他人的期待与要求"⑤。有角色规范的存在，相应便有对角色义务和角色行为的期望。人们期待角色扮演者按某种行为方式行事。从这种意义上说，角色期待具有了角色规范的性质，因而具有一定的约束力。角色期望的根本来源是社会的需要，因为社会要求其成员按照社会规范扮演一定的角色，这样才能推动社会有序发展。

第三，角色失调。

---

① 参见丁水木：《社会角色论》，上海社会科学院出版社 1992 年版，第 52 页。

② 丁水木：《社会角色论》，上海社会科学院出版社 1992 年版，第 53 页。

③ 丁水木：《社会角色论》，上海社会科学院出版社 1992 年版，第 55 页。

④ 丁水木：《社会角色论》，上海社会科学院出版社 1992 年版，第 57 页。

⑤ 奚从清：《角色论——个人与社会的互动》，浙江大学出版社 2010 年版，第 100 页。

角色失调通常指角色冲突、角色不清和角色失败。角色冲突既指不同角色扮演者之间的冲突，也指个人由于不同规范要求，在角色扮演过程中所面对的矛盾和冲突。常见的表现形式有角色内冲突和角色间冲突，前者指同一角色的内心冲突，常常产生于不同人群对同一角色不一致的要求和期望；后者指个体身兼几个角色而引发的冲突，源于不同社会位置引发的不同期望和要求①。角色冲突也是社会冲突的一种表现形式，尤其要强调的是意识形态方面的社会冲突，表现为不同价值观、人生观、生活方式和习惯信仰的矛盾冲突，因为意识形态常常左右着个体的行为方式。角色不清指角色扮演者对角色的行为标准不明确，不知谁能做，谁不能做。最严重的角色失调当属角色失败，角色扮演者因种种矛盾冲突停止扮演角色。

第四，群体反应（Sanktion）。

角色理论的发展很大程度上与"群体反应"这一概念有关。比德尔（Biddle）、托马斯（Thomas）两位社会学家给它做了两种解释："某人根据他人对规范的遵守程度所实施的奖赏或惩罚的行为"及"对特定情况下实施的奖赏或惩罚的表述"②。群体反应这一概念由最初偏重惩罚意义拓展到惩罚与奖赏共存的含义，因而它被分为积极与消极的群体反应两个方面。前者指对行为者因遵循规范做出的肯定或奖赏，后者指因角色扮演者行为不合规范而引来的负面性评价、反应或惩罚。事实上，在日常用语中（偶尔也在理论中），这一概念更强调消极的意义，比如

---

① 奚从清：《角色论——个人与社会的互动》，浙江大学出版社 2010 年版，第 130 页。

② B.J. Biddle, E.J. Thomas: Role Theory. Concepts and Research. New York 1966. p. 11.

格罗斯（Gross et al.）几乎把这一概念局限于消极含义，强调打破角色期望的人可能引起的各种负面反应[1]。群体反应的消极意义被突出强调也合乎常理，因为很多情况下，人们迫于周遭的消极评价，不得不放弃自己的行为去服从大众社会的准则，即使这些准则一钱不值。人们会因"社会的不满"放弃自身的原则，强迫自己披上角色的外衣。因此，角色带有强迫性，它常常扼杀人的原始个性[2]。传统观点认为，群体反应源于对角色准则的违背，被称为"破坏生存的群体反应"（existenzzerstörende Sanktion）[3]。群体反应因其两大功能对社会角色至关重要：其一，对角色扮演者来说，它引导具有特定社会地位的人自发地执行符合角色规范的行为；其二，对社会或组织来说，它防止角色扮演者不合规范行为的发生[4]。因此，从某种意义上说，它是角色期望和角色规范的自发执行者。

第五，身份认同（Ich-Identität）[5]。

在社会学中，身份是自我的组成部分，是"个体在不同社会背景中，与所占据位置相关联的内在化"，它是"连接个体与社会的关键纽带"[6]，与其在社会中占据的地位和扮演的角色紧密相连。戈夫曼把个体身份分为两个层面，即社会层面（社会身份，Soziale Identität）和自我层面（自我身份 Persönliche Identität）。前者指他人在社会交往过程中对个体的期望，即强调某角色需要面对的角色期望；后者指涉个体的独特性。这里

[1] Vgl. Günter Wiswede: Rollentheorie. Stuttgart u.a. 1977. S. 60.

[2] Günter Wiswede: Rollentheorie. Stuttgart u.a. 1977. S. 62.

[3] E.K. Scheuch, Th. Kutsch: Grundbegriffe der Soziologie. Stuttgart 1975. S. 265.

[4] E.K. Scheuch, Th. Kutsch: Grundbegriffe der Soziologie. Stuttgart 1975. S. 262f.

[5] 本书仅指社会学意义上的身份认同。

[6] 乔纳森·H. 特纳：《社会学理论的结构》，邱泽奇等译，华夏出版社 2006 年版，第348 页。

的独特性可以是具有某种特征的独一无二的个体，也可指个体具有的一系列特征让他与众不同，还可指个体本质上的绝无仅有[①]。原则上讲，角色期望不可能完全满足，除了角色本身的多重性原因以外，身份的自我层面也是阻碍角色期望实现的重要原因。因为个体身份的两个方面本身在某种意义上是对立面，身份的社会层面要求它服从角色期望，其自我层面则要求它与众不同。两者的融合程度还关系到个体身份的建构。那种完全迎合角色期望的个体会失去自我。相反，为了保持自我而拒绝满足角色期望的个体将被社会抛弃，成为社会的边缘人[②]。因此，正确的个体身份建构源于两个层面的平衡，这种平衡关系（Balance-Verhältnis）一方面让个体与其角色保持一致，另一方面使个体得以保持其自主性。当然，很多情况下个体对自主性的要求使个体饱受角色之苦。

瓦尔泽小说中的诸多人物无不挣扎在角色规范与角色期待有形与无形的压力和逼迫中，抉择于身份认同的社会我与本真我之间，因而，人物常常显示出一定的矛盾性。此外，人物表现出来的不合规范性与边缘性本身给自己加了一个形象的标签，社会学家称之为越轨行为或偏差行为。越轨行为理论与角色理论一道作为对个体或群体行为方式的研究有诸多共通之处，只不过后者以研究一般性个体行为为重点，前者则以研究异常个体行为为重点。本书的边缘人主题显然在一般的基础上更突出偏差的个体行为，因此越轨行为理论也是本书的重要理论之一。

---

① Lothar Krappmann: Soziologische Dimensionen der Identität. Stuttgart 1971. S. 73f.

② Lothar Krappmann: Soziologische Dimensionen der Identität. Stuttgart 1971. S. 80.

第二节 越轨行为理论①

越轨行为理论中的核心词"越轨"指违背一个群体或社会规范的行为，"轨"即社会的主导性规范、社会秩序。美国社会学家杰克•D.道格拉斯（Jack D. Douglas）在对越轨定义进行深入探讨后，在结论章节指出"越轨是被社会集团成员判断为违反他们的价值观念或社会准则的任何思想、感情和行为"②。这一定义更加精确，也同时突出强调了构成越轨行为的两个必要条件，即个体的违规行为与集团成员的判断。并不是任何违反团体规则的个体行为都可以被套上越轨行为的标签。道格拉斯还继续援引贝克尔（Howard S. Becker）对越轨的理解，"越轨并非是由行为本质决定的一种性质，而是由行为的从事者和行为的反应者双方相互作用产生的一种性质"③。同样一种行为此时是越轨行为，彼时则可能不再是，一种行为是否越轨要看他人如何反应。如此看来，越轨行为与角色理论中的群体反应密不可分。

---

① 许多社会学书籍把英语词"deviance"翻译为"越轨行为"，它的中文译名很多，还有"离轨行为"、"违轨行为"、"异常行为"、"差异行为"和"偏差行为"等。社会学使用"越轨行为"更多地强调负面、消极的个体行为，但社会学家同时也指出有些越轨行为亦具有合理性与积极意义。后者是本书强调的重点，也鉴于对德语词"abweichendes Verhhalten"的翻译，笔者更倾向于采用中性意义的翻译"偏差行为"来描述小说中边缘人物的行为，但具体到理论仍采用多数社会学书籍中的翻译"越轨"或"越轨行为"。

② 杰克·D.道格拉斯等：《越轨社会学》，张宁等译，河北人民出版社1987年版，第445页。

③ 杰克·D.道格拉斯等：《越轨社会学》，张宁等译，河北人民出版社1987年版，第445页。

社会学家对越轨的不同看法有几点尤其值得重视。首先，越轨与正常相对，越轨就是不正常。统计学认为占多数的是正常，反之则为异常，但有时候少数恰恰是新生事物的萌芽或开端。其次，要看越轨者所越之规。有的规范是合理的，不容任何人违犯，有的则并不合理。因此，并非所有越轨行为都是错误的，应该遭到惩罚。最后，越轨者并非生理学意义上的病人，而是社会学意义上的"社会病人"①。以上提到的几点明显告诉我们，越轨行为并不一定意味着负面行为，有时只是与常规行为相异而已。与非负面的越轨行为相应，越轨除了消极效应外，亦具有积极功能②。（1）越轨者有助于澄清并定义社会规范。社会规范是一个模糊、庞大的非封闭体系，许多社会规范开始时并不清晰，当越轨行为发生时，群体反应更能向个体或社会证实某条规范的存在与权威。即越轨从反面证实社会规范并促使人们有意识遵守社会规范。（2）越轨能增强群体或社会的团结。群体对越轨者的共同态度和行动成为群体团结的纽带和群体规范的践行者。（3）越轨能带来某些规范和制度的变化。越轨者的有意行为从某种程度上说是对原有规范和制度的挑战行为。

除了对越轨概念、功能的研究外，研究者也试图从不同视角寻找越轨行为的科学解释，代表性的有生物学视角、心理学视角与社会学视角。社会学家认为，"越轨行为得以在其中发生、承受及有时得以改造的社会环境是越轨的主要原因"③。从社会学视角出发产生了五种各具特色的

---

① 参见朱力：《社会学原理》，社会科学文献出版社2003年版，第260页。

② 朱力：《社会学原理》，社会科学文献出版社2003年版，第265-266页。

③ 戴维·波普诺：《社会学》，李强等译，中国人民大学出版社2007年版，第236页。

理论,此处只提及标签理论。这一理论产生于 20 世纪 50 年代以后,源于符号互动论,认为"人的意识是在互动的过程中产生的,是根据别人对自己的反应来识别自己的"[①]。标签论的中心概念是观察者眼里的越轨,主要探讨社会或某一群体如何依据其价值体系对某人或某事定名或标示的过程。同上述介绍的越轨定义,标签理论家强调的越轨也是一个相对的概念,即"一个行为及其违反者只有当被他人标签为越轨时才变成了越轨"[②]。

最早研究标签理论的社会学家是埃德文·雷梅特(Edwin Lemert),他提出两种越轨:"初级越轨",即偶尔的违规行为,未对个体心理结构和角色扮演发生持续影响;"二级越轨",持续违反社会规范,并被加上越轨的标签而且当事者接受这一标签[③]。标签理论家还认为获得越轨标签有两个重要步骤:"第一步是权威者或与越轨者关系密切的人对越轨行为的观察;第二步是给越轨者贴上越轨的标签。"[④]后一步是关键性步骤,自此,越轨者将被归入社会另册,并极可能具有一个标签性的公众形象。他们多少被看作正常社会之外的人,因此,常常被社会排斥或疏远。标签能产生持久的影响,它会改变行为者越轨前的生活,也会导致越轨者的人际关系重组。霍华德·贝克尔认为,"越轨者身份常常成为他的主要身份(master status),一种居支配地位且限定一个人社会

---

① 朱力:《社会学原理》,社会科学文献出版社 2003 年版,第 274 页。

② 戴维·波普诺:《社会学》,李强等译,中国人民大学出版社 2007 年版,第 242 页。

③ 戴维·波普诺:《社会学》,李强等译,中国人民大学出版社 2007 年版,第 243 页。

④ 戴维·波普诺:《社会学》,李强等译,中国人民大学出版社 2007 年版,第 243 页。

地位的身份"①。这样的话，越轨者常常获得"不为社会所接受"的名声，社会的疏远使贴着越轨标签的人继续向越轨生活迈进，直至成为社会的边缘人。

越轨行为理论与标签论强调了社会规范和群体反应这两个极其重要的因素，从一个新的理论视角言说着它们的不可忽视性，却多少含有夸大标签的成分，需要我们理性对待。

第三节 "边缘人"的社会学理论

除从角色理论与越轨行为理论角度理解边缘人之外，社会学中还有专门关于边缘人的理论阐述。首次将"边缘人"概念引入社会学的是美国社会学家罗伯特·帕克（Robert Ezra Park，1864—1944）。他在 1928 年美国社会学杂志上发表的《人类迁徙和边缘人》（*Human Migration and the Marginal Man*）中，首次阐释了边缘人现象：

"当中世纪犹太区的围墙被拆毁，犹太人被允许参与当地人的文化生活的时候，一种新型的人格类型即文化混血儿出现了。他和两种文化生活与传统截然不同的人群密切地居住、生活在一起；他决不愿意很快地与他的过去和传统割裂，即便他被允许这么做；由于种族偏见，他也不能很快地被他正努力在其中寻求一个社会位置的新社会所接受。他是两种文化和两个社会边缘的人，而这两种文化和两个社会绝不会完全渗

---

① 戴维·波普诺：《社会学》，李强等译，中国人民大学出版社 2007 年版，第 243-244 页。

透与融合在一起。这个不受约束的犹太人曾经是、现在也是，一种具有历史意义和典型意义的边缘人，世界上第一个世界公民和市民。"①

　　帕克将犹太人作为研究对象，提出两种"边缘人"定义：其一，指种族混血儿；其二，他将第一种定义宽泛化，指涉那些身处两种文化生活的人，每种生活对其而言都有所陌生②。可见，帕克的边缘人是种族和文化因素的产物，他们既无法与传统生活割裂，又无法真正融入现有生活，是两种文化的边缘人。帕克还辩证地看待边缘人这一文化现象：他们可能由于注定的特殊身份，在成长的过程中变得消极、堕落，甚至自我封闭；同时，他们也是积极的文化现象，因为在他们身上，人们可以更好地看到文明和进步的进程。帕克将其视为"文化的桥梁"与"革新者"③。他对边缘人积极作用的肯定，无疑是对边缘人研究的一大贡献。这类人群的积极作用亦是本书着重探讨的问题之一。

　　在帕克研究的基础上，其学生埃布莱特·斯通奎斯特（Everett Stonequist）深入探讨。社会学家甚至称"边缘人"是"帕克设想，斯通奎斯特详述"的理论④。他的研究重点是作为社会情境产物的边缘人类型，并指出两种普遍的社会情境：一种是包括种族差异的文化差异，一

　　① 转引自余建华、张登国：《国外"边缘人"研究略论》，载《哈尔滨工业大学学报》2006年第5期，第54页。

　　② Klaus-Dieter Osswald: Das Konzept des Marginal Man in der Soziologie. In: Sozialwissenschaftlicher Studienkreis für Internationale Probleme. Bd. 20/21. 1969. S. 3.

　　③ Klaus-Dieter Osswald: Das Konzept des Marginal Man in der Soziologie. In: Sozialwissenschaftlicher Studienkreis für Internationale Probleme. Bd. 20/21. 1969. S. 6.

　　④ Milton M. Goldberg: A Qualification of the Marginal Man Theory. In: American Sociological Review. Vol. VI. No.1 (Feb., 1941) p. 52.

种是纯粹的文化差异。与生理因素相比，对社会学因素的强调是斯通奎斯特对边缘人理论的重要贡献。他认为："混血儿之所以可能成为边缘人，并不是因为其被视为生理因素的混合血液，而是因为这种混合将其置于一种特定的社会情境。"[①]

以上两位社会学家可谓开创了边缘人研究的先河，奠定了这一研究的理论基础，为后来的研究铺平了道路。基于两位的研究，社会学家，如戈德堡（Milton M. Goldberg）、格林（Arnold W. Green）、安东诺斯基（Aaron Antonovsky）等，都对这一理论的拓展研究做出了一定的贡献。但如同他们的开创者一样，他们关于边缘人的研究仅局限于处于两种文化冲突中的边缘人类型，以犹太人和黑人为典型，边缘人的理论研究受到了较大的限制。此后，德国社会学家菲尔斯滕贝格（Friedrich Fürstenberg）打破边缘人主题研究的瓶颈，独辟蹊径，从社会角度出发，将各种处于社会边缘的人作为研究对象，从而拓展了边缘人概念的内涵。他这样定义"社会边缘群体"（soziale Randgruppen）："那些被或松散或紧密组织的人群，他们的显著特征是不大认同具有普遍约束性的社会文化价值和准则，不愿践行这些准则，甚至不愿参与社会生活，这些人群被称为社会边缘人群。"[②]

从定义看，菲尔斯滕贝格完全摆脱了传统上仅从两种（种族）文化冲突角度进行研究的束缚，将"社会文化价值和准则"作为衡量个体边

---

① Everett Stonequist: The Problem of the Marginal Man. In: American Journal of Sociology. Vol. XLT. No. 1 (July,1953). p. 7.

② Friedrich Fürstenberg: Randgruppen in der modernen Gesellschaft. In: Soziale Welt. 1965. Jg.16. H. 3. S. 237.

缘性的标尺。任何个体，不论种族、肤色或地域，都有可能成为这一理论的研究对象。边缘人的研究范围得到了很大的拓展。这一概念虽研究边缘群体，但实际上更强调那些区别于主流社会或社会多数人的个体，他们有着相似的社会地位和生活处境，因此被菲尔斯滕贝格以群体命名。在他看来，个体参与社会生活的程度，以及个体与主流社会准则的距离决定着其边缘程度。个体与现代社会核心价值体系——工作与生产体系——的偏离，即拒绝或无法在这一体系中承担其应有角色的行为，将直接导致个体与主流社会的距离。消极参与工作体系的态度及由此招致的边缘地位正是瓦尔泽小说表现的中心问题。

菲尔斯滕贝格主要从产生原因、结构类型、社会功能和研究意义四个方面探讨边缘人群。在对原因的分析过程中，他既指出社会化过程失败及文化碰撞对个体边缘化的影响，又突出强调社会转变对边缘成因的重要影响。他指出，任何时期都存在不成功的社会化进程，部分由于个体的天性，部分归咎于不利的环境因素，它们都将导致个体的边缘性，具体表现为个体对社会规范的抗拒。在社会原因方面，结合社会现状，他认为源自科技进步的理性化压力导致的社会变化是现代社会的主要特征，这其中包含了现代边缘群体产生的重要原因[①]。工业化带来的巨变导致社会结构和价值观的变化，同时，这一过程中也出现不平等的社会状况，譬如与财富多寡相连的权利和平等问题都可能导致边缘群体的出现。

---

① Friedrich Fürstenberg: Randgruppen in der modernen Gesellschaft. In: Soziale Welt. 1965. Jg.16. H. 3. S. 240.

　　菲尔斯滕贝格从社会变化角度探讨边缘性的想法，得到了德国社会学家卡尔斯泰德（Susanne Karstedt）的赞同。她认为工业社会的发展导致诸如边缘化这种社会问题的出现①。菲尔斯滕贝格从时代原因分析边缘群体的产生原因，首次将边缘人与时代原因结合在一起，将其看成时代和社会环境的产物，无疑是他对边缘人理论研究的里程碑式贡献。他的思想也为本文的现代边缘人研究提供了重要的理论支撑，因为瓦尔泽人物的边缘性正是集个体秉性与时代原因于一体。

　　在边缘群体的结构类型问题上，菲尔斯滕贝格认为，它取决于边缘人与社会整体文化目标和制度化手段的一致程度。结合默顿（Robert Merton）的越轨和失范理论，他区分了六种类型②：①为达到社会认可的目标采取新的手段，即默顿的"革新论者"；②用新的价值观和手段代替现存的价值体系和手段；③遵从社会行为准则，却没有远大的目标，即默顿的"仪式论者"；④采用非正常渠道实现社会目标，归属于"革新论者"；⑤公然反对社会目标和手段，即默顿的"反叛论者"；⑥通过"脱离"社会，逃离社会的矛盾局势，即默顿的"退却论者"。这六种类型的人群兼因不能同时符合社会目标和手段而成为社会边缘人。瓦尔泽的边缘人物虽有第二类和第六类的部分特征，但他们首先留给读者的印象是逃离社会。研究者这样形容默顿的"退却论者"："既没有功

---

① Vgl. Susanne Karstedt: Soziale Randgruppen und soziologische Theorie. In: Manfred Brusten, Jürgen Hohmeier (Hg.): Stigmatisierung 1. Zur Produktion gesellschaftlicher Randgruppen. Neuwied und Darmstadt 1975. S. 174.

② Vgl. Friedrich Fürstenberg: Randgruppen in der modernen Gesellschaft. In: Soziale Welt. 1965. Jg.16. H. 3. S. 242.

利目标或文化目标，也不顾及制度与规范，如醉生梦死，追求虚幻，对任何事情都不负责任的放荡行为，等等。"①

菲尔斯滕贝格还提出了边缘人群的两个主要社会功能：其一，边缘群体的出现是社会控制机制松动的标志，同时也是现存社会的潜在威胁；其二，边缘是自我保护的手段，边缘群体也常常是新生活和制度的先驱。边缘人的多重社会功能也正说明边缘群体研究的重要性。作为"社会的产物"②，通过研究边缘群体，可以更好地了解社会并解决社会问题，因为社会的变化不仅依赖于中心群体，也离不开边缘群体。

从以上介绍来看，菲尔斯滕贝格虽研究了边缘群体的产生原因，却未研究其形成过程。这里借用卡尔斯泰德描述边缘人群形成过程的四步骤，作为对菲尔斯滕贝格边缘人群理论的补充：①边缘群体偏离主流社会价值观与准则；②主流社会采取策略保护自身的中心地位及权力；③边缘群体与主流社会交往过程中采取对策，解决边缘生存带来的种种问题；④在这一过程中，边缘群体形成独特的自我形象和角色行为③。她阐述的四步骤在瓦尔泽的小说中得到了印证。她分别以七类边缘人群为例，具体阐述了以上四个步骤。鉴于瓦尔泽边缘人物无家可归的特征，这里只列举最后一类，即"无家可归者与无定居者"，四步骤分别为：①现存社会的准则是成就、工作领域及再生产领域确

① 刘文杰：《国外社会学理论》，高等教育出版社 2006 年版，第 183 页。

② Friedrich Fürstenberg: Randgruppen in der modernen Gesellschaft. In: Soziale Welt. 1965. Jg. 16. H. 3. S. 245.

③ Vgl. Susanne Karstedt: Soziale Randgruppen und soziologische Theorie. In: Manfred Brusten, Jürgen Hohmeier (Hg.): Stigmatisierung 1. Zur Produktion gesellschaftlicher Randgruppen. Neuwied und Darmstadt 1975. S. 183.

定的价值标准，个体还要有安定的生活形式；②主流社会的应对措施是对其施予社会控制，让部分人重归社会，将其余人隔离在少数人居住区或者安置于收容所；③边缘人群的对策是在家庭等领域寻找集体策略，采取个体独特的应对策略或者实行逃避主义；④个体形成消极的自我形象即社会的失败者，他们或者采取中立态度，或者采取遵守社会规范的角色行为，或者甘愿做失败者[1]。

以上两位社会学家将社会准则作为边缘人研究的主要参考标准，结合个体在社会中的角色行为，以研究社会与时代对边缘群体的影响为重点，为边缘人理论的研究做出了巨大贡献，也为研究瓦尔泽作品中的边缘人提供了方法支撑。因为他们正是那些行为与众不同，不愿接受社会普遍准则，不能认同当下的社会存在与社会状况，不能正常扮演其社会角色，一再违反社会规范和社会期望，处于现代社会边缘的人。不能（愿）适应、不属于、不参与是其总体特征。

---

① Susanne Karstedt: Soziale Randgruppen und soziologische Theorie. In: Manfred Brusten, Jürgen Hohmeier (Hg.): Stigmatisierung 1. Zur Produktion gesellschaftlicher Randgruppen. Neuwied und Darmstadt 1975. S. 188f.

第三章
现代社会的边缘人：形象与原因分析

第一节　人物原型

瓦尔泽的早期作品，尤其是其处女集《弗里茨·考赫作文集》已经为贯穿瓦尔泽作品的人物原型奠定了基础。总体来说，他的人物原型可以分为三类：第一类，以弗里茨·考赫为代表的中学生（Sekundärschüler）；第二类，地位卑微的店员（Commis）、公司助手或年轻职员；第三类，各类艺术家形象，包括诗人、音乐家、画家、演员等，他们作为艺术家捍卫自己的艺术身份，努力保持与社会的距离，极力避免市民社会的同化。即使是前两类原型人物，也并非真正能够或愿意与社会融为一体。与艺术家有意识地与社会保持距离不同，前两类人物更多地处在内心矛盾的抉择阶段，摇摆不定。因此，瓦尔泽顺理成章地给他的作品人物加上"年轻""不成熟"的定语，他们无一例外地处于少年或青年阶段。这一年龄特征更符合他们摇摆不定、不谙世事、随心所欲的性格和行为特征。这样的性格本身对传统社会具有较大的威胁，因为市民社会要求个人安分守己、脚踏实地地承担社会赋予的角色和职责。他们性格中的不安分和不确定因素，常常导致他们无法从始至终扮演同一角色。打破社会的角色期待及由此招致的越轨行为和边缘地位，常常是难以避免之事。

之后瓦尔泽创作的四部小说也没有脱离他在处女集奠定的人物原型。《雅考伯·冯·贡腾》的主角雅考伯是一名仆人学校的学生，属于第一类原型。《唐纳兄妹》中的西蒙和《助手》中的马蒂均源于小职员的人物原型，西蒙和马蒂可以说是这种人物原型的两种不同变体，前者保留了第二类原型的本质特征，即摇摆不定、随心所欲，后者则成为一心遵从市民社会的助手形象。在《唐纳兄妹》中也出现了一系列的艺术家形象：画家卡斯帕尔、画家埃尔温和诗人塞巴斯蒂安。在《强盗》中，主角强盗和叙述者均是作家。这两部小说中表现的艺术家也在原型的基础上生出两种变体，即《唐纳兄妹》中的艺术家和《强盗》中不从事艺术创作的艺术家——强盗。如同潜藏边缘特性的早期原型人物，瓦尔泽四部小说中的主人公也或多或少带有、或早或晚发展了潜在的边缘特征。

第二节 边缘特征分析

一、边缘化的外部形象

人们往往可以从一个人的服饰和神态觉察到他的与众不同之处。虽然人们鄙视以貌取人，却常常很难改变自己对他人形成的第一印象，即从他人的外貌服饰等判断其性格与品质。纵然这种以貌取人的行为，因囿于个人偏见及思维定式，常不无偏颇之处，却也具有一定的合理性，在文学中尤其如此。因为文学形象初次出场的描写并非源自偶然，而是一定社会信息和身份地位的符号与外显，甚至是精神面貌与内在心灵的流露与言说。在《唐纳兄妹》中，姐姐黑德维希在与西蒙告别时，提醒他要注意衣着打扮，她说："西蒙，再看看你的裤子，裤脚已经破烂不堪！当然，我知道它只是条裤子，但裤子同样要像心灵一样得到精心呵护。因为一条破旧的裤子是一个人不修边幅的见证，不修边幅则是心灵的产物，也就是说，你的心灵亦支离破碎。"（GT，177）[①] 可见，连小说人物也主张外表是心灵的外显，它言说着个体的整体面貌和当下的心灵状态。

事实上，在物质财富极大丰富的市民社会，衣衫褴褛的人物形象无疑是璀璨夺目的大都市中一笔暗淡却引人注目的色调，他们穿梭其中，却自然而然地与之分离。这笔暗沉之色与色彩斑斓的市民社会格格不入，他们是这个社会的边缘色彩。瓦尔泽的小说中多处提到人物的外表，除了西蒙褴褛的衣衫外，叙述者还提到他的衣服由廉价的布料做成。卡斯帕尔更是未见其人，先闻其貌，连不修边幅的西蒙也在信中嘲笑他的衣着。不像样的西服，肥大的裤腿走起路来任性地晃来晃去，桶状的被叫作帽

---

① 本书中用小说标题 Geschwister Tanner 的首字母缩写 GT 代表此小说，括号中数字为小说页码。同理，用 DG（Der Gehülfe）代表《助手》小说，DR（Der Räuber）代表《强盗》小说。《雅考伯·冯·贡腾》、《散步》、1926 年《日记》逸稿因有中译本，都收录在罗伯特·瓦尔泽：《散步》，范捷平译，上海译文出版社 2002 年版。因此，分别用《雅》《散》《日》来表示，以后不再注释。《唐纳兄妹》所引版本为：Robert Walser: Geschwister Tanner. Hg. von Jochen Greven. Zürich / Frankfurt a. M. 1985 (Sämtliche Werke in Einzelbänden 9)。

子的东西是卡斯帕尔典型的衣着特征。衣着是个人身份的象征，是内心生活和心灵的一面镜子①。

如果说褴褛的衣衫是边缘化的首要体现，是心灵懈怠的重要见证，那么鞋与行李箱则是边缘处境的最佳缩影。鞋是漫游和散步途中最重要的工具。漫游和散步②两种行为，常常代表游离的生存方式，意味着行走于社会的边缘（这一点将在后文详述）。因此，破损的鞋是游离程度的信号，是边缘生存的暗喻。小说多次提到西蒙穿着破旧的鞋，就在生计窘迫的情况下，他还想着只要一有钱就再添置一两双鞋，因为脚上的鞋实在是破烂不堪了。西蒙的破鞋正暗示了他漫游式的生活方式、无枝可栖的飘零感及游离于市民社会的边缘生存。

行李箱也具有相似的含义，它是漂泊者的全部家当，是他们无根的家，象征着其居无定所。此外，行李箱是旅行者的标志，暗示着主人的旅行者身份。具体到西蒙，它包括两层含义：一是不属于所在之地，而事实上，所在地本是西蒙的家乡，这便意味着他虽身处其中，精神上却与周围环境处于疏离状态，属于"在又不在"、"在而不属于"的生存境况。二是意味着"在路上"的存在状态，既然精神不属于这里，就要为它寻找新的家园。"在路上"即是寻找的生存状态。刚出场的马蒂手提一个廉价的褐色行李箱站在门外，这足以成为其生存状况的暗示。他虽然后来居住在托布勒家庭，心灵却永远无法在这个家庭中找到栖息之地。西

---

① Günter Butzer, Joachim Jacob (Hg): Metzler Lexikon literarischer Symbole. Stuttgart 2008. S. 183.

② 散步大体上可以分为两种类型的散步：一是下班后或闲暇时间的散步消遣，这是多数人的散步方式；一是游手好闲之人的主要生活方式，边缘人的散步多指后一种意义上的散步。

蒙提着行李箱从城市辗转到乡村，又重新回到别离数月的城市，如同他那迷茫的年龄（20 岁）一样，他始终是一位"途中人"。

二、漂泊的"无根者"

漂泊不定是边缘人普遍的生存状态，在瓦尔泽的小说中也不例外。这种漂泊的存在方式首先表现在"家"的缺失，此处的"家"有两层含义。其一，居住寓所。以西蒙为代表的小说人物既没有属于自己的固定住所，也没有固定的租住房，他不断重复寻找住所，曾先后寄居于克拉拉、黑德维希与一位富有的女士家里。其二，"家"指精神上能给人以温暖和慰藉的地方。在瓦尔泽的小说中，这种意义上的家要么缺失，要么形同虚设。西蒙虽曾拥有一个完整的家庭，年幼时的他极其渴望得到母亲的爱抚，却发现它只是一个可望不可即的奢望。母亲病逝后，这个家庭似乎随之垮塌，父亲只管独享其乐。因此，对西蒙来说，这样的家并没有避风港的作用。雅考伯虽养尊处优，出身名门，却毅然远离为他遮风避雨的贵族之家，因为家给予他的只是温暖和疼爱，却不是他的精神港湾。他的出逃使世俗之家从此在其生命中消失，他需要的是精神家园。相比之下，马蒂则没那么幸运，他是一个十足的无家可归之人，是都市的流浪汉。

漂泊不定还体现在没有固定的工作岗位。一份固定的工作可以将一个人束缚在固定场所，结束他游离的生存状态，也可以让他拥有身份，不再无名无姓。都市流浪者马蒂为了改变自己的流浪状态，选择了一份助手职业，暂时结束了无枝可栖的生存状态。即使拿不到工资，他也庆幸自己结束了街头露宿的生活。随着这份工作的终结，马蒂又被逼上漂泊之路。与马蒂不同，西蒙的另一种生存状态是不断重复寻找工作与放弃工作的境况。在放弃与寻找的交替过程中，西蒙常常返回到失业与漂泊的生存原点，但他乐意为之，并享受着其中的新鲜感与短暂自由。此外，人物的街头漫游，也是漂泊经历的一种形式，形象地勾勒了多数边缘人物的生存镜像。在《唐纳兄妹》的最后几个章节中，西蒙几经周折，仍未找到一份能应付生计的临时工作，他只能漫无目的地穿梭于大街小巷，对未来的生存一无所知，他只知道这个将至的冬日定会无比难熬。按照卡尔斯泰德对"无家可归者和无固定居所者"作为社会边缘人的分析，个体没有安定的生活方式就是违反现存社会准则的行为，属于不正常的生活方式。

三、社会的摄影机

边缘人的生存位置为他们拍摄社会万象提供了得天独厚的条件，因为边缘位置意味着与主流社会保持距离，拉开距离才能一览无余地透视社会百态。与社会的距离或与社会保持距离是几乎所有边缘人的特征，因为边缘位置本身意味着与中心的距离与疏离，无论这种距离是自为，还是他为。

与"独行者"（Einzelgänger）瓦尔泽一样[1]，他的边缘人物亦无一例外过着形单影只的生活。他们没有属于自己的家庭，没有女朋友，甚至连朋友都没有，也很少与社会交往。在《强盗》中，叙述者不断强调"事

---

[1] Jochen Greven: Robert Walser. Figur am Rande in wechselndem Licht. Frankfurt a. M. 1992. S. 16.

实上，没有人与强盗真正交往"（DR，167）[①]，他最多是一个与人群擦肩而过的路人。在西蒙的片断人生中，虽闪现过不少与之短暂交往的人，但他们仅仅一闪而过，之后西蒙又回到孑然一身的状态。这些边缘人物不仅形影相吊，而且他们注定要面对精神孤独。然而，瓦尔泽的边缘人物并不惧怕孤独，很多情况下，他们自愿选择孤独的处境，代表人物有西蒙、卡斯帕尔与强盗。他们虽然孤独，却并不感到绝望，也很少感觉自己是社会的弃儿。他们顽强地面对孤独，积极地为自己寻找精神的慰藉。（这一点将在第四章详述）

　　身处社会边缘，他们才得以脱离种种束缚，担任时代的摄影师。他们是社会的观察者，西蒙和雅考伯直截了当地说自己是时代与社会的"观察者"（Beobachter）（《雅》，51）。马蒂虽没有直言，却始终在不声不响地观察着市民社会的缩影——托布勒一家与其公司。读者对托布勒家庭的了解大多来自马蒂的视角，归功于他的观察。如同托马斯·曼的《铁皮鼓》中奥斯卡唱破玻璃的奇异功能，观察亦是边缘人物的特异功能。他们的观察对象是大自然、社会个体及周围的一切，他们善于在常人习以为常的生活现象中寻找发现。譬如对生活中"丑"的洞察，雅考伯冷眼观察上层社会追名逐利、尔虞我诈的丑态，西蒙目睹现代人机械化的生存方式。对"丑"的洞察中，也包含着边缘人的社会批判倾向。

四、主流观念的异质者

　　如果说人物的前三种边缘特征属于外部特征的话，那么主流观念的

　　[①]《强盗》小说选用以下版本：Robert Walser: Der Räuber. Hg. von Jochen Greven. Zürich / Frankfurt a. M. 1986 (Sämtliche Werke in Einzelbänden 12)。

异质特征则属于其内部本质特征，它源于人物的思想意识和价值观念。他们的异质生存无疑是其边缘生存的本质原因，他们不合拍的价值取向亦是导致其边缘处境的主要原因。

在《唐纳兄妹》中，社会要求每个个体都要做有用之人，人存在的目的是对社会有用，发挥自己的才能，勤劳实干，为社会做贡献。工作或职业是考核个人的重要标准。以西蒙为代表的小说人物却偏离常规之路，他不断放弃工作，漫游于风光旖旎的自然之中，享受着无所事事的浪荡生活。在社会人的眼中，他是一位地地道道的"无用人"，周围的人都用异样的眼光审视着他的行为。长兄克劳斯苦口婆心地劝说西蒙尽早结束他西游东逛的生活方式，在一个工作岗位上踏踏实实地工作几年。但一切劝说无济于事，西蒙自始至终是一个懒散的"无用人"，每次熬过生活的困境后，他又重操旧业——闲逛（Müssiggang）。西蒙令人费解的行为源自他对自由的向往及不愿迷失自我的价值取向（这一点将在下一章节详述），他的价值观与主流社会的价值观背道而驰。

在《雅考伯·冯·贡腾》中，资本主义社会的种种弊端暴露在读者面前。雅考伯称其为一个"围着钱转"的世界（《雅》，42）。在金钱、权力、利益面前，曾经高高在上的宗教、美德无人问津。雅考伯以逃离贵族之家的方式，无声地宣言了其对资本主义社会扭曲价值观的拒绝与唾弃。他投身于仆人事业，决心把自己打造为一个"滚圆的零蛋"，以极端的方式对抗主流社会价值观，捍卫自己的异质声音。作为社会的他者，他不能继续生存在主流社会中，于是，作者为他设定了一个特殊的生存场所——班雅曼塔学校。它远离都市中心，位于城市边缘，是"一个存在于世界之外"的世界①，较为符合雅考伯边缘的生存处境。

第三节 边缘处境的原因

小说人物的边缘特征使其区别于中心社会，成为社会的边缘群体，探究其边缘成因对理解边缘人主题至关重要。按照菲尔斯滕贝格与卡尔斯泰德的边缘群体理论，时代与社会因素是边缘人产生的重要原因，尤其是工业社会与科技理性的急速变革是导致现代社会个体边缘化的直接原因。因而，分析瓦尔泽小说暗含的时代背景是认识边缘生存的基础。此外，个体在现代社会中的角色扮演行为及个体的秉性，也直接关系着个体在社会中的地位与处境。本节将按照不同的边缘类型，分别探讨其边缘原因。

一、肇始于现代工业文明

瓦尔泽的柏林三部曲创作于世纪之交。在欧洲文学史上，19世纪、20世纪更迭时期被称作"世纪末"（Fin de Siècle），是人类社会形态和生存方式剧变的时代。经济的飞速发展、现代大工业的崛起、科学技术的发展，给人们的生活带来翻天覆地的改变，资本主义大生产创造出过去几千年累积起来都无法比拟的巨额财富。充足的物质财富也改变着人的思想和行为方式，人们开始把物质财富和金钱置于生活的中心，利益成为唯一目的的单向度存在。

---

① 范捷平：《"班雅曼塔学校"的符号和象征意义辨考》，载《外国文学》2004年第5期，第109页。

　　人类变成财富和金钱的奴隶，人际关系日趋冷漠，人与自然、他人和自己的异化现象日益严重。敏锐的思想家们渐渐发现，现代文明社会正在抛弃了人伦的异化道路上渐行渐远，西方文明因而遭遇了前所未有的怀疑与挑战。世纪末的奥地利作家穆齐尔（Robert Musil）在回顾19世纪最后几十年的历程时写道："1870年欧洲建设成了一个巨型的有机体，到了1890年这个有机体就带来了精神危机。"①这种"精神危机"就是现代工业文明外衣遮掩的文化失衡和价值真空状态。随着机器大生产的继续挺进，人们疯狂地追求利益最大化和欲望的满足。它们日益成为现代人生存的合法目的，甚至是唯一目的。现代人更加理直气壮和赤裸裸地追逐利益和私欲。在这股狂澜下，延续了几千年的传统文化价值、伦理道德及风俗习惯渐渐被驱逐和吞噬，取而代之的是琳琅满目的商品和所谓的休闲娱乐活动。

　　在人类沉醉于工业文明的繁华时，一些有识之士以其独有的敏锐目光透过文明光鲜的外表，觉察到了其背后的危机。于是，反映现代社会心灵危机的维也纳现代派应运而生，并在群峰耸立的世纪末德语文学中异军突起。世纪之交，无论是哈布斯堡王朝统治下的奥地利，还是威廉时代的德意志，都弥漫着一种"世纪末"的颓废情绪。急剧的社会变革让知识分子震悚、无所适从，物质繁荣下掩藏的是孤独、惶恐和压抑的内心世界。毋庸讳言，1905年到1913年一直身处国际大都市的瓦尔泽，无论身心还是感官，均受到文明社会的强烈刺激，所见所闻无不引发他对现代社会的思考，进而转化为其写作题材。他从底层民众的不堪重负

____

① 转引自吴勇立：《青年穆齐尔创造思想研究》，复旦大学出版社2010年版，第24页。

和资产阶级上层社会醉生梦死的腐朽生活中，敏锐地预感到璀璨耀眼的工业文明实际上危机四伏。瓦尔泽通过对社会底层人物的关注和观照，无时无刻不在对资本主义社会进行旁敲侧击的批判。

瓦尔泽小说对资本主义社会及现代工业文明的批判主要表现在以下几个方面。

第一，肇始于工业文明的现代人的精神危机。在瓦尔泽的小说中，城市是一个充斥着物质繁荣的地方，资本主义大生产机器源源不断地提供给人们琳琅满目的消费品，但它同时又是造成现代人精神危机的罪魁祸首。小说里，我们可以看到现代社会带来的种种精神危机，诸如恐惧、孤单、紧张、迷茫与困惑，现代人困顿其中，无法自拔。以西蒙为代表的漂泊者，在逍遥自在的外衣下，掩藏着困惑、不知所措的灵魂。马蒂一如既往地过着迷茫的生活，看不到生存的曙光。社会的上层人士则惶惶不可终日，他们是工业文明的缩影——集物质财富与精神危机于一体。

第二，冷漠的人际关系。瓦尔泽在对日常生活的观照中，透视了金钱主宰一切的都市社会。在拜金主义的狂澜面前，感情变得虚伪、脆弱，人与人之间隔着一堵无形的墙，人变得冷漠无情。在《助手》中，托布勒女士讲述了医生不顾医德，榨取病人钱财，护士则个个表情麻木，"她们长着极其相似的面孔，像四块相同尺寸、相同颜色的石头"（DG，64）[1]，她们带给病人的不是温暖和慰藉，而是冰冷与残酷。在《唐纳兄妹》中，西蒙观察了贸易所职员之间的冷漠，他们进出同一扇门，"彼

---

①《助手》小说选用以下版本：Robert Walser: Der Gehülfe. Hg. von Jochen Greven, Zürich / Frankfurt a. M. 1985 (Sämtliche Werke in Einzelbänden 10)

此如此相似，却又如此陌生"，如果他们中的一个突然倒下，其他人"至多诧异一上午，然后事情就过去了"（GT，37）。

第三，人的物化、机械化与工具化。在瓦尔泽的作品中，可以清楚地看到，现代化进程中的都市高速发展，急速膨胀，但这一过程也是人性和生命被不断侵蚀的过程，物质与生命达到了尖锐的对立高度。西蒙把职员比作上了发条的钟表，"大钟敲响 12 点时去吃饭，两点返回工作岗位，工作四个小时下班，睡觉，醒来，起床吃早餐，像昨天一样，再次来到同一个建筑物，开始工作……"（GT，36）他们的节奏像机器一样均匀单调，反复循环，人性的生活方式被机器的运行模式完全置换。他们不仅成为机器的左臂右膀，而且内化了机器的运行方式，人完全实现了机械化的蜕变。人工作的目的是服从于机器大生产的需求，创造最大的物质财富，他们不再被看成有血有肉的灵魂，而是一台高速运行的机器。在这个物质极度繁荣的社会，人性遭到前所未有的压抑与扼杀，在这个璀璨夺目的世界上无处落脚。

第四，扭曲变形的价值取向。在工业化、商品化的现代都市里，人的感官受到金钱和商品的极大刺激，脆弱的现代人无法抵挡资本主义社会的物质诱惑，表现出对金钱、权力、地位、利益趋之若鹜的丑态。人的价值观发生根本性转变，昔日的信念、道德、伦理遭到遗弃，追求金钱和利益成为合法性，甚至是合理性行为。这种拜金主义的狂潮也导致了人的自私无情与惶惶不安，就连身处其外的雅考伯也看穿了他们内心的矛盾。他们一心追求成功，却"总感到后面有人在追杀他们……人人觉得对方是潜在的威胁，会突然超过自己，是暗贼，身怀什么绝技悄悄地爬了上来，来制造于己不利的各类人身攻击、损坏名誉等等"（《雅》，86）。就连在上层社会如鱼得水的约翰，也不得不感叹这个价值真空的年代，所谓的进步，也"不过是许许多多谎言中的一个谎言而已，这些全是商人们散布的谎言"（《雅》，48）。

二、西蒙、雅考伯：规范的僭越者

在这样的时代背景下，瓦尔泽的作品应运而生，可以说它们是时代的产物。从其处女作品集《弗里茨·考赫作文集》（*Fritz Kochers Aufsätze*, 1904）到早期创作的小说《唐纳兄妹》（Geschwister Tanner, 1907）和《雅考伯·冯·贡腾》（*Jakob von Gunten*, 1909），再到遗稿《强盗》（*Der Räuber*，1925），贯穿始终的是主人公对工作的不情愿、消极应付甚至激烈反抗的态度。这些人抗拒的并非工作本身，而是资本主义的工作伦理。

究其渊源，工作作为一种伦理观与宗教改革有着密不可分的关系。发源于宗教改革的现代职业观继承了"职业"（Beruf）一词起初的道德内涵。德国社会学家马克斯·韦伯（Max Weber）在其《新教伦理与资本主义精神》（1905 年）中，分析了资本主义与新教伦理的渊源关系，指出：新教伦理以职业劳动为增添上帝荣耀的手段与职责，这就提升了工作的地位，促使工作伦理成为资本主义社会的主导思想，激发了"劳动的精神"[1]。他还认为："如此赋予世俗职业生活以道德意义，事实上正是宗教改革，特别是道德影响深远的一大成就，此乃毋庸置疑之事，甚至可

---

[1] 马克斯·韦伯：《新教伦理与资本主义精神》，康乐、简惠美译，广西师范大学出版社2007年版，第21页。

说是老生常谈之事。"① 这一时期，除韦伯之外，也产生了不少宣扬工作重要性的书籍与论文②。

安东尼（P. D. Anthony）也在其著作的基督新教伦理章节中总结了工作的意义："工作本身有其独特的积极意义……它理应是一种社会义务，不仅能安定社会秩序、提升个体的道德观，还有助于维护个体在周遭的声誉、稳固个体在社会中的地位。工作正在成为道德准则、社会规范与灵丹妙药（standard, cliché, cure-all）"③。在 19 世纪、20 世纪更迭时期，机器大生产的狂飙突进，更是不断提升着工作在社会中的地位和重要性，直至它成为社会价值体系中的核心词之一④。到 20 世纪初，工作成为多数人普遍的生活内容和方式，它作为一种主流价值观潜移默化，深入人心。不符合社会经济效益原则的行为本身是一种越轨行为，懒于工作则是破坏正常市民生活秩序的万恶之源。

在工作成为人类普遍状态的 20 世纪，多数人认同"工作就是好事，而不工作，是种罪恶……是反常的"，是"社会疾病"⑤。因此，工作作

---

① 马克斯·韦伯：《新教伦理与资本主义精神》，康乐、简惠美译，广西师范大学出版社 2010 年版，第 55-56 页。

② 1919 年，瑞士的一篇题为《对放荡懒散之徒实施工作教育》的博士论文从反面论证了工作在社会生活中核心地位。参见：Alois Schneider: Die Erziehung liederlicher und arbeitsscheuer Verbrecher zur Arbeit. [Diss]. Universität Zürich 1919. 尤具代表性的是同时期出现的《勤劳的家庭主妇》，从这本女性生活指南可以看出，工作伦理已经渗透到生活的各个领域，连家庭主妇也深受影响。孜孜不倦地完成每项家庭工作是对每个家庭主妇的期待和肯定。参见 Susanna Müller: Das fleißige Hausmütterchen. 19. Auflage. Zürich 1918.

③ P. D. Anthony: The Ideology of Work. London 1977. p. 44.

④ Vgl. Guido Stefani: Der Spaziergänger. Untersuchungen zu Robert Walser. Zürich 1985. S. 28.

⑤ 齐格蒙特·鲍曼：《工作、消费、新穷人》，仇子明、李兰译，吉林出版集团有限责任公司 2010 年版，第 35，54 页。

为伦理道德观也被广为接受与宣扬。在瓦尔泽的小说中，对工作话题的探讨随处可见，人物的边缘性也始终与工作母题密切相关。英国当代社会学家齐格蒙特·鲍曼（Zygmunt Bauman）对"工作伦理"这一概念做出了明确的定义："工作伦理是一项戒律，其附带两项坦言不讳的前提和两个心照不宣的预设。"戒律指的是，不管你是否需要工作的报酬，你都要工作；两项前提，一是做他人眼里的有价值事情，二是要永不满足，不断进取；两个预设，之一是拥有可出售的工作能力并能通过这一能力维持生活，之二是劳动具有价值并得到他人的认可。[①]鲍曼的定义向我们展示了自宗教改革以来渐趋成熟的工作伦理的内涵与全貌[②]。可见，在资本主义社会，工作既具有伦理维度，也成为社会准则，是个体必须遵守的价值标尺。

在工作伦理盛行的时代，瓦尔泽却较为超前地在其作品中揭露了工作伦理的异化。在其作品中，必须工作的伦理要求与不愿工作的人物心理常常成为作品冲突之所在。本节则选取瓦尔泽早期的三部作品《弗里茨·考赫作文集》《唐纳兄妹》和《雅考伯·冯·贡腾》进行分析，并以

---

①齐格蒙特·鲍曼：《工作、消费、新穷人》，仇子明、李兰译，吉林出版集团有限责任公司 2010 年版，第 35-36 页。另注：为行文方便，本书将资本主义的工作伦理简写为工作伦理，文中的工作伦理均指资本主义的工作伦理。

②鲍曼以消费社会的到来为界限，将工作伦理分为两个阶段。消费社会之前的社会被他称为"生产者或就业者的社会"，这一阶段的工作伦理是填补工厂劳动力紧缺的十分有效的手段，对资本主义社会机器大生产起着至关重要的作用。这一阶段的工作伦理是本书探讨的重点。另一阶段的工作伦理是消费社会中的工作伦理，它既不排斥前一阶段的工作伦理的内涵，又具有了新时代下的新内涵，即通过吸引穷人进行规律的工厂劳动，达到消除贫穷的目的。按照这一划分，"穷人"在鲍曼的著作中亦具有两种不同的含义，一是失业的穷人，二是有消费缺陷的穷人。

后两部小说为研究重点，探讨西蒙和雅考伯成为社会边缘人的原因。

1. 早期作品中人物对待资本主义工作伦理的态度

瓦尔泽对工作主题的表现，较早出现在《弗里茨·考赫作文集》中。中学生弗里茨写了一篇题为《职业》的作文。文章一开头就指出职业对个体存在的重要性："在当今社会，要想活得正派、本分，必须有一份职业。"（GWI，28）[①] 显然，职业已兼具伦理维度，成为衡量个体道德的标准。尚未涉世的弗里茨，在父母和教师的教导下立志"孜孜不倦地工作"（GWI，10）。对他来说，"工作就已经是祈祷"，他"要孜孜不倦地工作，并且服从值得服从的人，父母和老师首当其冲"（GWI，10）。对中学生来说，父母和教师往往是最具影响力和控制力的两大权力主体，尤其是学校，它犹如未来工作和生活的预科班，实施着对学生道德观的引导。弗里茨作为一个不谙世事的少年，潜移默化地接受着父母与教师——社会代言者——的伦理观和价值观。

但同时，他也感到工作对个体的强迫性。他在作文中坦言，未来的自己在工作面前会手足无措："我无法胜任一项工作，纵然能适应工作，我在本地工作的成就肯定无法与我在异国他乡作为一名士兵所获得的成功相提并论"（GWI，39）。"适应"（mich gewöhnen）一词，正暗示了工作的强迫性。只有强迫、令人不快的事情才需要个体去适应。他把

---

① 除瓦尔泽的四部小说以外，其他作品若无特别注释，均出自 Robert Walser: Das Gesamtwerk. Hg. von Jochen Greven. Genf und Hamburg: Verlag Helmut Kossodo. 1972. 本书用 "Gesamtwerk" 的首字母缩写 "GW" 表示该全集，其后的罗马数字为卷数，阿拉伯数字是引文在该卷中的页码，以后不再注释。

工作与纪律森严的军旅生活相比，并情愿选择士兵生活[1]，也表明他对工作无意识的排斥。在一封小店员写给其母亲的信中，虽未出现"强迫"一词，但工作的强迫性无可否认，信中这样写道："我很乐意围着许多工作转，一闲下来，反而觉得闷闷不乐、有些失落……我倒很乐意把全部精力奉献给工作……工作是我唯一的真正乐趣，只有努力工作，我才能有所作为，才能让您眉开眼笑。"（GWI，59f）儿子竭力让母亲相信他的勤勉与上进。在这里，母亲代表着一种权威机制。这种权威机制是工作伦理的贯彻机构，是社会规范的得力助手。儿子对母亲唯命是从的同时，也内化着工作伦理与社会规范。而实际上，工作并非源于个人意志，更多是为获得母亲的认可。

自愿遵从工作伦理的弗里茨，积极设想着未来的职业选择。但实际上，他想象中的职业，如守林员、魔术师和小丑，并不符合主流社会的职业观。弗里茨一开始便指出社会对职业的要求是"有一定的特征和目标"（GWI，28），即顺应时代发展的有价值的职业。弗里茨对职业的想象似乎与之有着天壤之别，职业在他看来应符合个人兴致，亦可随意更换。比如：做一名守林员可以住在缠满常春藤的林中小屋，整日悠闲地漫步于自然之中；"做诗人就要在巴黎，做音乐家当选柏林"；"做杂技演员也不错"；"小丑？嗯，我感觉自己蛮有逗人发笑的天赋"（GWI，30）。这些充满浪漫主义色彩的职业想象与工业大生产的时代要求背道而驰。文中一再出现"我父母肯定不会同意这个职业"（GWI，29）。父母作为主流

---

[1] 瓦尔泽的作品中多次出现人物脱口而出的"情愿去当兵"的话，在《唐纳兄妹》中，西蒙对此做了解释，这句话不过是一种极端的表述，没有任何实际意义。

观念的传声筒，也正说明弗里茨不合时宜的职业幻想。

可见，弗里茨表面上谨记工作伦理，实际上是对它的无意识反叛，是最纯真的人性对资本主义工作伦理的抵抗。从叙述角度看，作者采取中学生的叙述口吻，形成对工作伦理大胆调侃的效果。作品人物的精心设置和主人公表面上对工作伦理的遵从，使作品巧妙地逃脱了时代的审判。

与弗里茨相比，《唐纳兄妹》的主人公西蒙是一位20岁左右的青年，他在工作问题上表现出较大的摇摆性，可以说是瓦尔泽笔下最摇摆不定的人物之一。小说讲述的是西蒙不断寻找工作，继而放弃工作的故事。其间，他与形形色色的人接触，观察社会百态。西蒙的种种生活片段都被嵌在寻找工作与放弃工作这两个不断反复的状态之中。因此，有研究者认为，小说中对自然的描写和对社会问题的表现似乎均源于西蒙对工作问题的思考[①]。不可否认，在这部小说中，瓦尔泽较为详尽地探讨了工作主题。

小说中形形色色的人对工作表现出一致的态度，即每个人无论如何都要工作，工作是生活的重心和目标，是个人不可逃避的义务。这种众口一词的看法正是鲍曼工作伦理的核心戒律，它在小说中以有形的言语形式出现。面对频繁更换工作的西蒙，各类人群都表达了对西蒙的不解或批判。书店老板对要辞职的西蒙说："你也许根本不知道你幼稚的脑袋想要什么。"（GT，17）他非常不满西蒙对书店工作满腹牢骚。职介所的工作人员用嘲讽的口气告诫频繁进出职介所的西蒙："您要注意了，

---

① Marian Holona: Arbeit – Mediocritas – Müssiggang zur Sozialethik in Robert Walsers Kleinprosa. Warszawa 1980. S. 36.

您可不能这样继续下去了。"（GT，19）贸易所总经理警告他，他的做法实际是"自毁前程"（GT，44），并预言西蒙定会为自己的轻狂付出代价。一位街头偶遇西蒙的贵妇听完西蒙的自述后，责备他："您怎么可以活得如此放荡？"（GT，186）她的眼神里充满了担心和不友好，甚至连身份卑微的女仆都认为西蒙是个奇怪、不可思议的人。

诸多人中最具代表性的要属西蒙的长兄克劳斯。作者巧妙地将克劳斯塑造为西蒙的对立面，一个完美的主流社会代言者。他时时提醒西蒙遵守工作伦理，希望西蒙早日拥有一份稳定的职业。此外，克劳斯也身体力行，积极践行工作伦理。他是主流社会的代表，拥有名声显赫的职业身份，是一个墨守成规、忠于职守、品行端正的人，他把自己的生活方式看成"正道"（GT，11），认为有义务把西蒙领上正道，使西蒙遵从主流社会的价值观和生活方式。克劳斯坚守工作伦理，在这种意识形态的指导下，他的生活完全由义务和职责组成，生活的意义就在于履行社会赋予的义务。在克劳斯身上，工作彰显了它的时代地位。即使是一再与时代价值观背道而驰的西蒙也毫不否认工作伦理的存在，他甚至能如数家珍地盘点社会对职业者的规范要求："勤奋刻苦、忠于工作、准时上班、举止得体、头脑清晰、为人谦虚、目标明确"（GT，16）。这些职业规范很自然地使人联想到韦伯对新教工作伦理本质特征的总结：谨慎、勤奋、不偷懒、珍惜时间和金钱、信用、准时、节俭等①。与弗里茨相比，西蒙显然清楚地意识到工作伦理的存在和对个人的要求。

---

① 参见黎正忠：《对国外新教工作伦理研究的述评与思考》，载《生产力研究》2005年第10期，第252页。

与各类人群对工作伦理一致认同的态度相呼应，叙述者还采取了"先职业后名字"的叙述模式。西蒙出场时无名无姓，叙述者只用"年轻人"（GT，7）指代他。直至他在小说中拥有第一份工作，才被赋予名字，即身份："西蒙现在成了书店助手。"（GT，10）有了职业身份，叙述者才恍然大悟地告诉读者："西蒙，对，他确实是叫这个名字。"（GT，10）与西蒙相比，其哥哥克劳斯的出场则完全相反，可谓未见其人，先闻其职："那位定居在首都，在当地声名显赫的博士克劳斯"（GT，10）。可见，职业不仅是伦理标尺，也是个体身份建构的手段。连西蒙也认同这一模式，当被问及身份时，他毫不犹豫地回答："奥，我什么都不是（nichts），我没有职业。"（GT，216）失去工作的西蒙，也同时丧失了其社会身份。但西蒙轻松的回答似乎表明，他并不在乎职业与身份。

尽管西蒙对社会职业观心知肚明，但他仍凭个人兴致择业。他想象中的职业是"招人喜爱、无比美好的"（GT，7），抱着这种想法，西蒙开始尝试不同的工作。结果不言而明，西蒙每一次尝试，都以失望与放弃告终。西蒙与弗里茨的职业观如出一辙，只不过一个停留于想象阶段，一个将其付诸实践。西蒙用行动质疑资本主义工作伦理。

与西蒙摇摆不定的行为形成鲜明对比的是《雅考伯·冯·贡腾》的主人公雅考伯，他在工作问题上表现出更激进的行为。他否定资本主义的价值观，拒绝置身于资本主义的生产体系。雅考伯本是贵族后裔，家境甚为优越。尽管如此，小说一开始，雅考伯毅然离家出走，选择在一所名为班雅曼塔的仆人学校就读。仆人学校，顾名思义，培养的是社会的底层人物。该学校宣扬与资本主义社会完全相反的理念，即渺小、微不足道与俯首帖耳。在这里金钱没有地位，这里只培养"滚圆的零蛋"（《雅》，2）——"万万微不足道的小人物"（《雅》，29）——"一无所有、注定要依赖别人的侏儒"（《雅》，46）。雅考伯的选择置资本主义精神与工作伦理于不顾，是一种更为激烈的反叛。

毋庸置疑，与主流观念背道而驰的行为，给作品人物招来重重困难。生活拮据、居无定所是西蒙、雅考伯的现实困境。在社会眼中，他们离经叛道，是废物（Taugenichts）——西蒙，是零蛋（Null）——雅考伯，是社会的批评、唾弃的对象。优柔寡断的西蒙经常会因为自己离经叛道的行为陷入内心矛盾与自责之中，尤其在生活走投无路时，这种内心冲突更为激烈。然而，即使在矛盾最尖锐之时，人物也没有真正向现实低头，西蒙从始至终是地道的"无用人"，雅考伯更是立场坚定，不改初衷。对此，辛兹指出："瓦尔泽的人物不发展……唯一发展的是其反叛的个性。"[1]瓦尔泽小说用发展小说的模式讲述了一个个"不发展"的人物，更突显了其反叛的个性。

三部作品在对工作伦理的反叛上也表现出一定的发展趋势。从弗里茨无意识反叛，到西蒙对主动的反思与质疑，再到雅考伯彻底的背离。黑塞曾说："雅考伯是考赫，是唐纳……"[2]，三位人物表现出一定的共性，但其愈来愈激烈的反叛态度更不容忽视。在西蒙和雅考伯的个体发展中，反叛也在不断加剧。西蒙开始虽频繁地更换工作，但至少工作状态占主

---

① Klaus-Michael Hinz: Robert Walsers Souveränität. In: Akzente 5. Oktober 1985. S. 463ff.

② Hermann Hesse: Eine literaturgeschichte in Rezensionen und Aufsätzen. Hg. von Volker Michels. Frankfurt a. M. 1979. S. 459.

导。随着对各行各业的深入了解与反思，他对工作的态度变得愈加消极，更多的时间处于无业状态。从工作占主导到长时间无业状态的变化，表明西蒙对工作伦理渐增的反抗。雅考伯则从对工作伦理的拒绝，发展为对文明的否定。从小品文到两部小说，人物对工作伦理态度的变化还与父母与教师的"在场"与否有关：在早期小品文中，父母和学校都是在场者，他们的权威机制时刻在发挥效力，引导年幼无知的主人公的思想与行为。因此，人物对工作伦理表现出迎合的态度。随着人物的成长，以父母和教师为代表的权威机制逐渐消失，人物开始拥有自己的判断力。他们在对社会和工作的观察中逐渐成长并成熟，因而开始拥有自己的立场与批判态度。

瓦尔泽的作品人物为何不惜一切代价，执着地与主流价值观背道而驰？答案在于工作伦理走向了伦理的反面，在于工作伦理自身的异化[1]。

2. 对异化的资本主义工作伦理的批判

米德在一本研究贫困根源的书中指出，要解释无业者现象，尤其要重视其心理和文化原因。很大程度上，赤贫的成年人逃避工作常常因为其所相信的东西[2]。西蒙、雅考伯信仰人性、善，他们在体验工作和观察社会的过程中，目睹了工作伦理的异化，更下定决心维护其信仰。作品

---

[1] "伦理"一词最早出现在《荷马史诗》中，指某个具体概念如面包、住宅等对人有用的东西，后来逐渐演变为符合人的本性的品质和行为之意。西方的"伦理"与中国的协调社会生活、人际关系准则的"伦理"有所不同，它很长一段时间内泛指万物符合它的本性，人的行为符合人的本性等，都是"善"。见章海山、罗蔚主编：《伦理学引论》，高等教育出版社2009年版，第2页。

[2] Lawrence M. Mead: The New Politics of Poverty: The Nonworking Poor in America. New York: Basic Books. 1992. p. 12.

主要从以下三个角度展现工作伦理的异化：

首先，随着机器大生产的狂飙突进，工作伦理愈来愈演变为资本主义经济繁荣的得力助手和机器大生产的纯粹工具。它打着道德的幌子驱使人们工作，日渐丧失了其人性维度。

在《唐纳兄妹》中，工作伦理驱使职工以机器般的节奏和效率工作。职员们作为机器的一部分，整日埋头工作，既无暇反思工作本身，又无力关心整个机器的内部运行及最后收益，任凭这架机器随意摆布。机器的操纵者——贸易所总经理——坐在经理办公室只顾盘算着收益问题，涉及员工利益之事向来不闻不问。小说中职员们与西蒙式人物形成两个鲜明的对立面：其一，各行各业的人忙忙碌碌，尽忠职守，工作是其生活的主要内容，"在工作"是其在小说中的主要状态；其二，以西蒙为代表的懒散之徒，懈怠工作，无所事事。他情愿无聊至极，也不愿工作，情愿忍饥挨饿，也不愿赚面包钱。若不是生活所迫，不花光最后一分钱，西蒙极其愿意继续过懒散、贫穷的生活。

韦伯把西蒙式人物看作传统主义的产物，这类人放纵自己的奇想和癖好，情愿挨饿，也不愿工作，情愿卑微地活着，也不愿用劳动改善自己的境遇①。西蒙式人物是兴起的工业社会所要的消灭对象，工作伦理便是其手中的武器。米歇尔·罗斯（M. Rose）将韦伯的观点总结为：工作伦理"如同一种对怀有传统主义态度的工人的攻击"②。它不关心西蒙不

---

① 参见马克斯·韦伯：《新教伦理与资本主义精神》，康乐、简惠美译，广西师范大学出版社2007年版，第34-39页。

② M. Rose: Re-working the Work Ethic: Economic Values and Socio-Cultural Politics. London 1985. p. 30.

断放弃工作的原因，不考虑他的内心想法与感受，逼迫他遵从工作伦理。在其攻击下，个体要么服从，要么走投无路。小说结尾处，不愿屈服的西蒙似乎在童话里看到了自己的影子：他感觉自己像那个冰天雪地里被赶出家门的赤脚孩子，受尽冷冻，"但他感觉不到，他太小了。上帝看到了这个孩子，却无动于衷，因为他高高在上，无法感受人间疾苦"（GT，308）。西蒙将自己比作感觉不到冷冻的孩子，也意味着他面临困境仍不能、不愿屈从于它。在工作伦理至上的时代，上帝和人性隐匿了，无人同情西蒙这个被"赶出家门"的孩子，他在小说的结尾陷入走投无路的境地。

瓦尔泽小说对工作伦理非伦理性与工具性的批判在鲍曼那里得到证实[①]。他指出，在资本家眼里，一切能促进经济发展、增加利润的手段"都是好的，而且归根到底都符合伦理"[②]。因此，他们将资本主义工作伦理奉为圭臬。"驱使穷人和自愿懒散的人工作"的使命，不仅是一项"经济任务，也是一项道德任务"[③]。有了这种伦理武器，宣传家便可以有理有据地把因无业导致无法生存的人称为道德缺失，社会提供给穷人的资助则是"资格缺失"的标志。穷人被称为"废物"或"渣滓"，他们是一些"道德松懈"的人[④]。以西蒙为代表的穷人和懒散之徒便成为

---

① 虽然瓦尔泽和鲍曼不属于同一个时代，但工作伦理是其共同的时代要求，而且两人笔下的工作伦理拥有同样的根源，即新教伦理，只不过发展的程度有所不同而已。本书只关注鲍曼的前期工作伦理，即生产者社会的工作伦理，瓦尔泽的时代也正是生产者的社会。也许正因如此，瓦尔泽作品表现出来的批判视角与鲍曼的批判思想得以暗合。

② 齐格蒙特·鲍曼：《工作、消费、新穷人》，仇子明、李兰译，吉林出版集团有限责任公司2010年版，第42页。

③ 齐格蒙特·鲍曼：《工作、消费、新穷人》，仇子明、李兰译，吉林出版集团有限责任公司2010年版，第43页。

④ 齐格蒙特·鲍曼：《工作、消费、新穷人》，仇子明、李兰译，吉林出版集团有限责任公司2010年版，第47页。

工作伦理的重点攻击对象。在社会眼中，他们是无用之辈，是道德缺失之人。在瓦尔泽的三部小说中，主人公都被冠以同样的称呼，西蒙——"Taugenichts"（废物），雅考伯——"Null"（废物），强盗——"Schuft"（渣滓）。

其次，无处不在的工作伦理中蕴含着一股不可小觑的规训力量。

在工作伦理的威慑之下，贸易所职员们自觉地重复着日复一日的机械式生活与工作，克劳斯则疲于履行堆积如山、永无止境的种种义务。职员们从事的也多是些毫无意义的抄写与计算工作。他们机械地工作，从不关心工作本身的意义，成了大机器驱动下一颗颗小小的齿轮。他们是工作伦理改造运动中地地道道的被征服者。对此，鲍曼指出，"在这种工作伦理的遮掩之下，有一种规训的伦理得到张扬"[1]。它既体现在对工作系统外懒散之徒（如西蒙）的规训，也体现在对工作系统之内工人（如职员们）的规训。它剥夺了工人的自主权，包括工人对自身、工作目标和工作进程的自主权，并极力"机械地训练劳工不假思索地服从，同时对做得很好的工作不感到自豪，并且习惯于从事没有意义的任务"[2]。在这种规训力量的作用下，工人"只被教会动作，并非思考"，他们"服从于令人疲惫的机械与管理条例"[3]。因而，职员们展现给读者的不过是机械的动作与毫无生机的形象。此外，他们不仅被驯服，还主动扮演驯

---

① 齐格蒙特·鲍曼：《工作、消费、新穷人》，仇子明、李兰译，吉林出版集团有限责任公司 2010 年版，第 38 页。

② 齐格蒙特·鲍曼：《工作、消费、新穷人》，仇子明、李兰译，吉林出版集团有限责任公司 2010 年版，第 38 页。

③ 齐格蒙特·鲍曼：《工作、消费、新穷人》，仇子明、李兰译，吉林出版集团有限责任公司 2010 年版，第 40 页。

服他人的角色，譬如克劳斯和形形色色规劝西蒙和强盗的人群。他们用自以为正确的姿态和腔调，逼迫西蒙和强盗接受工作伦理，做一名"正常"的市民。可见，工作伦理对现代国家而言功不可没，它亦是维持社会稳定与秩序的工具。

西蒙的独特之处在于他与职员们截然不同的行为和思想。他努力观察周围世界，试图通过换位思考的方式洞察贸易所的本质，他看到了"一些难以理解、几乎非人性的事情"。（GT，36）对其他职员如出一辙的行为，西蒙百思不得其解，他暗想："他们大概是乐意而为，是迫不得已，还是为了有所收获而有意识为之？"（GT，36）在西蒙眼里，职员们像被驯服的羔羊，从不同的方向聚集到同一地点，之后又分散到不同的方向，如此反复。西蒙此时虽然没有洞若观火，但隐隐感觉到了一种驯服力量的存在，这种力量让人们步调一致、有条不紊。

最后，至上的工作伦理导致人与他人的异化和人的自我异化。

工作伦理的前提——"永不满足、不断进取"——在道德维度上使人的贪婪合法化，只要是工作得来的合法成果都将得到肯定。它极有可能导致一切围绕着工作、财富、权力运转，人与人的关系简约为工作关系、金钱关系，从而造就冷漠的人际关系与人的异化。

在《唐纳兄妹》中，职员间关系冷漠，人情冷淡；在《雅考伯·冯·贡腾》中，人与人相互倾轧，真正的友谊无从谈起。工作伦理也导致人的自我异化，因为工作和利益是人生活的中心和目的，人们争先恐后地追逐利益，逐渐忘却了生活本身的价值，也忽视了人的自身价值。在《唐纳兄妹》中，克劳斯表面上生活体面，拥有了他认为该拥有的一切，但他辜负了青春与生活。他的过去、现在和未来都缺失一些人性的东西，如无忧无虑、自由与快乐。他坚持不懈地履行义务，认真工作，却也不时地为自己的生活感到悲哀，觉得自己过得不幸福。在《雅考伯·冯·贡腾》中，富有的上层社会不择手段地追逐金钱与地位，换来的却是惶恐不安，自我生存的价值彻底被湮没。

以上对资本主义社会不合理现象及工作伦理反伦理性的观察，几乎都来自西蒙和雅考伯。他们或置身其中，或冷眼旁观，通过自己的观察不断地加深对社会的了解。他们积极地反思普通职员或上层社会的生活，看到了体面的职业生活背后的种种违背人性的现象。了解越多，他们越望而却步，与之保持距离，因为他们不愿做文明社会的牺牲品，不愿成为社会大生产的工具。如果说大众与社会的关系是迎合与顺从的话，那么西蒙和雅考伯则用审视的目光观察社会，并在不断的观察中与社会保持距离。反映在小说中，西蒙开始还在积极地尝试不同的工作，到后来似乎对各类工作不再抱有幻想，也常常懒于工作。雅考伯亦在洞察上层社会的生活后，坚定了自己远离资本主义社会体系的决心。在对现代社会万象的表现上，作者故意采取边缘人的观察视角，这是一种区别于普通人的特殊视角，因为只有不谄媚社会、与社会保持距离的人，才能看到社会生活表象下的真实面孔。此外，这种独特的视角亦可以让读者清楚地看到边缘人的聚焦对象与内心想法，有助于理解人物的边缘性。

3. 从越轨者到边缘人

在工作伦理成为时代话语的历史背景下，工作角色作为最普遍的社会角色应运而生，它不以人的意志为转移，是时代的产物，工作角色的客观性是任何个体无法改变的现实。德国最早从事角色理论研究的社会学家达伦多夫（Ralf Dahrendorf）在总结社会角色特征时指出，社会角色作为社会学分析的因素具有三个特征：第一，社会角色是客观的，是一系列不依赖于个体的行为准则的集合体；第二，社会角色的内容仅仅由社会决定或改变；第三，角色中潜在的行为期望对个体具有约束效力，个体无法轻易摆脱其约束①。因此，工作以社会伦理或社会规范的身份登上时代舞台，它作为一种普遍的社会角色，如同其他角色亦包含一系列的角色期待。首屈一指的角色期待当属工作本身，即社会首先期待个体承担工作这项角色或义务；其次，角色期待针对具体的角色行为，即如何工作的问题，这种期待既来自社会，也来自上司，亦来自同事或他人。

如前所述，工作伦理要求个体不计利益、孜孜不倦地埋头工作，做一个百依百顺的小齿轮。小说表现的贸易所职员几乎完全达到了工作伦理和上司的角色期望，他们是理想的工作工具，代表着理想的工作角色。与理想角色差距最小的要数克劳斯，连西蒙都承认他是这个世界上最能干的人，"没有人能超越他那谦虚不骄、深藏不露的能干"（GT，321），就连这种谦虚不骄的态度也是工作伦理的要求。在这些理想角色的陪衬下，西蒙和雅考伯扮演角色的优劣程度不言而喻。

西蒙开始也接受客观的角色安排，积极寻找新的职业，过正常人的生活。以西蒙在贸易所工作这一典型片段为例，我们可以透视其角色扮演行为。西蒙从事书店助手和侍者工作开头的出色表现，是满足角色

---

① Ralf Dahrendorf: Homo Sociologicus. Ein Versuch zur Geschichte, Bedeutung und Kritik der Kategorie der sozialen Rolle. Wiesbaden 2006. S. 39.

期望的正常角色行为。接着与代表理想角色的其他职员不同，西蒙积极观察并反省贸易所的工作，开始质疑冠冕堂皇的现代工作。这种行为显然有违工作伦理，带着这种心态继续工作的西蒙明显感觉这项工作不仅奴役人的精神，也束缚人的肢体。"长时间不能活动四肢"（lange Glieder-nicht-bewegen-Dürfen，GT，37），不能感受室外生机勃勃的春天，加之这种无意义的机械工作不会使人得到任何发展。这样的职业生活对西蒙来说是慢性自杀，抑或是对其自我身份的扼杀。

西蒙是一个自然之子，他年轻，充满稚气、胆怯害羞、傻里傻气、无忧无虑、充满幻想、心直口快、时而温顺、时而狂野，有一颗仁爱之心，也有一种渴望自然和自由的天性，他痛恨束缚与不自由。如同特奥多尔·冯塔纳的《艾菲·布里斯特》中对婚姻充满浪漫幻想的自然之子艾菲一样，西蒙中的工作应该是"招人喜爱、无比美好的"（GT，7）。抱着这种期待，西蒙开始了小说中的第一份、第二份、第三份工作，但他渐渐发现职业角色成为一种角色强迫。他呼吸不到自由的空气，四肢遭到捆绑，天性与自我身份遭到压抑。同时他又得面对上司和同事的角色期待，于是他陷入了角色冲突的困扰，这就是达伦多夫所说的角色的强迫性："社会角色就是对个体的强迫。"① 关键在于个体如何面对角色强迫这一现象，是接受还是拒绝角色压迫的存在，前者意味着抬高社会身份，后者则意味独尊自我身份，理想的解决措施是两种身份的平衡。

克劳斯的领悟角色是不断履行义务，他竭尽全力，试图完成不见尽

---

① Ralf Dahrendorf: Homo Sociologicus. Ein Versuch zur Geschichte, Bedeutung und Kritik der Kategorie der sozialen Rolle. Wiesbaden 2006. S. 40.

头的义务，却发现力不能及，这正说明角色期待永远无法得到完全满足。克劳斯疲于职责，也"时常为自己感到悲哀"（GT，12），他深知角色的强迫性，但压抑过后，又重拾义务的重担，积极履行其角色。在克劳斯这里，社会身份得到极度张扬，自我身份则遭到贬抑，这种试图完全迎合角色期望的行为让克劳斯成了失去自我的人，因为社会化过程或角色扮演过程始终是一个剥夺人的个性的过程。"绝对个性和个体自由在社会角色的操控性和普遍性之下奄奄一息"，扮演角色的人被无情地送到了社会法则的虎口之下[1]。"严格执行这种社会法则的人将得到奖赏，或者至少不会遭到惩罚"[2]，这是群体反应的积极方面。因此，克劳斯得到了社会的厚重奖赏，那些体面的东西如地位、名誉、财富、敬重，他应有尽有，这些对于他来说是个体存在的基础和意义。

与克劳斯相反，西蒙面对角色强迫时，采取了相反的措施。他开始对工作懈怠，在贸易所迟到一小时后，仍然理直气壮，昔日的角色强迫转化为他对工作伦理毫不留情的控诉。于是，他被解雇了。这是最严重的角色失调，是暂时性的角色失败。西蒙在主体身份发生冲突、分裂的时候，采取了保护自我身份的行为方式，这种非平衡措施使他陷入了不利境地，即角色失败和暂时失业。继角色失败后，西蒙处于失业的自由状态，这对他来说简直是人间极乐，"只要能感到四肢的存在，我便无比幸福，那个时候我忘记了世界的存在，既不会想到某个女性，也不会

---

① Ralf Dahrendorf: Homo Sociologicus. Ein Versuch zur Geschichte, Bedeutung und Kritik der Kategorie der sozialen Rolle. Wiesbaden 2006. S. 63.

② Ralf Dahrendorf: Homo Sociologicus. Ein Versuch zur Geschichte, Bedeutung und Kritik der Kategorie der sozialen Rolle. Wiesbaden 2006. S. 40.

想到某个男性，什么都不想了"（GT，59）。他的天性及自我身份得到了最大限度的释放与张扬。但作为一个社会人，这种脱离角色的行为不可能持续下去，除非他脱离这个集体。因此，西蒙再次寻找职业，体验多种职业后，他失望地发现，不管什么职业都无法摆脱时代的大气候及工作伦理的印记。它们毫无差异地内化了资本主义生产体系的特征和要求，以追求效益、利益最大化为目标，无视人性原则。西蒙一再更换职业也源于对工业时代下的现代职业和价值观的不认同。他既得面对生存的压力，又不愿在异化的岗位上失去自我，因而表现出不断寻找职业又不断放弃的矛盾行为。他因来自社会和物质的压力选择工作，而又因无法承受异化的工作世界，选择中断职业角色，保护自我身份。随着小说的发展，西蒙对社会价值观和工作伦理表现出越来越强烈的排斥与抗拒，常常处于失业的自由状态。正如米德所言，西蒙的信仰导致工作伦理在西蒙身上的失效。

西蒙的角色行为违反了工作伦理即社会角色规范，打破了角色期待，因而招致一次次的批评与指责，社会学称其为群体反应。角色期待之所以在社会角色中具有社会规范的约束力，原因在于群体反应的效力，借助它的力量，角色期望常常得以强行贯彻社会规范[1]。

群体反应在《唐纳兄妹》中得到了淋漓尽致的体现。在西蒙身上，它表现为三种形式。一是企业上司对西蒙的冷嘲热讽。他们一致认为，如果西蒙一如既往地循环于放弃工作与寻找工作的魔圈内，他注定一事

---

[1] Ralf Dahrendorf: Homo Sociologicus. Ein Versuch zur Geschichte, Bedeutung und Kritik der Kategorie der sozialen Rolle. Wiesbaden 2006. S. 40.

无成。他们试图给西蒙施加言语压力，以改变其不合规范的行为方式。二是哥哥克劳斯对西蒙苦口婆心的规劝，希望他早日有一份固定职业和一席立足之地。克劳斯在群体反应中极具代表性，他被称为"监察员"和"小学生教员"（GT，156），这两个头衔与克劳斯的品性和行为十分吻合。他是社会规范的严格监督者和传达者，是规范的化身。他的出现只能给人带来压抑的感觉，就连一向无可指摘的黑德维希也感觉，当克劳斯在场时，自己就像一个低头认错的小学生。他的一个眼神足以让西蒙心领神会，可见，连他的眼神也成功地内化了社会规范。第三种群体反应是周遭对西蒙无所事事投来的异样目光。虽是目光，却较前两种方式，对西蒙有更大的"杀伤力"，逼迫他不得不掩饰其游手好闲的行为。人群中的西蒙为了避免惹人非议，决定模仿他人匆匆的脚步，实际上他匆匆而行，却漫无目标。要在人群中停下脚步，他也得寻找一个名正言顺的理由。于是，他在橱窗前停下脚步，事实上，他压根无视那些琳琅满目的商品。小说中的目光不仅作为消极的群体反应，也是积极的群体反应。工作一天后的西蒙，再次漫步于人群。这时，他发现曾经满含责备的目光竟然变得饱含赞许，这种目光给他颁发了散步的许可证。他觉得，同样是漫步于大街，以前的漫步被称为"闲逛"（schlendern），而现在的则是名正言顺的"散步"（spazieren）（GT，272）。这种奖励让他摆脱了昔日散步时忐忑不安的心情，真正享受到散步的喜悦，他甚至告诫自己："人不是独为自己而活，而是为所有人。只要还处于监视中，人就有义务去展示一个端庄的模范形象。"（GT，272）群体反应在西蒙身上实现了一定程度的规范引导作用，连平日放荡不羁的西蒙，也因积极的群体反应反思了他过去懈怠角色职责的行为。

　　群体反应对个体的引导作用和约束效力使其成为社会规范的得力助手。达伦多夫借助弗洛伊德的"超我"概念，更加强化了群体反应对个体的约束效果，因为良知作为个体的"超我"实际成为社会对个体的内在审判机构。社会的警告或裁判声音，即群体反应，通过"超我"的作用，轻而易举地达到了对个体的震慑效果。因而，有些角色期待无须外部权力机构，"超我"和群体反应的相互作用足以代替有形的监察机关①。达伦多夫的看法在西蒙身上得到印证，一方面是西蒙作为自然之子对无拘无束生活的向往，另一方面社会要求和群体反应给他施加精神压力，谴责他不负责任的浪荡行为。这两个方面相互冲突、相互较量，有时天性占上风，他便听任自己的内心渴望；有时对社会的内疚心理和群体反应获胜，他便顺从工作伦理，认真执行社会角色。这样，西蒙常常陷入内心冲突之中，表现出矛盾的思想和行为方式。他有时会因为自己为工作出卖自由的行为生气，有时又会为自己懈怠职业和社会责任的行为懊恼，总是在两种生活之间摇摆不定。服从与抵抗社会规范的两难行为，即中心与边缘的交替，"只要这两种状态持续，便会引起个体的心理冲突"②，"双重人格——分裂的自我"是边缘人的典型特征③。西蒙呈现给读者的便是一个矛盾的个体。

---

　　① Ralf Dahrendorf: Homo Sociologicus. Ein Versuch zur Geschichte, Bedeutung und Kritik der Kategorie der sozialen Rolle. Wiesbaden 2006. S. 64.

　　② Peter Heintz: Einführung in die soziologische Theorie. Stuttgart 1962. S. 229.

　　③ David I. Golovensky: The Marginal Man Concept: An Analysis and Critique. In: Social Forces. Vol.30. No.3. 1952. p. 334.

　　西蒙既违反了社会规范，又遭到群体反应的惩罚，这两点正是偏差行为的充分必要条件。西蒙的行为可以名副其实地被称作偏差行为。在偏差行为的形成过程中，亦存在"册封礼"与"封号"，即为违规者加封一个标签。在西蒙身上也没有遗漏这一环节，西蒙获得了几个实质相同的标签："放荡之徒"（GT，11）、"怪癖人"（GT，30）、"无用人"（GT，27）、"懒汉"（GT，151）、"怪人"（GT，254）与"游手好闲之徒"（GT，322）。标签过程就像仪式一样，从西蒙的第一个标签开始，他便拥有了一种新身份，被社会视为另类。这一标识对他影响很大，因为此后标签身份便成为他在社会中的主要身份，影响着他在人们心中的形象及与社会的交往关系。西蒙起初的行为只是初级越轨，如果他畏惧群体反应和标签作用，自觉纠正其偏差行为，回到常规状态，那么他还会重新成为一名正常的社会成员。小说中，西蒙开始虽然会经常纠正其偏差行为，重回工作岗位，但他再三的越轨行为和接连而至的新标签，使其越轨程度逐步加深。后来长期的失业状态和对自己的放纵实际上是接受标签，更加有意识地让自己的行为符合标签，他的行为已属二级越轨，将遭到社会的驱逐和疏远。西蒙因其"相信的东西"逐步从初级越轨发展到二级越轨，成为真正的社会边缘人。

　　与《唐纳兄妹》相同，小说《雅考伯·冯·贡腾》的时代背景仍然是机器大生产时代的资本主义社会。"追求，甚至还必须满还热情地去追求"（《雅》，48）是社会对每个人的要求。个体必须参与社会工作体系，努力工作，积极追求社会眼中正确的价值观，即职业成功、物质财富及社会地位。为达到这一目的，社会的上层人士整日勾心斗角，相互倾轧，生活在权力的角斗场中。与之相比，普通大众是推动社会生产的"奴隶"，是"那空前伟大的群众思想的奴隶"（《雅》，48）。人们不知疲惫的追求和"永不满足，不断进取"的职业态度正是工作伦理的两个前提。雅考伯出身于上层社会，目睹了各式人群为了所谓的成功不断异化，他深刻地感觉到社会在这种扭曲的工作伦理和价值观的作怪下，变得匪夷所思。鉴于此，不愿服从于扭曲价值观的雅考伯，毅然决定放弃贵族身份与贡腾家族，"从最底层干起"（《雅》，50）。他像《铁皮鼓》中的奥斯卡一样，天生具有洞察异化世界的特异功能，早早地拒绝在现实的异化世界中成长，为自己选择了一个与资本主义社会势不两立的世界。雅考伯放弃社会身份，放弃既定社会角色的行为，致使所有的社会规范和角色期待在他身上落空，这是一种彻底的角色失败，也是完全的越轨行为。如果说西蒙身上还有角色扮演、角色强迫、角色冲突与角色失败的痕迹，那么雅考伯干脆拒绝现代职业这一角色，他从一开始便拒绝扮演角色，自愿选择边缘的另类生存。

西蒙和雅考伯都因不愿臣服于工业生产时代下扭曲的社会规范和工作伦理，导致角色失败，成为社会边缘人。时代和社会是导致其边缘地位的主要原因。不同的是，《唐纳兄妹》犹如童话的现实小说，以现实色彩为重，而《雅考伯·冯·贡腾》则更像现实的童话小说，以虚幻色彩为主。与西蒙不同，雅考伯可以忽略种种现实生存问题，无须经历角色压力与内心冲突，可以直接做一个地地道道的边缘人，在一个现实之外的世界中实行自己的人生计划。此外，工作伦理的"帮凶"——市民社会，亦成了小说批判的矛头。有研究者指出，瓦尔泽对市民社会的批判，尤其对市民意识形态的批判锋芒毕露，他的批判主要针对市民对工作伦理的盲目服从与内化①。市民社会就像一个以角色扮演为中心的权力机构，在这个社会中，接受角色规范、履行角色义务是个体存活的前提，但这样对工作伦理不加质疑的遵从，只能让存活贬值。同时，小说对工作伦理的批判也说明伦理的不合伦理性和相对性。它早已失去效力，无法推进社会关系的改良、人际关系的改善、无法促进个性的施展和人类共同生活的和谐。因此，瓦尔泽选择西蒙和雅考伯去质疑和挑战现代工作伦理，剥掉伦理神秘的外衣，揭露其蒙蔽人的本质。

三、强盗：文化工业的反抗者

小说《强盗》是瓦尔泽创作的最后一部小说，且生前并未出版。从目前知晓的手稿和书信来看，作者从未提及这部小说的存在，多数研究者也认为，瓦尔泽似乎压根没有出版这部小说的计划②。此后，在瓦尔泽全集的整理出版工作中，这部小说于 1972 年才首次与读者见面。《强盗》遗稿属于作者的铅笔创作时期，被密密麻麻的难以辨认的德语花体字写在二十四章稿纸上（"密码卷帙"第 488 号），书法流畅自然③。与遗稿书法相呼应，小说的形式与内容与传统小说相比亦自由、随意。瑞士作家乌尔斯·唯德默尔（Urs Widmer）认为，与瓦尔泽其他小说相比，《强

---

① Vgl. Marian Holona: Arbeit – Mediocritas – Müssiggang zur Sozialethik in Robert Walsers Kleinprosa. Warszawa 1980. S. 13.

② Vgl. Urs Widmer: Der Dichter als Krimineller. Robert Walser im Nachlaß entdeckter Roman *Der Räuber*. In: Katharina Kerr (Hg): Über Robert Walser. Bd. II. Frankfurt a.M. 1978. S. 22.

③ 参见范捷平：《罗伯特·瓦尔泽与主体话语批评》，浙江大学出版社 2011 年版，第 13 页。

盗》小说"最自由"、"最有意识"①。如此自由的写作手法也许只有不在乎他人如何接受其作品的作家才能实现。事实上，创作后期的瓦尔泽确实不再像年轻时代那么热衷于出版，其后期发表的作品屈指可数。《强盗》小说的研究者夏弗洛德（Heinz F. Schafroth）认为，让它与时代巨著比肩而立并不过分，"如果它能在那个年代面世，也许也会在诸多划时代的巨著中博得一席之位"②。

小说的主人公强盗与西蒙、马蒂和雅考伯有着许多共同之处，他们都属于瓦尔泽式的边缘人群，共同构成市民社会的对立群体。其共同特征是微不足道（Bedeutungslosigkeit），在市民社会看来"毫无用处"（Nutzlosigkeit）、"功能障碍"（Disfunktionalität），他们被视作市民社会多余的废弃品③。本节将从三个角度，即社会规范、职业角色与性别角色的角度分析强盗处于边缘地位的原因。在分析边缘性原因的过程中，也将触及小说的诸多核心主题，如艺术家的自主问题。

1. 市民社会的"强盗"

小说主人公强盗自始至终无名无姓，就连小说的标题也是后来出版者加上去的。选取强盗这个称呼似乎源于作者对席勒戏剧《强盗》的痴迷。年轻时未能实现的戏剧之梦，也许作者希望在晚年撰写一部关于强盗的

① Urs Widmer: Der Dichter als Krimineller. Robert Walser im Nachlaß entdeckter Roman *Der Räuber*. In: Katharina Kerr (Hg): Über Robert Walser. Bd. II. Frankfurt a.M. 1978. S. 23.

② Heinz F. Schafroth: Wie ein richtiger Abgetaner. Über Robert Walsers „Räuber "-Roman. In: Katharina Kerr (Hg): Über Robert Walser. Bd II. Frankfurt a. M. 1978. S. 286.

③ Marian Holona: Zur Sozialethik in Robert Walsers Kleinprosa. In: Katharina Kerr (Hg): Über Robert Walser. Bd III. Frankfurt a. M. 1978. S. 199.

作品，以弥补当年未能当演员、未能出演席勒《强盗》的遗憾。瓦尔泽的强盗被称为"现代强盗"（moderner Räuber），他不同于传统意义上的强盗形象[①]，既没有抢劫行为也未劫富济贫。宾格利（Ulrich Binggli）指出，从唐璜式人物形象来看[②]，瓦尔泽的强盗是席勒的卡尔·摩尔（Karl Moor）与符尔皮乌斯（Christian August Vulpius）的里纳尔迪尼（Rinaldo Rinaldini）这两类人物的混合[③]，因为瓦尔泽的强盗也被称为"我们的里纳尔迪尼"（DR，19）。具体来说，他汲取了里纳尔迪尼的唐璜式特质，既作为情圣，也借用了卡尔·摩尔的唐璜式特征。因此，从这一角度看，宾格利认为瓦尔泽的强盗完全具有强盗的特征，用这个称呼恰如其分[④]。

"我们的里纳尔迪尼"在小说中与诸多女性纠缠不清，除了叙述者外，与他交往的多是女性。他不断博得女性的好感，然后抛弃她们。为了追求中意的女性，他可以一连几个月尾随其后，这充分显示了他身上隐藏的唐璜式特征。但实际上，宾格利只是从人物的表面特征出发解释"强盗"这一名称，并不能让读者真正了解这一人物形象，了解强盗与小说主题

---

① Astrid Starck: Die Räuberfigur in Robert Walsers Roman „Der Räuber". In: C.A.M.Noble (Hg): Gedankenspaziergänge mit Robert Walser. Bern 2002. S. 230. 传统意义上的强盗一方面指涉狂飙突进时期席勒和歌德笔下的强盗形象，另一方面指涉 18，19 世纪逐渐通俗化的强盗小说，其中的强盗多是受压迫人民的保护伞。

② 从瓦尔泽的作品看，他对唐璜这一文学人物颇有兴趣，他在《日记》中写道："我们再回到莫扎特的《唐璜》上来，……不管怎么说，唐璜这个人物是有一定功绩的，值得花费一些笔墨，他身上有些东西值得思考。"因此，他把唐璜式身上的东西融入自己的小说人物是完全有可能的。注：《日记》引文均出自罗伯特·瓦尔泽：《散步》，范捷平译，上海译文出版社 2002 年版。以后不再标注。此处引文见该书 265 页。

③ Vgl. Ulrich Binggli: Intertextualität und Lektüresemiotik. Der „Räuber"-Roman von Robert Walser. In: Zeitschrift für Semiotik. 2002. Jg. 24. S. 244.

④ Ulrich Binggli: Intertextualität und Lektüresemiotik. Der „Räuber"-Roman von Robert Walser. In: Zeitschrift für Semiotik. 2002. Jg. 24. S. 244.

的关系。

小说中，强盗同叙述者一样，是一名作家，叙述者如此描述强盗的过去：

"他不止一次收到这样的信件，器重他的人在信里提醒他要继续履行其如此有利地位上的职责。'您曾经那好评如潮、报酬丰厚的抢劫事业去哪了？'信中这样说……在认识宛达之前，他掠夺了不少对风景的印象。这种职业，非同寻常！此外，他也掠夺了很多好感。"（DR，32）

"强盗也通过阅读一些民间小册子抢取故事，他借助那些读过的短篇故事创造属于自己的新故事。为此，他扬扬自得。"（DR，41）

从以上两段可以看出，"写作＝抢劫"（schreiben ＝ rauben），他抢劫了"对风景的印象"、"好感"和"故事"，将这些猎物通过文学化方式据为己有，并获得了丰厚的报酬。抢劫的战果便是给他带来声誉和酬劳的作品。从这种意义上说，强盗把从周围环境中获取的"印象"或"故事"进行美学加工，据为己有，并将其变为自己的财富。这些财富从根本上来说源于他人，因此，他的写作行为被称为一种强盗行为。强盗也坦然承认自己的行为实属"流氓行为"："'严格地说，'强盗回答道，'我们所有这些写小说的人某种程度上都是流氓……'"（DR，169）不仅主人公是"强盗"，叙述者也是地地道道的"强盗"，整部小说亦是一种"强盗行为"，因为它的成功源于"窃取"强盗与埃迪特的爱情经历。叙述者的"强盗行为"不仅表现在通过文学方式占有别人的经历，还体现在对小说人物的驾驭，他自豪地写道："无论如何我都保持着对强盗故事的领导权。"（DR，145）

写作是"抢劫"，那么作家自然成了"强盗"。"强盗"这一名称本身散发着非市民气息，主人公并没有真正从事非法活动，因而这一称呼更多指他的偏差行为，也同时预示着他在市民社会中的地位。唯德默尔在小说评论中写道："可以想象，瓦尔泽只会把作家看成社会的异质者。"① 瓦尔泽的这种观点可以在他的《日记》中得到证实。他写到，当作家就意味着要扮演"局外人"的角色（《日》，247）。作家是社会中功能障碍者的化身，是"比任何可以想象的无价值的东西和破家具更加没有价值、更加没有用的东西"（《日》，278），仅是他的存在就"让一些人感到不舒服，不知什么地方，总之是一些让人感到不快的东西"（《日》，276）。因此，选择作家职业在市民社会看来就是一种偏差行为，他的存在让市民感到"心神不定"（GW VII，316）②，强盗同样会遭遇社会的排斥与孤立。霍布斯（Jens Hobus）也指出，"强盗"这一角色是瓦尔泽经常分配给作家的，主人公的边缘性源于他在社会中的一系列"不合常规行为"③。写作行为首当其冲，因为职业是决定社会地位和社会角色的重要因素。

---

① Urs Widmer: Der Dichter als Krimineller. Robert Walser im Nachlaß entdeckter Roman *Der Räuber*. In: Katharina Kerr (Hg): Über Robert Walser. Bd. II. Frankfurt a.M. 1978. S. 23.

② 本书用 Gesamtwerk 的首字母缩写 GW 代表瓦尔泽作品全集，后面的罗马数字代表全集中的册数，阿拉伯数字是引文在该册中的页码。以后不再注释。

③ Jens Hobus: Poetik der Umschreibung. Figuration der Liebe im Werk Robert Walsers. Würzburg 2011. S. 121.

　　因此，我们可以用"越轨行为"表示强盗的行为，他的"越轨行为"不仅表现在创作上，还在其他一些方面。在市民的婚姻伦理面前，强盗采取我行我素的态度。堂区福利女主任督促他结婚，也有人举办社交晚会，为强盗安排相亲活动，而事实证明这一切努力不过是徒劳。他被冠以"常理之敌"（DR，18）的标签，与市民社会划清界限。在多数人看来，婚姻可以给人尤其是女性带来幸福，而强盗通过对身边无数不幸婚姻的关注，给了婚姻伦理观与幸福观一记响亮的耳光。小说中这样写道："正当强盗起了结婚的念头，不远处一位愤怒的女士向她的丈夫开了枪，因为他丢下妻儿和别的女人私奔了。……一位男子出于嫉妒杀害了他曾经的最爱。……"（DR，115）强盗的结婚念头与几个不幸婚姻事件同时发生，是对婚姻伦理和市民价值观无情的质疑与嘲讽。

　　市民社会要求个体对社会有用，而强盗总是无所事事，因此他遭到来自社会各方的指责。一位市民代表当面指责强盗："对那些想帮助你成为可塑之才的人，你总是竭尽全力让他们相信，你身上缺少那些能使生活变得舒适、安逸的本事。难道你真的缺少？不，你肯定不缺。你只是对其不屑一顾，甚至厌恶它们的存在。"（DR，16）强盗故意隐蔽其才能，其玩世不恭的态度成为众矢之的。人们谴责他没有履行社会成员应尽的义务，没有做社会的有用之才。对此，强盗嘲讽道："人们都要帮助我，可惜他们办不到。"（DR，32）可见，强盗对自己的作为心知肚明，故意采取破罐子破摔的态度。除了作家职业、婚姻观和"有用性"要求外，强盗也无法接纳社会一心追求成功和金钱的价值观，他的"无用"和无所事事足以证明他对这两种价值观的否定。在作品中，"金钱"

这个字眼频繁出现，证实它在社会中举足轻重的地位，它是社会的标尺，是生活的魔棒，"谁没有钱，谁就是恶棍"（DR，188）。小说还这样写道："什么都可以原谅，唯有贫穷不能，因为它让人不寒而栗。"（DR，136）而事实是，现在的强盗穷困潦倒。

市民的种种所谓道德要求亦是社会规范的有形化身，因为根深蒂固的社会规范早已在他们的身上得到内化，发扬光大。这体现在人们试图给强盗灌输道德准则，但结果徒劳无功，他始终狂野不羁，摆出一副不谙世事的样子。强盗的种种偏差行为最终引来社会的跟踪，这是群体反应的具体表现形式，是对强盗忽视其社会角色行为的惩罚。人们跟踪他想让他知道社会个体应遵从的生活，改变其迄今不为社会所接受的生活方式。同时，社会的跟踪也说明它对强盗"越轨行为"的宣判，社会顺理成章地给他加上标签，这一标签就是"强盗"。因此，他自始至终无名无姓，标签"强盗"就是他的称呼和身份。正如标签理论学家贝克尔所言，标签身份常常成为他的主要身份，他的真正名字不再重要。

唯德默尔也指出，他其实并没有选择强盗这一角色，而是社会强加给他的①。唯德默尔的这一说法并非没有根据，强盗的名字是叙述者强加上去的，他并未征求强盗的意见，就给他加上这一标签。叙述者是强盗的反面，站在市民社会的立场，遵守社会规范，是一位知名作家，他极其关心自己的名誉与财富。同为作家的叙述者自豪地说："我是我，他是他。我有钱，而他没有。这是导致我们最大差别的原因。"（DR，

---

① Vgl. Urs Widmer: Der Dichter als Krimineller. Robert Walser im Nachlaß entdeckter Roman *Der Räuber*. In: Katharina Kerr (Hg): Über Robert Walser. Bd. II. Frankfurt a. M. 1978. S. 23.

190）小说向我们展示了两位完全不同的作家，一位落魄者（强盗），一位成功者（叙述者），而他们又有很多共同点，首先是同样的作家职业和同样面对写小说的压力。叙述者不断提醒自己："我得留神，决不能与他混为一体。我可不想与他有什么共同之处。"（DR，87）叙述者只有给他加上强盗的标签才能与他保持距离，才能使自己与市民社会融为一体。因此，从这个角度说，这个标签不仅是叙述者强加给主人公的，更代表市民社会的观点。

2. 拒绝创作的作家

在机器大生产时代，艺术家职业常常遭到市民社会的唾弃（下一节将会详述这一主题），强盗也因其作家身份与市民社会划清了界限，处于社会的边缘，这是他身上的第一层边缘色彩。身为作家的强盗对创作二字只字不提，整日无所事事，就连他的作家身份在小说中也极其隐蔽。叙述者几乎没有直截了当地指出他的作家职业，使用寥寥几笔，诸如"他那本友人早已望眼欲穿的小说"（DR，45）等，做出暗示。这种遮遮掩掩的告知方式似乎更符合强盗不作为的作家行为。强盗曾经所在的文学圈中的友人希望他浪子回头，重新回到他们中间，再度着手其曾经颇受青睐的创作事业，而强盗总是置若罔闻，并请求："为了兼顾现在落魄的我，请不要高估我过去的创作，这毫无意义。所有人都恨不得跑来控告我的懒怠行为。"（DR，33）强盗身为作家，却坚决拒绝写作，拒绝承担其职业角色，造成角色失败，最严重的角色失调现象。这样，强盗给自己创造了第二重边缘色彩，成为作家界的边缘者。而他为何拒绝创作，自愿选择双重边缘境地，则是本节关注的重点。

如同强盗隐蔽的职业身份，叙述者也没有开门见山地指出强盗拒绝写作的原因，反而认为："并不是一切都要水落石出，真相大白，否则品评者将失去反复斟酌的乐趣。"（DR，188）借助强盗自身和叙述者"我"，读者可以探寻到强盗拒绝创作的原因。

在小说《强盗》中，人们对强盗的创作（小说）早就翘首以待，甚至采取种种手段逼迫他，诸如语重心长的劝导、社会的冷嘲热讽和穷追不舍的跟踪，而他置若罔闻，不屑一顾，只用那副孩子般不解世事的面孔作为回答。以前至少他还在创作，还是文坛的风云人物，而现在面对外部压力，他干脆采取我行我素，放弃写作的态度，这是一种与角色期待背道而驰的行为，是严重的偏差行为。同为作家的叙述者"我"，作为他的"监护者"（DR，76），也认为"无论如何，强盗应该在社会中尽力攀升"（DR，132），以获得立足之地。叙述者用自己坚持不懈、与时代一致的步伐践行着社会的要求，努力缩小自己与理想角色的差距。叙述者虽是小有名气的作家，却也不时面临着外部施加给他写小说的压力。为了达到小说的篇幅，他故意采取冗繁拖沓的叙述风格，而且也明确地向读者指出："我这么拐弯抹角、啰里啰唆地叙述，意图不过是消磨时间。因为我不得不写出一部篇幅不短的书，否则我会遭到比现在严重百倍的鄙视。绝不能这么继续下去。因为写不出小说，这里的纨绔子弟都管我叫门仆了。"（DR，103）可见，不管是强盗还是叙述者，都面临着生存的挑战与压力。他们两位艺术家虽有天壤之别，却也有着相似的命运。他们连写什么文体、多长篇幅都不能做主，外界的要求操纵着他们的写作方式。

　　小说《强盗》是围绕着"写小说"展开的。强盗逃避写小说，逃避作家职业；叙述者则围着小说转，他既得面对写小说的压力，又在整部作品中讨论如何写小说的问题。因而"写小说"背后隐藏着强盗逃避写作的原因，也暗含着作品要传达的社会问题及批判态度。具体来说，不能自主地决定写作体裁意味着艺术家的不自主或他治（Fremdbestimmung）。作家创作的同时承受着来自外界的压力，这种压力首先来自出版社。在小说畅销的年代，出版社为迎合读者口味与市场需求，将小说作为出版的标准，并分配给强盗与叙述者。因而，出版社在一定程度上成为盈利企业，艺术能否符合市场需求成为出版社考虑的首要标准。作为作家的叙述者"我"为了维护自己的声望与地位，不得不努力向市场看齐，满足出版社的要求。为了完成要求的篇幅，叙述者"我"在小说中嘲讽道："一支笔即使东扯葫芦西扯瓢，也总比停留片刻好。也许，这正是写作的秘密之一。"（DR，77）言外之意，写作的标尺已从质量转向数量，只有数量和厚度才能保证叙述者的作家地位。艺术本身不再受人重视，人们关注的是它带给人的益处。

　　面对上述趋势，《强盗》小说中的两位作家采取了截然不同的态度。叙述者接受了一致性原则，努力遵照出版工业的标准撰写小说，而强盗采取了拒绝的态度，甚至干脆放弃写作。不同的态度导致了他们迥异的人生，因为在这种情况下，个人要想存活"只有与普遍性完全达成一致，他才能得到容忍，才是没有问题的"①。叙述者成功地成为出版工业中的一分子，通过牺牲艺术换来名誉与财富，强盗则情愿置身其外，也不愿

---

　　① 马克斯·霍克海默、西奥多·阿多尔诺：《启蒙辩证法》，洪佩玉等译，重庆出版社1993年版，第140页。

屈服于出版工业，这是强盗与其他作家人物的不同之处，也是其独有的个性。阿多诺指出："在文化工业中，个性就是一种幻想。"① 因而，像强盗这样保持个性，不接受一致性原则的人，只会落得生活窘迫，精神上被视为怪癖的人，进而遭到社会的抛弃，成为社会的边缘人或多余人。与卡尔斯泰德对边缘人成因的分析相同，他的边缘性归咎于大时代背景下艺术市场化的趋势。

强盗对艺术的市场化、商业化趋势表现出明显的反感，这一点体现在他对拉特瑙被谋杀事件的非正常反应上。小说中提到的瓦尔特·拉特瑙，历史上实有其人，他是德国犹太实业家、作家和政治家。据他的朋友凯斯勒称，从 1917 年到 1920 年间，他在德国可以算作读者最多、最受关注的作家之一②。小说中的强盗与拉特瑙本来还有一些私交，但听闻拉特瑙遇害的消息后，多数人表现出震惊与难过，强盗则拍手叫好，还附上一句："太好了，让他的飞黄腾达见鬼去吧。"（DR，24）瓦尔泽曾写过四篇以拉特瑙为原型的文章，借助它们可以更好地理解小说中寥寥几笔提及的强盗出人意料的反应。瓦尔泽在密码卷帙《拉特瑙性情有点忧郁》（*Rathenau war von etwas melancholischem Gemüt*）中写道：

"拉特瑙不过代表同时代受过书本教育的人。就这点而言，他学富五车，著作等身，也正因为他产出颇丰，读者都不再读他的作品了……

---

① 马克斯·霍克海默、西奥多·阿多尔诺：《启蒙辩证法》，洪佩玉等译，重庆出版社 1993 年版，第 140 页。

② Vgl. Tamara S. Evans: Walser und die Kulturindustrie. In: Tamara S. Evans: Robert Walsers Moderne. Bern 1989. S. 159.

拉特瑙是一位真正的工业家精英，他意欲用一种冷酷无情的力量武装自己，投身众多领域，所受教育也超出旁人许多，然而他也是一个多愁善感之人，就连骑兵从他那十八居房子的窗户下骑过，都能让其心醉神迷……他的遗著顶多算作报刊文章，并不值得世袭珍藏。一切消遣性的文学都是病态的……像他这样的人不计其数。如同其他受过教育的人，他毫无独特之处。令人难以想象的是，他梦寐以求之事居然是做一只温顺的绵羊。这样的人也想扮演牧羊人？岂不是一出悲喜剧！"[1]

由以上引文可以看出，拉特瑙作为时代的代言者，成功地将工业与艺术融为一体，把工业家"冷酷无情"的力量用于创作，结果不过是粗制滥造之作，供人娱乐的低俗文学。他虽亵渎了艺术的本质，却顺应了时代的潮流。等身的著作给他换来了财富与声望，赋予其令人瞩目的社会地位，这暗示了文学的机构特征。艺术不仅可以授予个人"高雅的社会地位"，还能清楚地"同所谓的未受教育之人划清界限"；这样的艺术显然名不副实，更称不上什么"精神世界"，至多是一个徒有虚名的"空皮囊"[2]。如此，艺术具有了社会机构的性质，既可以容纳一定数量的成员，又可以为其成员谋得社会地位，因而用社会机构来形容这样的艺术事业似乎恰如其分。拉特瑙展现给我们的是一个将精神与财富、情感与

---

① Zitiert nach Tamara S. Evans: Walser und die Kulturindustrie. In: Tamara S. Evans: Robert Walsers Moderne. Bern 1989. S. 159f.

② Bernhard Echte: „Bedenkliches ". Überlegungen zur Kulturkritik bei Robert Walser. In: Wolfram Groddeck (Hg.): Robert Walsers „Ferne Nähe ". Neue Beiträge zur Forschung. München 2007. S. 211.

权力合为一体的形象，这对强盗来说似乎是荒唐之事。如此，强盗对拉特瑙谋杀案的拍手称赞有了答案，这其中蕴含着强盗对这一商业艺术家的批判与反感。此外，这段文字也包含着作家对市民教育的批判，表现在个体个性的丧失及其以财富、声望与权力为人生目标的教育理念。

不仅强盗如此，叙述者"我"与强盗的特殊关系，也暗含着作为作家的叙述者"我"对文学工业化趋势的态度倾向。小说中，两人的关系独具特色，经历了由疏远到亲密的发展过程。开始，叙述者仅仅将强盗视为他的小说人物，经常取笑、嘲讽强盗的行为和想法。随着小说的发展，他担起对强盗的监护责任，照管他，为他辩护。他不理解强盗的行为，却同情他的社会处境，甚至莫名其妙为对强盗的遭遇感到痛心。到后来，叙述者开始支持强盗的行为，甚至一再出现第一人称"Ich"与第三人称"Er"的混淆及无任何提示的过渡。叙述者不断提醒自己不能与强盗混为一谈，甚至在小说末尾再次申明"我和他绝对是两回事"（DR，189）。

强盗是叙述者笔下的一个虚构形象，同为作家，两人虽有着天壤之别，却不断地合二为一。这实际上意味着叙述者内心深处对强盗的羡慕与认同，因为只有强盗敢于不屈从强迫性的社会角色和出版工业。这一点可以从叙述者东拉西扯、不断中断叙述的写作风格和对小说写作充满嘲讽的口吻看出。为了完成小说规定的篇幅，叙述者不得不采取这种唠叨的叙述方式，从另一种意义上讲，叙述者在写作的过程中，也在不断地调侃读者，嘲弄出版工业，以一种极不严肃的姿态对待他治下的艺术创作。叙述者虽然采取了妥协的态度，却处处流露出对变质艺术的愤愤不平与无可奈何。也许为了消除心中的愤懑，他选择强盗这一人物去挑战出版工业。他不断为身处社会边缘的强盗辩护，并让强盗在与社会的对抗中取得转折性成功，即社会对强盗的接纳。这一点既体现在埃迪特对强盗的态度由不理不睬转变为关心与"亲吻"（DR，187）；也体现在堂区出于关怀接管强盗的医疗费，叙述者欣慰地感叹"他被接纳了"（DR，181）。小说结尾处，叙述者采用复数人称"wir"传达他和社会对强盗的看法："我们可以把他看作社会的过客，也可以看作民族的良知……不管这看起来多么不合逻辑，我仍然深信并与其他人一致宣布：人们应当认为强盗是一个可爱的人，从现在起人们都要认识他，问候他。"（DR，190f）社会的宣布意味着独具个性的艺术家强盗在与主流社会及价值观对抗中的胜利结果。同时，这种理想化的结尾似乎也寄托着叙述者的期望，希望艺术家能摆脱他治的艺术创作，重新回到艺术自主的时代。

叙述者和强盗不断混淆，还有另一种可能：二者同为一人，只不过叙述者代表着社会性的一面，他要考虑现实生存，要服从社会规范，自觉执行其社会角色；强盗则代表本真、个性的一面，不理会社会压迫，只考虑本真的愿望，是不为社会所接受的一面。因而，强盗作为叙述者设计的人物，实际是叙述者自身不为社会所接受的一面。叙述者在理想角色的指导下，表现出对强盗行为的不解与嘲笑，然而不可抗拒的本真愿望又使其不断地接近强盗，同情他，保护他，与他混淆。

以上分析既揭示了工业时代艺术的命运及出版工业的不合理性，又为理解强盗的角色失败、叙述者"我"的角色冲突提供了帮助。瓦尔泽探讨的艺术问题实际上是文化工业时代话语下的一个子音符，文化工业生产的标准化、技术化、产业化、重复性和整齐划一是文化工业的关键特征。这些特征既违背了艺术自主性原则，又扼杀了艺术家的个性、创造力和想象力。瓦尔泽为迎合时代，塑造了强盗这个拒绝创作的作家，然而他在这部未完稿的小说中采用了极其隐讳的表现手法，对文化工业的批判亦若隐若现。要更明确地认识小说传达的批判思想，可以借助于作者同期写就的小品文。通过这些小品文，以上对强盗拒绝创作原因的分析也将得到更好的证实。

之所以借助小品文来分析《强盗》，在于瓦尔泽的小说和小品文的特殊关系：二者联系紧密，浑然一体。他在一篇小品文中透露了这种关系："在我看来，我的诸多小品文只不过是一个冗长、毫无情节的现实主义故事的片段。对我来说，我间或写下的随笔亦是或长或短，或情节单一或内容丰富的小说章节。我接二连三创作的小说始终可以看成一部小说，一本以各种方式被肢解或分割的自我之书（Ich-Buch）。"（GW X, 323）瓦尔泽林林总总的小品文构成了一部庞大的小说，一本翔实的"自我之书"，小说则散见于小品文集的各个角落，小说人物的名字不断出现在其他小说或者随笔中。比如克拉拉（Klara）作为主人公的前女友或倾慕对象，同时出现在《助手》和《唐纳兄妹》两部小说中，也出现在了几篇小品文中。西蒙既是《唐纳兄妹》的主人公，也出现在小品文《西蒙，一则爱情故事》（*Simon. Eine Liebesgeschichte*）和《西蒙·唐纳的信件》（*Brief von Simon Tanner*）等之中。值得强调的是，同一个名字虽出现在不同的地方，却有着相同或相似的性格特征和行为方式。这足以说明瓦尔泽小说和小品文之间难分难解的关系，难怪试图解析瓦尔泽小说的研究者常常在小品文中寻找依据或答案。

在同期写就的几篇小品文中，出现了与小说《强盗》相似的母题：同为作家的叙述者"我"都面临着外部要求发表小说的压力。总体而言，它们主要揭示以下五点。

第一，艺术家的他治。在《日记》一文中，叙述者表现出对艺术他治现象无情的嘲讽和愤怒的呐喊。叙述者"我"受到类似的外部要挟，两家杂志社要评他为荣誉订户，但他必须接受条件，按照他们的要求写作。更有主编明确地警告他："在您动笔之前就应该想到：我参与了社会发展，这一发展是不容螳臂当车的，我要和整个思考着的人类共同前进。"（《日》262）这意味着，艺术家面对自主创作与现实生存的矛盾冲突时，即使他甘愿清贫一生，甘愿放弃名利，也应该明白，靠他的一己之力无异于以卵击石，与其徒劳无功，不如顺应社会，紧跟时代的步伐。因而，他采取了与《强盗》中的叙述者一致的行为，委曲求全。为了稿酬，他不得不把许多好笑的材料变成无聊的文字堆积，他为这样的做法深感遗憾与惭愧，却也无可奈何。他时而得遵照写作合同，履行受制于某种形式的义务："不必为小说灵感去操什么心，也完全不需要任何灵感和任何题材，而只需把我所经历过的事情串起来，用一般严肃、正经的话把它们表达出来就是了。"（《日》，258）这样的表述显然充满了无奈与嘲讽，艺术创作早已脱离艺术轨道，灵感与想象力遭到了压抑。小说原本是虚构艺术，合同的无理要求明显是对艺术本质的践踏。叙述者最富生命力的灵感和想象力，在编辑看来竟然是"胡思乱想"（《日》，260），他们因此都开始拒绝他的稿子了。叙述者一边委曲求全，一边却按捺不住内心的冲动，大清早起来便想狂呼："你这个该死的东西！讨厌的枷锁，束缚我的锁链，我在反映真实的时候，你总是在一边碍手碍脚。"（《日》，272）戴上枷锁的艺术家如何能创出杰世之作，身不由己的叙述者深知自己"在犯一个'错误'"（《日》，262），一个本质性的错误。

实际上，以上几位作家相同的困境均源于同一个权力机构的压迫，即出版社。作品中透露出的是出版社对作家享有的绝对权力，掌控着他们的"生杀大权"。作家与出版机构之间是"人为刀俎，我为鱼肉"的绝对隶属关系①。他们之间存在着森严的等级制度："一方趾高气扬，另一方眼泪汪汪。一边是巨人，另一边是侏儒，这边主人，那边仆人。"（GW VII，73）作为"期刊撰稿人""小品文写作者""讽刺杂文家""随笔作者"，或曰作为微型艺术的生产者，叙述者"我"在读者眼中的分量一落千丈，因为这些微型文章向来被视作"腐朽之作"（GW IX，296）。杂志编辑或"文化殿堂的引领人"也总不忘讥讽他几句，不就是"为几个铜板故作幽默"（GW IX，296）。面对这样的冷嘲热讽，地位犹如木工或钳工的叙述者仍得趋炎附势，笑脸相迎。为了生存，他已无暇顾及写作方式，只求能给读者奉上一些"值得一读"、"轻松愉快"的文字（GW IX，296）。这篇发表于1928年的《讽刺性杂文》（*Die Glosse*）以最无奈、自嘲与失意的口吻叙述了自己作为微型作家的不公正遭遇，流露出心灰意冷的真实心境。

另一篇文章《最后的小品文》（*Das letzte Prosastück*）是一位失意的小品文写作者对四处碰壁的创作生涯的回顾，他向读者透露了小品文

---

① Vgl. K. J. Greven: Existenz, Welt und reines Sein im Werk Robert Walsers. Köln 1960. S. 154.

作家在出版机构审判下的艰难生存。文章开门见山地写道："这大概是我的最后一篇小品文。权衡种种，我不得不相信，于我这牧童而言，是时候收拾残局，结束这撰写与邮寄文章的体力活，并从这项显然无法胜任的艰巨事业中隐退。"（GW VII，70）叙述者回忆了十年来孜孜不倦的写作经历，"连苍蝇、蚊子都不及他那些在编辑与自己之间飞来飞去的小品文勤快与频繁"（GW VII，71）。然而十年时光在他看来是付之东流了，他的劳动成果多半被证明"毫无价值""很少或从未步入轨道，一再与出版社的要求背道而驰"（GW VII，72）。他最少给 21 位到 38 位编辑寄过同一篇手稿，希望能被录用，"而他的希望 21 次到 38 次被证明是痴心妄想，荒唐可笑，这篇战战兢兢的手稿到处吃闭门羹"（GW VII，76）。编辑们面对已经辗转无数次的手稿仍然斩钉截铁、面无表情地将其寄回原处。他们对手稿的宣判亦是对作家的判决。于是，心灰意冷的叙述者无数次地高呼"永不再写作与投稿"（GW VII，71）。他在结尾处平静地写道："我看，最好的办法是安安静静地坐在角落。"（GW VII，76）

从开头的叹气、沮丧到文中的悲愤、激昂再到文末的平静与认命，可以看得出叙述者此刻心如死灰。这种令人扼腕的人生态度源于只手遮天的文学审判机构。在他们面前，叙述者如同泄了气的球，垂头丧气，惶恐不安。也正如于尔根斯所言，随着叙述者在文中对这种机构称呼的不断改变，其隐藏的社会权势与优势地位渐渐暴露无遗：开始是各个编辑部与图书管理员先生们，然后是"诸位指挥先生""部长们"与"诸神和半仙们"（GW VII，73），最后干脆是"狼群"（GW VII，74）、

"超人"与"独裁者们"（GW VII，73）①。在另一篇小品文《处决故事》（*Hinrichtungsgeschichte*）中，一位年轻的作家更是被所谓的"文学法庭"活生生地判处死刑。

第二，文学生产机构出版社正在蜕变为以营利为目的的工业企业。瓦尔泽曾不止一次地在其作品中把生产艺术的出版社称作"工厂"或"工业企业"，"作家每日，甚至每时都忠心耿耿、孜孜不倦地为其工作或者供货"（GW X，432）。尽管如此，作家的生存依然岌岌可危。在瓦尔泽1927年写给布赖特巴赫（Therese Breitbach）的信中，他毫不掩饰地揭露了作家生存的现状："有的作家也算小有名气，能力也不错，可正如艺术界或其他圈子常说的那样，有一天他会突然变成一枚弃子。您可以想象一下，如今在商业企业、科学企业，甚至在各类企业中是如何评估、掷色子与交易的。"（GW XII，296-297）从"各类企业"一词可以看出，在瓦尔泽眼里，不管是物质领域，还是精神领域，都沦为清一色的以营利为目的的企业。文学作为其中的一分子也蜕变为以商业与市场为导向的社会存在，出版社则理所当然地成为瓦尔泽所说的生产文学的"工厂"或"工业企业"。

作为一个盈利企业，出版社遵循的是市场运营的核心原则——供需原则，它们按照市场供需决定"供货"种类。因而，在小说畅行文坛的年代，微型艺术（文学）难登大雅之堂，小说成为读者和出版工业青睐的对象。因此可以说，不管是小说中的强盗、叙述者，还是另外几篇小

---

① Vgl. Martin Jürgens: Die Erfahrung der Heteronomie in der späten Prosa Robert Walsers. In: Katharina Kerr (Hg): Über Robert Walser. Bd. II. Frankfurt a. M. 1978. S. 228.

品文中的叙述者，都是市场经济中供需原则的牺牲品，执行这一判决的就是所谓的"文学法庭"——出版社。"文学法庭"独揽本行业大权，在它们面前作家几乎完全失去了自主创作与自主决定的权利。诺依曼（Thomas Neumann）在其研究席勒美学的作品中指出，所谓艺术家主体的自主指的是"远离功利因素，不受任何艺术家以外的因素决定，完全遵从艺术家的主见和阐释，生产绝对艺术的过程"①。从以上几位作家的经历可以看出，艺术生产受到很多因素的影响，艺术家的自主在出版企业的统治下名存实亡。

第三，随着出版事业的工厂化和企业化，文学也日益走上商品化道路。在《日记》中，瓦尔泽写道："文学的确早就变成了一种消费服务性的东西，像钟点工似的一家一家地转。"（《日》，271）市场化让文学走出了曾经的神圣殿堂，沦为服务普通市民的钟点工。这种现象被称为文学的"祛魅"②。它虽然使文学走入寻常百姓家，有助于普及文学，提高大众的文学修养，但也是瓦尔泽所要强调的，它抹杀了艺术的个性，使其与工厂生产的其他商品别无二致。这样，作家的呕心沥血之作从一开始便被贬值为商品。于尔根斯指出，蜕变为商品的每一件艺术作品并不是从与出版机构"交易"的那一刻起，才具有了商品色彩，而是早在生产的过程

---

① Thomas Neumann: Der Künstler in der bürgerlichen Gesellschaft. Entwurf einer Kunstsoziologie am Beispiel der Künstlerästhetik Friedrich Schillers. Stuttgart 1968. S. 1.

② "祛魅"（disenchantment）一词源于马克斯·韦伯所说的"世界的祛魅"（the disenchantment of the world），是对世界的一体化宗教性统治与解释的解体，是西方国家从宗教社会向世俗社会转化的重要现象与结果。文学的"祛魅"便在对韦伯概念的扩充与引申的基础上产生了，主要指"统治文学活动的那种统一的高度霸权性质的权威和神圣性的解体"。参见陶东风：《文学的祛魅》，载《文艺争鸣》2006年第1期，第6页。

中已经"受制于商品生产的规律",因为它一开始便或者心甘情愿,或者身不由己地向出版机构看齐。在其孕育的过程中,作品便包含了"商品的特征"①。于是,叙述者"我""数百次高呼'不再写作与投稿',而每次不过当天或第二天又重新捧上新的商品"(GW VII,71)。

瓦尔泽的作品表现出的对艺术商品化的批判,得到了阿多诺的认同。阿多诺认为文化工业的产品并不能算作艺术品,因为它们一开始就是作为商品生产出来的,既遵循价值规律,又以市场销售为目的,作为商品的艺术重要的是交换价值而非使用价值。因此,文化工业产品可以被称作"地地道道的商品"②。阿多诺以流行音乐为例,批判了艺术的商品化趋势,认为"文化工业只承认效益,它破坏了文艺作品的反叛性"③。这一点正是瓦尔泽笔下的作家人物痛心与无奈的地方。

第四,艺术不仅沦为商品,还成为服务于个人目的的工具。在《雅考伯·冯·贡腾》和一篇《来自铅笔领域》(*Aus dem Bleistiftgebiet*)的文章中,作者描述了所谓的上层社会,即艺术家生活和艺术沙龙的氛围:钢琴在乱弹,音乐会和戏剧的质量越来越差,沙龙中充满病态的气息……从作者的描写中可以看到,艺术质量一塌糊涂,纯粹成为展示个人财富和地位的工具,成功艺术家的生活则奢靡讲究、不堪入目。在艺术沙龙中,艺术和创作沦落为个人利益的工具与社会地位的象征物。在彰显身份的

---

① Martin Jürgens: Die Erfahrung der Heteronomie in der späten Prosa Robert Walsers. In: Katharina Kerr (Hg) Über Robert Walser. Bd. II. Frankfurt a. M. 1978. S. 230.

② 王凤才:《批判与重建——法兰克福学派文明论》,社会科学文献出版社2004年版,第75页。

③ 马克斯·霍克海默、西奥多·阿尔诺:《启蒙辩证法》,洪佩玉等译,重庆出版社1993年版,第117页。

沙龙中常常存在大量自视才华横溢，而小觑他人之辈。对此，瓦尔泽在与塞利希的谈话中指出，这种高傲自负、独断专横之风"绝不能与艺术有半分沾染"①。这些所谓的"有教养之人"却从不敢称赞身边的艺术家，"生怕被人视作无教养"，他们虚伪地对公认的名流赞不绝口，以掩饰其庸俗肤浅之质（AdB I，227）②。面对如此不堪的沙龙，叙述者反问自己："难道当我在那个小小的沙龙里踌躇满志，被那些矫揉造作的礼节团团围住的时候，我就当真成了个人物了？而真实情况首先是我内心感到一种要想革命的渴望，忍不住愤愤然地想要去造反。瞧，那沙龙又在扬扬得意地显示它的傲慢了！假如我真的能把这优雅细致的沙龙砸个稀巴烂。"（《日》，272）

第五，艺术的种种变质一方面导致艺术与自身的异化，另一方面是艺术与艺术家的异化。瓦尔泽在与塞利希的谈话中指出："它（艺术——引者注）使自己适应普遍存在的秩序，并成为这种秩序的保护伞，它在无意中也充当了市侩"③，从根本上违背了艺术的自主性（Autonomie）。回到瓦尔泽的作品，可以看到，艺术（文学）不仅不能自律，还与社会和商业纠缠在一起，抛弃了艺术的非功利性原则，蜕变为失去审美特质的商品。与现实紧密相连的艺术，早已无法胜任阿多诺所说的艺术否定社会的功能，反而主动适应社会，充当秩序的拥护者。这样，艺术与自

---

① Carl Seelig: Wanderungen mit Robert Walser. Frankfurt a. M. 1990. S. 63.

② 本书用 Aus dem Bleistiftgebiet（《来自铅笔领域》）的首字母缩写 AdB 代表瓦尔泽的该系列作品，后面的罗马数字代表该集中的册数，阿拉伯数字是引文在该册中的页码。以后不再注释。

③ Carl Seelig: Wanderungen mit Robert Walser. Frankfurt a. M. 1990. S. 63.

身异化了，就连艺术家也未能免遭厄运。正如《最后的小品文》中所揭示的，作家与文学机构的关系是"生产、交付、再创作与寄出"（GW VII，72）。它意味着作家与作品的分离，作家把自己看作"父亲"，作品称作"儿子"，作为"父亲"竟然没有权利关心"儿子"："当我畏畏缩缩地打听，孩子们是否受到妥善安置，是否一切安好，或者是否还活着的时候，竟然得到一个令人震惊的答复：'这关你屁事'。自己孩子的事居然与做父亲的没有半点关系，对我那些呕心沥血创作的玩意儿，我竟没有半点发言权。"（GW VII，73）可见，不仅艺术，连艺术家也被强大的艺术机构吞噬了。

小说《强盗》及以上小品文传达的批判倾向在小品文《白费劲》（*Für die Katz*，GW X, 432ff）中更加激烈。叙述者把作家效力的"工厂"或"工业企业"称为"卡茨"（Katz）（GW X, 432）。"卡茨"这里只是音译，它出现在短语"Für die Katz"中，实际表示"白费劲"或者"徒劳无功"。也就是说，那些出版工业或文化工业不过是白费劲，作家所做的事也无非是徒劳无功之事。叙述者从对文学工业的批判扩大到对整个工业和文明的批判：

"尽管卡茨是一种众所周知的威胁，就像它对教育的威胁，但离开它人们似乎也无法生存，因为它就是时代本身。我们生活在这个时代中，为它效力。它赏赐给我们工作、银行、饭馆、出版社、学校、繁荣的商业交易和五花八门的商品制造业。所有的这些，数不胜数……都是卡茨，是卡茨。对我而言，卡茨不仅是一切效力于工厂的，不仅是一切对文明机器有利用价值的人或物，正如我刚才所言，它也是企业自身……我把周围的世界称为卡茨……人类一直在效忠于它。一切劳动成果首先被它占有。"（GW X, 432ff）

叙述者用极其悲观的态度看待文学工业与工业文明，在他眼里整个文明也不过是白费劲，人类的努力虽然换来文明的"赏赐"，却终究是竹篮打水一场空。这种悲观态度也许源于他对出版工业和所谓的文明社会的冷眼旁观，也许也源于他的绝望至极与走投无路。

在小品文《一记耳光以及其他》（*Eine Ohrfeige und Sonstiges*, GW III）中，叙述者透露了工业时代文学创作的不合时宜性：

"广告的频繁更替使人目不暇接……在这闪亮登场与瞬息即逝之间，我感到阵阵悲哀……随之而来的又是一篇引人注目的文章。然而，这一切我总觉得不太对劲……有些人物出现的次数多了点，他们代表潮流，但是有一天诗人会销声匿迹。能怎么办？我们生活在广告的时代，那些满脑奇思异想的人，在别人眼里鄙俗无比……奇异之事日渐消失，一个意在把非凡独特改造为毫无特色的工厂似乎悄然兴起。"（GW III, 386f）

写作的人与日俱增，他们利用广告技术提高自身的知名度。频繁出现在广告中的人物意味着引领潮流，与潮流一致，也意味着扼杀自己的个性。在这样的时代，诗人及其代表的真正艺术如同秋行夏令。艺术家的"奇思异想"，即想象力成为时代笑话，一个巨大的"工厂"担负起消灭个性的任务，意图用一致的思想统治所有人，让一切标准化、统一化，这一点正是阿多诺揭露的文化工业的主要特征。在这种文化工业中，个性就是一种幻想，"文化工业的所有要素，却都是在同样的机制下，在贴着同样标签的行话中生产出来的"[①]。这样的时代让瓦尔泽无法创作，他坚信文学市场化只会损害文学的声誉与艺术无功利原则[②]。因此，他情愿潦倒一生，也不愿成为文化工业的帮凶："名誉与金钱无法诱惑他妥协，谄媚阿谀与平步青云的前景也无法诱使他参与风靡一时的文学工业。"[③]

瓦尔泽认为诗人与社会的关系应该是一种"被折磨"的关系："艺术家与人类社会始终要保持紧张的关系，否则他们会很快丧失创作能力。他们也不能为社会娇纵，否则他们会感到自己有义务去顺从这种关系。从来没有，就在我贫困潦倒之时，我也未被社会收买。我更痴迷于个人的自由。"[④] 由此可见，为了保持创作的自主与自由，瓦尔泽毫不屈服于物质社会与文化工业，情愿潦倒，也要坚守自由，情愿绝笔，也要坚持原则。他将自己的想法融入小说，塑造了一位理想的作家形象——强盗，并通过这一人物形象传达了其艺术理想，以及对当下时代的艺术问题和工业文明的批判。

---

① 马克斯·霍克海默、西奥多·阿多尔诺：《启蒙辩证法》，洪佩玉等译，重庆出版社1993年版，第116页。

② Vgl. Tamara S. Evans: Walser und die Kulturindustrie. In: Tamara S. Evans: Robert Walsers Moderne. Bern 1989. S. 148.

③ Zitiert nach Tamara S. Evans: Walser und die Kulturindustrie. In: Tamara S. Evans: Robert Walsers Moderne. Bern 1989. S. 148.

④ Carl Seelig: Wanderungen mit Robert Walser. Frankfurt a. M. 1990. S. 124.

3. 性别分水岭上的边缘人

除了从社会规范与职业角色角度分析主人公强盗的边缘性外，性别角色也为我们提供了一个重要视角。

身为男性的强盗有着诸多女性特征，这一点体现在他的性格、行为与欲望上。在性格上，强盗少有男性的阳刚之气，更多地表现为女性的阴柔之美。他没有男性的强势与暴躁，反而温顺柔和，"别人嘲笑他，他会跟着笑"（DR，7），"因为他从来不生别人的气，这一点使别人对他生气至极"（DR，99），他的温柔使人"难以置信"（DR，136）。他还是一个"文静寡言"（DR，48）、"腼腆羞涩"（DR，80）、"心灵柔弱"、"感情敏锐"（DR，120）的人，就连女性常有的优柔寡断，他也是有过之而无不及。男性历来以争强好胜、雄心勃勃为特征，而强盗事业上不求上进，游手好闲，生活上"无欲无求"（DR，99）。小说多次用"孩子"、"男孩"、"天真无邪"等词语形容强盗，这是一种与男性的阳刚之气完全相悖的表述，与男性世界格格不入。

在行为举止上，他过分礼貌的举止使人烦躁，在女性面前，他总是谦卑恭顺，因此他没有一个男性朋友。此外，他还表现出明显的女性特征，曾一度被贬为"女仆"，系着女仆的围裙跑来跑去，似乎他是真心喜欢这种迷人的服饰。叙述者也肯定那时的他，内心已经女性化。不仅如此，他还积极研究"女性的举止态度、神情面貌、面部表情与思考方式"，"从他的模仿来看，可以大胆说，他取得了空前绝后的成就"（DR，137）。若不是潜在的女性特征得以唤醒他，他也许不可能取得如此令人瞠目结舌的成功。与男性的主宰欲望不同，强盗内心却隐藏着一种受人主宰的愿望,他渴望服侍他人,对这种"不合情理的伺候活感到无比喜悦"(DR,100),他甚至开门见山地询问陌生少年:"我可以做你的侍从吗?这对我来说无上光荣。"(DR,27)从欲望上说,身为男性的强盗对女性没有任何占有欲,他陷入爱情,不能自拔,却丝毫没有占有女性的欲望。为此,他去看医生,向医生坦言:

"直截了当地告诉您,我时常感觉自己像个女孩子……我深信,我和其他男性没有两样,只是最近常常发觉,男性的征服欲与占有欲从未在我心中熊熊燃烧、跃跃欲试。我自认是一个正直诚实的男人,一个能派上用场的男人……有几次,我把自己当成了女孩子,因为我喜欢擦鞋,对家务活也饶有兴致……我一直与我臣服于或男或女的愿望搏斗,不,不是这样的,而是尤其从前段时间开始,当我从无知的性知识觉醒时,我开始与这种愿望顽强作战……我从来没有看过医生,这次就因为我从来没有与女性过夜的欲望……"(DR,140ff)

强盗对自己的女性特征和男性不足洞若观火,他无法完全扮演社会期待的男性角色。在社会学中,社会角色类型繁多,除了上一节提到的职业角色,还有性别角色,即"以人类性别差异为基础形成的社会角色"[1]。性别角色是在人类历史发展的长河中,日积月累形成的。自私有制产生后,人类社会进入父系社会,开始奠定稳固的性别角色,在以后的历史中,性别角色虽有发展变化,却始终没有打破传统、根深蒂固的

---

[1] 丁水木:《社会角色论》,上海社会科学院出版社 1992 年版,第 92 页。

男性本位社会。

强盗的诸多特征，诸如温和顺从、优柔寡断、谦卑恭顺、情感敏锐、礼貌待人等都属于典型的女性特征，男性的争强好胜与理性思考在他身上毫无痕迹。他无法满足社会对他的性别角色的期待，不管是男性，还是女性都对他充满不解。"这段时间他也从未博得男性世界的尊重"（DR，7），女性则早就把他看成一个"真正的被抛弃者"（DR，8）。性别角色的失败使他成为众矢之的，成为社会的"怪癖人"，不能被男性社会接受，也不可能融入女性社会，他成为性别分水岭上的边缘人。

四、卡斯帕尔、塞巴斯蒂安、埃尔温：现代社会中艺术家的处境

除了小说《强盗》中的艺术家，瓦尔泽亦在《唐纳兄妹》中刻画了三位艺术家形象：画家卡斯帕尔、画家埃尔温和诗人塞巴斯蒂安。《强盗》中的两位艺术家的区别在于边缘与中心之分，而以上三位艺术家均代表瓦尔泽笔下的边缘艺术家。

其显著的外部特征亦揭示了其边缘身份，卡斯帕尔从来没有一套像样的西服，连帽子看起来也十分古怪，塞巴斯蒂安则终年穿着那套褴褛的西服，任凭胡子杂乱地生长。在他们身上，人们很少能看到一股市民气息。他们离群索居，与市民社会很少有往来，远离社会的大自然是其活动之地。卡斯帕尔是风景画家，自然是他的家，也是他的"情人"（GT，225）。在巴黎，为了绘画事业，他过着与世隔绝的生活，生活在一个偏僻、封闭的小村庄，完全不理世事。塞巴斯蒂安逃离家庭，只要天气允许，便露宿在森林或山头，一连几天不归家。后来，为了更好地朝拜自然，

他甚至在荒无人烟的草地里为自己搭建了一间简陋的茅屋，长久地生活在那里。在父母眼中，他已经无可救药，因而不再过问他的生活，不再对他抱有期望。父母对他的态度，实际上是社会对他的宣判，是其越轨行为正式形成的标志。同样，埃尔温狂热地陷入艺术之中，无法自拔，他远离家庭，跟随卡斯帕尔游走于自然之中。因而可以说，三位艺术家生活在市民社会之外，将自己包裹在狭窄而独立的艺术天地里，是地地道道的社会边缘人。

究其原因，三位艺术家的边缘性一方面源自艺术家、艺术与生活的分离，另一方面则是新教伦理影响下的工作伦理的产物。艺术生活与社会生活是两种完全不同的生活方式，尤其是三位艺术家全心投入艺术的行为，更使艺术与生活达到更大程度的分离。这样的后果便是艺术家与生活、与社会的分离，也就意味着艺术家在社会中的边缘地位。另一方面，在工作伦理占主导地位的资本主义大生产时代，社会衡量人的标尺是看得见的、可以计算的用处与成绩。因而，菲尔斯滕贝格认为，拒绝或无能在生产体系中发挥其价值的行为，或者不能承担工作角色的行为，将直接决定个体与多数人或者主流社会的距离。以上三位艺术家属于那些无法为社会物质生产贡献力量的群体，他们与生产体系的距离正是他们与主流社会的距离。在社会眼中，他们是无用之人，是社会的寄生虫，就连塞巴斯蒂安的父母也对儿子失望至极，不再给他分文生活费，任其自生自灭。主流社会的代表克劳斯更是感叹，卡斯帕尔与自己同为兄弟，却有着截然不同的人生轨迹。

不仅如此，主流社会的工作价值观亦在艺术领域获得立足之地，艺术家也要像工人一样，遵照工作伦理，积极地工作。卡斯帕尔在经历艺术与生活的重要抉择后，成为"真正的艺术家"（GT，320），一心投身艺术事业。作为艺术家的代表，他早早就意识到："艺术家要创作、创作、再创作，这是艺术家的职责，而不是要他们去同情他人"（GT，54），"人和艺术家都要像马一样，马不停蹄地劳作，累倒不算什么大事，他得立刻重新站起来，精神饱满地投向工作"（GT，32）。这样的艺术家才是成功的艺术家，才是能被社会容忍的艺术家。与以上要求相反，塞巴斯蒂安是一位柔弱、毫无自我保护能力、产出甚少的诗人，埃尔温亦是一位很少创作的画家。他们不仅背离实际生产体系，就连工作伦理在艺术领域的要求也未能达到，因而遭到卡斯帕尔的冷嘲热讽。受到工作伦理影响的卡斯帕尔无法同情两位艺术家悲哀的遭遇，他嘲笑多愁善感的塞巴斯蒂安，讥讽他，等到五十岁以后再写诗。卡斯帕尔对曾经并肩作画，后来渐入迷途的埃尔温，亦冷酷无情，与其断绝联系。因而，塞巴斯蒂安和埃尔温不仅是瓦尔泽笔下的边缘艺术家，也是失败的艺术家，与卡斯帕尔相比，他们的生存更加艰难。

瓦尔泽作品中表现的艺术家的社会边缘性并不是什么新鲜话题。艺术家历来被视作一种特殊职业，艺术与生活向来也是泾渭分明的两个领域，艺术生活与市民生活亦是两种不同的生活风格。因而，艺术家与市民的分裂、艺术家与"人"分离的母题一再成为众多艺术作品的表现中心。小说《唐纳兄妹》中，艺术家作为边缘人的特殊之处在于，作者将这一文学主题置于工作伦理主导的时代背景之下。因而，艺术家的边缘性有了其时代含义，结合时代话语，读者才能更好地领会三位艺术家的边缘性。此外，19、20世纪之交是欧洲史上风云变幻的动荡年代，世末恐慌占据了多数人的心灵，天性敏感的艺术家纷纷逃离市民社会，对他们而言，现实世界令人窒息，置身其中只会落得与时代一同堕落的下场。因此，这一时期的艺术家表现出前所未有的边缘性及与世隔绝的状态。面对艺术生活与市民生活不可逾越的鸿沟，一些艺术家选择了逍遥自在的艺术团体生活，另一些则将自己封闭于想象的美学世界①，《唐纳兄妹》的三位艺术家属于后一种情况。

1900年前后的很多艺术家一方面自由洒脱、无拘无束，远离了市民社会的种种清规戒律与价值标尺，拥有更大的社会生存的灵活性与可能性；另一方面艺术家在社会中地位低下，他们离群索居，社会对其职业颇有微词②。这一时代艺术家的生活状况也明显地反映在三位艺术家身上，他们穿梭于自然之中，无拘无束地欣赏着自然的美，并将这种视觉美转化为艺术创作。他们不依赖于社会，不承担社会角色，不受社会规范的束缚，生活得自由自在，但同时，他们生活在社会的边缘位置，遭到市民社会的遗弃。对此，台奥多尔·冯塔纳如此看："艺术家的地位如何？我想，在这个问题上，首当其冲的当事人表现出惊人的众口一词……据我所知，他们一致认为艺术家的地位糟糕透顶……研究文学和每日要闻的人会丰衣足食，而其生产者或者食不果腹，或者艰难度日。"③

---

① Vgl. Shina Park: Robert Walsers Prosa und die bildende Kunst der Jahrhundertwende. Köln 1994. S. 18.

② Vgl. Eva Wolf: Der Schriftsteller im Querschnitt: Außenseiter der Gesellschaft um 1900? München 1978. S. 26f.

③ Theodor Fontane: Die gesellschaftliche Stellung des Schriftstellers (1891). In: Beate Pinkerneil (Hg.): Literatur und Gesellschaft. Frankfurt 1973. S. 37ff.

不仅冯塔纳如此，就连文坛大师托马斯·曼也强烈感觉自己在社会中的多余地位，他在 1907 年的一篇杂文中如此表白：

> "我知道作家是什么，因为我也位列其中。简而言之，作家就是在所有正经事上毫无用处，只知道胡作非为，不仅对国家没有帮助，还整日想着造反的家伙。他缺乏清晰的理智，思想模糊迟钝，就像我一直以来的这样。此外他们心存稚气，常常自我放纵，怎么看都是不体面的江湖骗子，只能期待社会对他的藐视。他们也许根本没指望能得到什么。但实际上，社会却为这类人保留了机会，容忍他们养尊处优地生活于其中。"①

可见，艺术上的成功也无法逾越艺术家与市民之间不可逾越的鸿沟，他们一如既往地不被主流社会的价值观认同。托马斯·曼的这篇杂文与《唐纳兄妹》写于同一年，作家瓦尔泽也曾表达过相同的观点。他认为作家是社会的"边缘人"与"无用人"，是"比任何可以想象的无价值的东西和破家具更加没有价值、更加没有用的东西"（《日》，278），社会早想把他们像精神病患者或者罪犯那样隔离起来②。瓦尔泽本人更是边缘艺术家的写照，他害怕与人交往，只想消失在茫茫人海中，无声无息地活在自己的世界里。作为艺术家的他，也没有在艺术圈找到归属，

---

① Thomas Mann: Gesammelte Werke in 13 Bänden. Bd. XI. Frankfurt a. M.: S. Fischer Verlag. 1990. S. 330.

② Martin Jürgens: Die Erfahrung der Heteronomie in der späten Prosa Robert Walsers. In: Katharina Kerr (Hg): Über Robert Walser. Bd. II. Frankfurt a. M. 1978. S. 232.

而是"快乐地生活在贫穷中","像一位无忧无虑的舞者"①。就连他一生中最活跃的柏林时期，也很难真正融入艺术圈，沙龙氛围令他窒息，他一直极力回避这种场所。柏林前期的瓦尔泽虽成就不菲，但后期的他越来越陷入创作与出版危机之中，其艺术理想屡屡碰壁，以致他最终选择离开柏林。于是，曾经向他敞开艺术大门的柏林在日后的回忆中成为"令其畏惧的战场"②。

《唐纳兄妹》中的几位艺术家也没有超越一般艺术家，尤其是19、20世纪之交的艺术家的命运。工作伦理的时代影响和他们对艺术的执着与专注，导致他们与生活的分离、分裂，生活在市民社会的对立面与边缘。这种紧张关系也正是瓦尔泽所希望的，因为他认为，艺术家要保持与社会的紧张关系，就决不能被社会收买，否则他会很快丧失创作能力③。

五、现代社会的"意向型边缘人"

综观几部小说可以发现，边缘人形象最为丰富的要数《唐纳兄妹》。这部小说可谓一幅边缘人物的拼贴画，既有工业文明下的边缘人，又有边缘的艺术家，既有边缘的男性，又有男性社会中的边缘女性④。

如前分析，职业在瓦尔泽的小说中始终占据着举足轻重的地位，

---

① Carl Seelig: Wanderungen mit Robert Walser. Zürich 1977. S. 45.

② Shina Park: Robert Walsers Prosa und die bildende Kunst der Jahrhundertwende. Köln 1994. S. 71.

③ Vgl. Carl Seelig: Wanderungen mit Robert Walser. Frankfurt a. M. 1990. S. 124.

④ 在《唐纳兄妹》中，黑德维希代表着男性占主导的现代社会中的边缘女性，她努力适应男性社会的职业要求，早早给自己设定职业规划，并步步践行自己的规划。工作后她却发现自己根本无法实现男性社会的职业要求，作为一名出色的女教师，她越来越感到内心的空虚，强烈地质疑自己的选择，深感力不从心。在与西蒙推心置腹的谈话中，她把积年的心声倾诉给西蒙，揭开了自己在社会中的孤独无助与无可奈何。

工作伦理作为时代的核心话语，成为主流社会的价值观与社会规范。因而，职业角色成为社会对每个个体的角色期待，是个体作为社会成员必须履行的义务。瓦尔泽的边缘人物一致表现出对职业角色的懈怠或拒绝，他们对待工作体系的消极态度，既是对工具化的社会规范的质疑与挑战，也是导致其边缘地位的重要原因。时代因素对其边缘化产生了重要影响，正如边缘群体理论所言，工业社会的发展与巨变是导致边缘群体产生的重要原因。因而，瓦尔泽的边缘人是时代的产物，是现代工业社会的边缘人。面对社会规范的压力，作品人物采取了不同的应对态度，他们的态度甚至明显地表现出一种渐进的发展趋势：从弗里茨对工作的热情拥护，到西蒙对工作的摇摆不定，再到雅考伯对工作的嗤之以鼻，最后到强盗对工作的置之不理，可以看出他们迈着与职业规范渐行渐远的步伐，走向社会的边缘地带。他们表现出一个共同的特点，即自愿选择这种边缘地位，汉斯·迈尔称这类人为"意向型边缘人"（intentioneller Außenseiter）[1]。它相对于"生存型边缘人"（existentieller Außenseiter）[2]，后者指那些由于出身、种族、肤色、偏见及不当行为被社会抛弃、驱逐到边缘的人。古往今来，"生存型边缘人"都经历了相同的边缘化过程："被唾弃，被孤立，被剥夺权利，直到受迫害与被铲除"[3]。与"生存型边缘人"不同，瓦尔泽的边缘人物为了坚守自身的价值观，主动选择了边缘处境，成为瓦尔泽笔下边缘人物的特色与亮点。"生存

---

[1] Hans Mayer: Außenseiter. Frankfurt a. M. 1975. S. 13.

[2] Hans Mayer: Außenseiter. Frankfurt a. M. 1975. S. 13.

[3] Frank Meier: Gaukler, Dirnen, Rattenfänger. Ostfildern 2005. S. 7.

型边缘人"历来是作家关注的焦点，甚至是社会学中边缘人主题的研究重点。从这个意义上说，瓦尔泽对"意向型边缘人"的表现，可谓给这一主题添上了瑰丽的一笔。

此外，作者对边缘人物的再现始终离不开主流社会，因为他们需要一个对立面以确定自己的边缘位置。在与传统对峙、挑战传统的过程中彰显自身的价值观，并确立自身的位置。不仅如此，边缘者与主流社会还存在互动关系。后者充当边缘人的监督者，防范并纠正他们的越轨行为，必要时施以责备或惩罚。边缘者的偏差行为亦挑衅后者，质疑传统社会规范。挑衅招致两种结果：其一，使后者不满、责备，甚至惩罚；其二，它对后者产生积极的影响，让他们反思自己的生活和价值观。因为他们在追名逐利的比赛中、在物质丰裕的生活中抛弃了一些人性的东西，一些真正代表生活质量的东西，诸如天真无邪、无拘无束。体现在小说中就是克劳斯对西蒙生活方式的部分肯定与羡慕，叙述者在小说结尾对强盗的称赞和约翰对雅考伯生活方式的完全肯定。

瓦尔泽把边缘人物置于作品表现的中心，展现其生活、思想、困境与应对生存之策。以《唐纳兄妹》为例，兄妹五人中除了克劳斯，其余兄妹四人几乎都能算作边缘人。因而，边缘人反而成为该小说的中心人物，原本主流社会的代表者克劳斯则成为这个家庭的边缘人物。他无法走进兄妹四人的生活，无法与他们实现真正的交流，日渐被排斥在这个大家庭之外。边缘者西蒙生活在自己的世界里与世无争，冷眼旁观周围的世界，目睹人们不堪的生活，深深同情那些陷入机器生活的现代人。在他眼里，普通大众是受压迫的异化人，是他同情的对象，他觉得自己即使贫穷、孤单，但至少还是自己的主人。可见，现实世界在西蒙眼里发生了颠倒，同情的对象不再是他自己，而是大众，那个所谓的主流社会。边缘和中心的界限似乎变得模糊不清。瓦尔泽这种表现技巧有力地说明了边缘和中心的依赖与转换关系，中心可以被边缘取代，边缘也可以转化为中心。边缘性是一个流动的概念，它随着参照物、时间、地点的变化发生改变。边缘与中心互为参照、相互影响、相互确定，中心是在战胜边缘的过程中确立起来的，边缘也随时准备挑战中心，甚至替代中心。没有边缘，也就无所谓中心，没有中心，边缘同样不会存在。因此，相对于边缘的中心社会在小说中虽然笔墨不多，却不容忽视，它有着确立边缘的重要作用。

第四章 行走在边缘：生存的自我救赎

　　行走在边缘意味着面对生存困难。瓦尔泽笔下的多数边缘人虽然一定程度上主动选择了边缘地位，但同样无法摆脱边缘人群不得不面对的现实困境。这种困境首先表现为物质生存的压力，贫困是其共同的特征。他们的贫困已经成为威胁生存的大问题。西蒙不得不一再面对身无分文、无钱吃饭、拖欠房租的现实，马蒂时常过着流浪街头的生活。生活拮据是他们的常态，尽管如此，他们从来不会表现出对金钱的渴望或贪婪心理，甚至对金钱满不在乎。在他们眼里，金钱只具有满足最基本生活需求的功能，他们只需要最低限度的金钱过活，因为他们对生活的要求很低。西蒙满足于简单、廉价的"黄油面包加咖啡"的饮食，他自问："世上还有比这更诱人、更美味的食物吗？它们足以安抚我的辘辘饥肠，我可以自豪地说，'我已经吃过了'，那我还有何求？……比起那些永不知足者，我如痴如狂地享受着微乎其微的物质生活。"（GT，65）在《助手》

中，马蒂虽一贫如洗，但面对上司克扣工资，他并未怨声怨气，而是庆幸自己摆脱了食不果腹的日子，每餐无论吃什么，对他来说都是美味佳肴。对生活最低限度的要求让瓦尔泽笔下的人物能一次又一次应付生存的威胁。

如果说贫穷从物质上折磨这些边缘人群，那么孤独与隔绝则从精神上摧残着他们。他们孤独而又桀骜地穿梭于人群中，与人群擦肩而过，抑或行走在社会中的边缘区域，就像被父母遗弃的孩子，很少有人关心他们的生存境况。他们虽自愿身处边缘，也几乎不愿意为任何纽带所束缚，他们享受着这种完全自由的状态，却时而会感到孤独难耐，无法控制自己接近人群的冲动。如同巴尔扎克在《发明者的苦难》中所言，各类人群都有摆脱精神孤独的迫切需要："高级隐士们与上帝同在，他们居住的世界热闹非凡，是个精神世界。一个人，无论是麻风病人还是囚犯、罪犯抑或是病人，他的第一个念头便是：找一个与自己的命运息息相关的伙伴。为满足生命自身的这个欲望，他竭尽全力，倾其所能，终生不渝。"[1]瓦尔泽式人物虽然不惧怕孤独，不会保持长久的友谊，但孤独驱使他们不断往来于人群或结识新人，只不过随后便一切如旧，他们又重回先前的孤独境况。

孤独一方面表现为边缘人物与社会交往甚少，这首先归咎于角色失败，因为角色具有社会性，它是个人走向社会的起点，又是连接个体与社会的桥梁[2]。"劳动、群体和角色是个人构成社会的三个中介，其中劳

---

① 转引自弗洛姆：《逃避自由》，刘林海译，国际文化出版社 2000 年版，第 13 页。
② 参见奚从清：《角色论——个人与社会的互动》，浙江大学出版社 2010 年版，第 42 页。

动是最基础、最稳定的中介,而其群体和角色则是最常见、最活跃的中介。"① 这三个中介均在瓦尔泽的边缘人身上缺失,他们因此失去了与社会互动和交往的可能性,被拒在由劳动、群体和角色包围的主流社会之外。人不能脱离社会而存在, "人的本质属性在于人的社会性,个人不能离群索居、孤立存在"②,所以他们不得不为自愿选择的边缘位置付出沉重的代价。孤独也表现在精神上踽踽独行,异质的价值观让他们成为精神的独行者与流浪汉,其思想无人理解,其行为遭人非议,于是寻找精神家园成为他们生存的救赎之路。

此外,理想与现实的冲突是其永恒的不可调和的状态。虽然理想与现实总是隔着一段距离,但在边缘人这里,两者已经达到尖锐的对立。现实的生活和社会没有为他们的理想预留位置,因为它们与这个社会格格不入,甚至高唱反调。在这尖锐对立的两者中,他们必须做出取舍。瓦尔泽式人物几乎无一例外地放弃了安逸的现实生活,选择了富有的精神生活,他们要构建属于自己的精神家园。

按照卡尔斯泰德关于边缘人的四步骤理论,边缘人为维护自己的生存会采取种种策略,并在这一过程中形成独特的自我形象和角色行为。瓦尔泽式边缘人物首先采取的是逃离社会的行为,他们既不考虑功利目标,也不顾社会规范,属于菲尔斯滕贝格的第六类边缘人群,也是默顿的"退却论者"。逃离社会,进而获得边缘身份,这本身就是一种生存的救赎方式:其一,在边缘,社会角色的强迫性减弱,甚至消失。边缘

---

① 奚从清:《角色论——个人与社会的互动》,浙江大学出版社 2010 年版,第 52 页。

② 奚从清:《角色论——个人与社会的互动》,浙江大学出版社 2010 年版,第 42 页。

个体不再受制于种种社会期望或群体反应，也不再需要承受角色压迫与角色冲突；其二，在边缘，社会的控制减弱，因为"人们同他人的交往越少，特别是他们在活动时越少被他人所目睹，那么他人控制其行为或阻止其越轨行为的可能性就越小"①；其三，逃离社会也意味着逃离社会的矛盾局势与社会弊病。因此，小说中的边缘人物一致采取逃离社会的举措，虽然物质生活困窘，却生活得逍遥自在。

从前面对边缘成因的分析来看，他们或者不认同工业社会不合理的价值规范，或者不满于社会的种种异化现象，或者不愿背叛真正的艺术。为了自己所相信的东西，他们情愿为自己的行为付出代价，也不愿随波逐流，顺从社会。他们看重的是内心真实的自我，是自我身份。为了维护自我身份，他们情愿生存在社会的边缘。同时，边缘的生存策略亦是对自我身份的维护。具体表现在西蒙、艺术家、雅考伯和强盗身上，对自我身份的维护就是对自由、自主和精神家园的追求与捍卫。在实施各自不同的生存策略时，他们亦形成独特的边缘人形象。

第一节 "无用人"西蒙

"无用人"作为一个文学概念，备受关注。人们对"无用人"的一般理解是"他们拥有丰富的精神世界，因此无法将自己禁锢于当下时代和社会的条条框框。他们无法克服内心对自由和独立的向往与渴望，现实的种种强迫让他们生活得举步维艰。如果他们执意坚守信念，那现实

---

① 朱立：《社会学原理》，社会科学文献出版社 2003 年版，第 270 页。

将无情地把他们驱向生存的边缘。"① 这几乎是"无用人"这一文学形象的共性。浪漫派作家艾兴多夫（Joseph von Eichendorff）在中篇小说《一个无用人的生涯》(*Aus dem Leben eines Taugenichts*)中开创了"无用人""无拘无束、持续漫游的诗意内涵"②。

瓦尔泽自认为与前辈艾兴多夫志趣相投，他的很多思想归功于这位浪漫派大师③。尤其是他笔下的"无用人"形象与艾兴多夫的"无用人"有着诸多相似之处。以《唐纳兄妹》为例，"无用人"西蒙的思想常常与小市民社会对立，他认为漫游生活无可非议。走在乡村小路上的美妙感觉是被束缚于工作台的职业人士无法想象的，各种感官懒散地休憩着，思绪随兴飘荡。他尽情地享受着"无用人"独有的乐趣，小小旅行包是其全部家当。他不求发展，也从未为未来做过打算。不管是过去、现在，还是未来，他都一无所有，他从未占有过什么，现在不占有，以后也不会去占有，他欣然接受"无用人"的称号。在陌生女士面前，他坦言：

"我从父母那儿继承了一小笔财产，现在已经被我花得分文不剩。我觉得没有必要去工作,也没有兴致去学习什么。日子对我来说太美好了,我无法放任自己用工作来亵渎这神圣美好的日子。您可以想象，工作让我们错过了多少美好的事物。我不能因学习知识而失去观赏太阳和月亮

---

① Hans Jürg Lüthi: Der Taugenichts. Versuche über Gestaltungen und Umgestaltungen einer poetischen Figuren in der deutschen Literatur des 19. und 20. Jahrhunderts. Tübingen 1993. S. V.

② Hans Jürg Lüthi: Der Taugenichts. Versuche über Gestaltungen und Umgestaltungen einer poetischen Figuren in der deutschen Literatur des 19. und 20. Jahrhunderts. Tübingen 1993. S. V.

③ Hans Jürg Lüthi: Der Taugenichts. Versuche über Gestaltungen und Umgestaltungen einer poetischen Figuren in der deutschen Literatur des 19. und 20. Jahrhunderts. Tübingen 1993. S. 128.

的机会，否则我会遗憾终日。我需要很长时间去欣赏夜景，不像他人整日伏案工作或者在实验室埋头苦干，有时我会彻夜坐在草丛中，陶醉于从我脚边缓缓流过的河水和透过枝丫窥视我的月亮。您定会以异样的眼光审视着这些言语，可是，难道我应该欺骗您吗？"（GT，186）

西蒙在这里的自白与艾兴多夫的"无用人"并无本质区别。艾兴多夫的"无用人"认为不为功利所诱惑，只对当下厚爱是唯一、真正的幸福，是至高的生活卓见①，西蒙何尝不是蔑视功利、享受当下幸福的"无用人"。

批评家和研究者形象地把西蒙称为"复活的无用人"（Taugenichts redivivus）②，尽管如此，现代"无用人"与浪漫式"无用人"的区别仍不容忽视。艾兴多夫的"无用人"生活在由冒险和幻想装点的小说世界里，瓦尔泽的"无用人"则立足于现实的社会生活。读者时刻能感受到严峻的现实及不容动摇的社会规范与主流价值观。此外，瓦尔泽重在描写现代"无用人"如何与现实生存较量的问题，而浪漫派的"无用人"几乎不存在生存压力，在世界上无忧无虑地寻找幸福，并能如意地实现自己的梦想。

与两部小说明显的非现实与现实特征相对应，两个"无用人"在性格上亦有较大的差别。艾兴多夫的"无用人"永远持有"星期天的人生

---

① Vgl. Joseph Viktor Widmann: Geschwister Tanner. Roman von Robert Walser. In: Katharina Kerr (Hg.): Über Robert Walser. Bd. I Frankfurt a. M. 1978. S. 18.

② Joseph Viktor Widmann: Geschwister Tanner. Roman von Robert Walser. In: Katharina Kerr (Hg.): Über Robert Walser. Bd. I Frankfurt a. M. 1978. S. 18.

态度",偶有烦恼,也只是转瞬即逝,无忧无虑是其生活的基调。现代"无用人"则不得不在现实生活的夹缝中生存,他努力追求逍遥自在的生活,极力捍卫其人生理想和生活方式。小说前半部分的西蒙更像艾兴多夫的"无用人",享受着闲情逸致的生活。随着小说的发展,生存的压力日渐凸显,西蒙曾经的无忧无虑与落拓不羁不再是他心绪的主旋律,迷惘与无助渐占上风。瓦尔泽对传统"无用人"的重新塑造无疑给这一文学形象注入了新鲜的血液。也正是区别于传统"无用人"小说的现实维度,使现代"无用人"不落俗套,成功地激起现代读者的阅读和研究激情。

"无用人"西蒙一再强调:"我要坚持做人。"(GT, 257)做真正的人,捍卫人性,不做现代文明的异化人,这一点让他与市侩社会格格不入。托马斯·曼对艾兴多夫"无用人"的评价也尤其适合西蒙,他认为:"他(无用人——引者注)是一个地地道道的人。除此之外,他不愿意,也不能有其他身份,正因此,他成了'无用人'。如果他除了做人之外,别无他求,那他自然是一个'无用人'。"[①]西蒙所说的"做人",做自己,显然与曼的看法如出一辙。在现实生存的夹缝中,在工作伦理盛行的世纪之交,西蒙要想"做人",做自己,必须有独特的生存之道,这样他才能让"无用人"在以"有用"为主导思想的社会中存活,才能拯救"无用人"。

一、寻觅者

不像多数边缘人自始至终坚定地选择边缘生存,西蒙经历了漫长的

---

① Thomas Mann: Betrachtungen eines Unpolitischen. Frankfurt a. M. 1956. S. 373.

寻找过程，才逐渐认识自我，意识到保持自我身份的重要性。格莱文这样评价他："西蒙是一个寻觅者、等待者、希冀者，也是一个梦游者。"①这四个标签对西蒙来说恰如其分，概括了其主要特征。西蒙首先是"寻觅者"，这一身份贯穿小说始终。卢卡奇认为，小说人物生活在被上帝遗忘的世界，"他们是寻觅者"②，是自我的追寻者，他们只知道自己在寻找的路途中，却往往不知这条路通向何方。西蒙正是这样一位途中人，寻找在其生命中占据了重要的位置，既是他生存的一种形式，又有助于生存本身，因为有了生存目标，才知道如何生存。他的寻找首先体现在职业的选择上。

西蒙两年内不断更换职业，曾做过书店助理、律师助理、贸易所职员、机械制造厂职员、家仆和抄写员，更换职业这一过程是西蒙对理想职业的寻找。在实际工作中，他发现书店助理之职与其精神实质不符，奴役其躯体，终日只能弯腰曲背地伏在矮小的工作台前。于是，他放弃了这一职业，继续寻找。贸易所工作在他看来压抑人的发展，只会将个人领上机器化的道路，变成一个冰冷的机械零件，他不能容忍这样的工作，继续寻找下一个职业。仆人工作剥夺了他的行动自由，紧紧地将他束缚于责任与义务的桎梏之中，这有违他对自由的向往。他热衷于积累各种工作和生活经验，认为人只有更好地了解社会和各行各业，才能洞察一切，找到适合自己的职业和生活，因而体验不同的岗位是达到目的的最佳途

① Jochen Greven: Robert Walser. Figur am Rande in wechselndem Licht. Frankfurt a. M. 1978. S. 257.

② Georg Lukacs: Die Theorie des Romans. Ein geschichtsphilosophischer Versuch über die Form der großen Epik. Frankfurt a. M. 1989. S. 49.

径。

从西蒙不断更换职业的分析来看，职业的寻找过程伴随着西蒙内心自我，即自我身份的不断感知与觉醒。在体验不同职业的过程中，他的主体自我不时与现实工作相碰撞并慢慢觉醒和成长。书店助理之职与贸易所工作让他懂得守卫自己的精神与心灵，不在乏味、异化的工作岗位蜕变成一个冰冷的机械零件。仆人工作使他意识到自由的重要性，他感悟到解放躯体，捍卫身体自由的重要性。同样，贸易所的工作也让他认识到压抑人性的工作不是长久之职。人的特长，如勇气、智慧、忠实、刻苦、创作欲和好奇心在这里都没有施展的可能。这项工作只需要个人付出没有感情、机械的劳动，只会把人训练为机械人。这样的工作体系在西蒙的眼里是不健康的，因而他要离开，去过健康的生活。可见，职业对唤醒西蒙的主体自我有着不可小觑的功劳。

不容忽视的是，与忙碌、漠然的社会相比，西蒙常常显露出美好的人性特征。他极富同情心，在自己生活困窘时，仍不吝施舍。他可怜食不果腹的老人，同情孤独寂寞的护工。相对于节日中匆匆而过的行人，西蒙停下脚步，主动帮助陌生人在人山人海中寻人。他也是一个善良、友爱之人，对所有人充满爱意，他承认："我就是这样的人，在我眼中，每个人的行为不论好坏，都有其有趣与可爱之处。我始终无法蔑视任何人，也许只会鄙视那种胆怯与呆滞的行为。"（GT，266）西蒙始终充满爱心，尊重所有人。身处物欲横流的时代，他却没有任何贪婪心理，满足于简单的饮食，保持乐观的心态。此外，他还保持着儿童纯真的心灵，"充满稚气"（GT，7），"无忧无虑"（GT，7），心直口快，从不掩饰真实的自我，他说："凡是从我脑中闪过的想法，我都会说出来……难道我们不应该把所有的话都说出来吗？如果要句句斟酌的话，许多想法定会转瞬即逝。我不喜欢开口前左思右想太久，不管合适不合适，我都要说出来。"（GT，23）西蒙甚至常常把自己比作孩子。

由此可见，西蒙对职业的追寻是一个走进生活、了解生活的过程，这一过程伴随着其自我的成长。随着主体自我的日渐成长，西蒙欲寻求一种职业与自我统一的理想生活。从对诸多职业的批判与放弃中可以看出，西蒙寻找理想职业的尝试并未成功。西蒙在寻找的过程中发生了较大的变化，开头的他极其乐观，认为"总还有其他出路……像我这样的年轻人总会有出路的"（GT，19）。随着日子一天天地过去，他才发现理想职业竟如此渺茫，他开始变得失望、迷惘，放弃了起初积极寻找职业的热情，无所事事，以捍卫其自由与个性。西蒙从开始的寻找职业渐渐转为追寻自我，频繁地更换职业便是最好的例证，小说后半部分的无业状态更显示了他追寻自我的转变。西蒙对自我的追求亦是对理想生活的探寻，然而这种探寻却因迷惘失去了应有的执着与激情。西蒙如此评价自己："我依然站在生活的大门外，敲着这扇门，只是平静地敲着，好奇地倾听着插上门闩的主人是否会过来开门。"（GT，329）

西蒙由寻找职业转为寻找自我、寻找理想生活，这一过程则表现为戈夫曼所说的个体身份两个层面的对立。即自我身份日渐成长，主人公的内在个性日益显露在读者面前。另一方面，他的社会身份，即担任社会角色的身份却呈现倒退，这体现在西蒙从寻找职业到频繁辞职再到无业的状态。他情愿用一些荒诞无稽的行为代替工作。为了消磨时间，他或者不断搓手、搓背，或者试图倒立行走，他觉得，"即使这些最滑稽的意志练习，他也得做，至少它们能排遣胡思乱想，锻炼并活跃身体"（GT，308）。社会身份的逐步倒退和步步恶化的现实生存，也使西蒙清楚地意识到自己对社会角色的懈怠。他在陌生女士面前坦白自己的过错，把自己称为"世界上最无用的人"（GT，329），也深知自己的"美德与缺陷"（GT，329），并认为自己亏欠社会很多。结尾处他抛出肺腑之言：

"如果我告诉自己，是人们伤害了我的感情，这句话定会令我坐立不安……不，事情恰恰相反……我，是我伤害了这个世界。她像一位被惹怒、被伤害的母亲站在我面前：令我神往的美丽面孔，它是请求赔罪的母亲大地的面孔！我会偿还我疏忽的、失去的、虚度的、做错的事情，我会让被我伤害的人重新满足。有朝一日，我会在瑰丽多姿的黄昏时分给我的兄弟姐妹讲述我是如何做到的，告诉他们我终于可以昂首挺胸了。也许，等待此刻的到来，还需数年，但是一项需求干劲越多、耗时越长的工作，对我来说，愈令我心醉神迷。"（GT，332）

西蒙的这些话分明在剖析自己的过失，愿意弥补错误，重新担任职业角色，以求社会原谅，这是一种暂时与社会妥协的姿态，也反映了西蒙的内心矛盾。这种凸显的矛盾状态尤其归咎于西蒙最后困窘的物质生存。在严寒的冬日里，他无家可归，身无分文。西蒙的倾诉对象在听完他的人生故事后，给他总结了此刻矛盾心理的原因和解决办法："您知道原因何在？您得再过一段稍微好点的生活。"（GT，332）从这位女士的回答看，是严重恶化的物质生存激化了西蒙内心自我与社会的矛盾，导致他对自己迄今为止不合常规的生活方式的反省与自责。"一段稍微好点的生活"是这种矛盾状态的解决办法，没有物质生存的逼迫，西蒙会重新忠实于自己无所事事的生活方式。因此，西蒙的反省虽然让读者看到其未来可能发生的改变，但它更让读者相信西蒙今后仍会继续其无拘无束的边缘生活。

寻找是他生存的方式，也是他边缘生存的支撑。因为不断地寻找，不断地了解生活，逐渐促成其内心自我的成熟，既坚定了他维护自我身份，选择边缘生存的决心，又有助于他寻找边缘生存的策略。这部小说讲述的是西蒙的"成长"经历，套用了传统发展小说的模式，展现的却是一位不会成长的主人公，这显然是对传统发展小说模式的解构。西蒙始终是原来的他，始终是那个地地道道地排斥社会与被社会排斥的边缘人。

如果说不断的追寻给他的边缘生存增添了不少存在下去的希望，那么自由亦激发了其边缘生存的热情。

二、追求自由者

如同作者本人，西蒙对自由如痴如醉，"迷狂般地沉醉于自由的呼唤，无法自拔"[1]。西蒙多次的辞职经历均归咎于一个共同原因，即他对自由的向往，因为其痴迷程度让西蒙无法长期专注于一项工作。读者能一再感受到西蒙辞职后重获自由的欣喜之情。在被贸易所经理解雇后，西蒙并没有丝毫不快，反而因重获自由欢喜不已，他暗想："自由真好，

---

[1] 评价出自彼得·毕克瑟尔（Peter Bichsel），见《唐纳兄妹》德文小说扉页。

就算现在有人想着我，想也罢，不想也罢，无论如何我谁都顾不上。"（GT，59）久失自由的西蒙此刻全然沉醉在自由之中。久久束缚于仆人之职的西蒙虽喜欢这份职业，却也时时感到被压抑的自由，心痒难耐："现在我想到街上走走。别无选择，我必须出去。"（GT，205）从情态动词"想"（möchte）到"必须"（muss）的转化，可以看出西蒙对自由的迫切渴望。得到主人许可后，他像重获自由的笼中雀冲出门外，此时作者采用简短、急促的笔触描绘西蒙此时的心情："西蒙飞奔出房间，冲下楼梯，一个罩着面纱的女士惊讶地看着他的背影，出门外，到街上，到空气中，到流动、湿润、闪烁的黄昏时分的自由中去。"（GT，206）这种急促的笔法恰如其分地展现了西蒙此刻难以言状的激动和因欢喜过度造成的断片思维。句中虽有很多动作，但作者考虑到人物行为的急促性，只使用了一个动词，以加快叙述速度，让读者真切地感知人物此刻的内心感受。

从以上分析也可以看出，西蒙的自由具体指不受束缚（unverbunden）的身体自由与行动自由。不管何种职业都将他牢牢地封闭于狭窄憋闷的空间里，他无法容忍剥夺其自由的职业。对他来说，"只要能感到四肢的存在，便无比幸福，那个时候他忘记了世界的存在"（GT，59）。为了自由，西蒙可以舍弃工作，"为了自由，值得去坚守贫穷"（GT，256）。只要还有最后一口面包吃，西蒙放任四肢自由，不愿工作："我很自由，不得已的情况下，随时可以短暂出卖我的自由，以便之后能重享自由。"（GT，256）

自由成为他边缘生存的精神支柱和生存动力。为了自由，西蒙可以放弃工作、家庭与社会。他始终没有固定女友，也不愿意成为被爱的对象，因为爱情与家庭，如同职业，都会限制他的自由。他也不愿与社会有任何关涉，害怕强大的社会会吞噬他的小世界。社会的大世界以工作伦理为准则，他的小世界则独尊自由。瓦尔泽曾在一篇小品中写道："我感觉，别人眼中的世界与我关系甚少，而我私下里称呼的世界，对我而言，甚是伟大、诱人。"[①] 别人的"大世界"与他的"小世界"迥然不同[②]，与他人、社会划清界限实际上是对自己"小世界"的保护。然而，对"小世界"的守卫加剧了西蒙与社会的矛盾。自由让西蒙放弃现实，包括事业、金钱、家庭及与社会的密切交往，研究者将其称为"'我'与世界的陌生化"[③]，称为"现实缺损"（Realitätsverlust）[④]。与现实的这种关系一方面成就了西蒙的自由生活，因为与现实异化能让他免于现实的种种束缚；另一方面使边缘的位置更加牢固。边缘意味着自由，也代表着孤独，甚至可以说，自由与孤独本同处一处。边缘与自由、自由与孤独，在西蒙这里相互关联、相互转换。

不仅如此，自由与屈从（Unterwerfung）、与依赖（Abhängigkeit）也关系密切，不断交替。西蒙不仅以自由为生存的目标和方式，也不时渴望屈从，这体现在西蒙与女性的关系上。在女性面前，他常有一种屈从的渴望，他把自己一股脑儿当作礼物送给克拉拉："我天生就是当礼

① Robert Walser: Das Gesamtwerk. Hg. von Jochen Greven. Band VI. Frankfurt a. M. 1978. S. 116.

② 早有研究者把瓦尔泽作品中泾渭分明的两个世界称为"大世界"（large world）和"小世界"（small world）。参见 Herbert L. Kaufmann: Large and small worlds in Robert Walser's Novels. In: Literatur in Wissenschaft und Unterricht. 1970. Bd. III. Heft 1. S. 98.

③ Dagmar Grenz: Die Romane Robert Walsers. München 1974. S. 86.

④ Dagmar Grenz: Die Romane Robert Walsers. München 1974. S. 66.

物的料，总是属于某个人。有朝一日，如果我四处奔走，找不到主人的话，我定会烦恼不已。"（GT，86）西蒙把自己当作礼物送人，意味着此刻完全屈从于克拉拉。这表面上有悖于其原本向往自由的品性，但这只是暂时的屈从。此外，依赖也体现在西蒙失业与就业的交替上，西蒙反复更换职业是自由与依赖互为一体的最佳表述。他从失业的自由状态到再度就业，其中不仅因为物质生存的原因，即保障其生活所需的最低物质要求，而且源自西蒙间或对社会的依赖。在小说中，离开贸易所的西蒙享受了一段安逸、自由的生活后，渐感烦躁不已，他"开始认为这样懒散悠闲的生活叫人难以忍受，感觉不久他又得工作了，'像别人那样生活也有其意义，我这样无所事事、稀奇古怪的生活方式现在倒让我怒火中烧，食不甘味，连散步也索然无味'"（GT，99）。

西蒙渴望自由，但其屈从与依赖的矛盾行为实际上有助于西蒙的边缘生存。因为西蒙作为一个社会人，不可能与社会完全隔绝，人的本性决定他要不时地与社会发生关联。偶尔与他人一样生活，与社会交往，是对边缘生活的补充。本雅明将瓦尔泽式人物的生存称为"荒芜"（Verwahrlosung）①。为了不在"荒芜"处消解，西蒙需要不时地在社会中感知自己的存在。这种"在世界"的感觉对拯救边缘人的存在有着不可小觑的作用，让他们能抵御边缘的孤独与困境，尤其是精神上的茫然不安。因而，西蒙只有在自由与依赖的来回摆动中，才能维持边缘生存，真正保护自由。对自由的限制或暂时的依赖关系是自由的保障手段。如此，

---

① Walter Benjamin: Robert Walser. In: Illuminationen. Ausgewählte Schriften 1. Frankfurt a. M. 1961. S. 371.

我们便可以理解西蒙摇摆不定的生活及与社会忽近忽远的关系。自由亦体现为散步的自由，因为限制他散步犹如剥夺他的自由①。

三、浪荡者

散步不仅意味着自由，也在西蒙和瓦尔泽笔下的其他主人公那里占据举足轻重的地位。作者在《散步》中写道："不散步我就好像死了一样。"②有的研究者把西蒙的本质归结为"漫游者"③。散步是西蒙和强盗的常态，马蒂和雅考伯也不时需要出去走走，散步对他们的意义非同寻常。

散步在瓦尔泽看来也可以用"Wandern"来表达④，它是浪漫派文学的重要母题之一，之所以这样说，在于作者笔下的散步与浪漫派漫游的共同点。以《唐纳兄妹》和《一个无用人的生涯》这两部作品为例，不管是西蒙还是"无用人"都不时产生一种"在路上"（unterwegs）的渴望，这种渴望左右着他们的思想，让其内心无法安定，于是二人常常表现为"在路上"的状态。他们虽有出门的愿望，但并没有明确的目标。对他们而言，重要的是"在路上"这个状态，它比"到达"（ankommen）更为重要。他们步履从容，让自己沉醉于自然的一草一木或世界万象，敞开心扉，迎接一切新鲜的体验。自然常常成为他们的体验之地，因为自然是远离文明之地，是未遭工业文明破坏的最后一片土地，是离上帝最近的地方。

---

① Vgl. Guido Stefani: Der Spaziergänger. Untersuchungen zu Robert Walser. Zürich 1985. S. 160.

② 文中《散步》引文均出自罗伯特·瓦尔泽：《散步》，范捷平译，上海译文出版社 2002 年版，第 158 页。

③ Kil-Pyo Hong: Selbstreflexion von Modernität in Robert Walsers Romanen „Geschwister Tanner", „Der Gehülfe" und „Jakob von Gunten". Würzburg 2002. S. 119f.

④ 参见范捷平：《罗伯特·瓦尔泽与主体话语批评》，浙江大学出版社 2011 年版，第 114 页。

两个"无用人"均与世俗世界格格不入，鄙视小市民社会的庸俗与功利，只有"在途中"，他们才能独享自己的世界。

但两位作家的漫游概念亦有明显的区别。浪漫派的漫游者常常渴望远方（Fernweh），在远方时，又会有思乡之情（Heimweh），因而，漫游是远行。西蒙的漫游没有远方之盼，更多的是路途较短的散步，他重视的是此时此地。他对长久漂泊在外的护工说："我一直会待在这里，留在自己的家乡真好……事实上，我着魔似的留在家乡，一大堆无趣的因素阻止我去国外旅游。"（GT，255）西蒙的漫游仅仅局限在家乡，因而更应该称之为"散步"。漫游是无忧无虑的，而散步即使有欢快的外表，也掩藏不住边缘人孤寂的内心①。

散步在瓦尔泽的作品中分为两种形式，其一为散步（Spaziergang），其二为闲逛（Müssiggang），这是从市民社会角度出发的划分方式。在市民眼中，只有辛勤工作后的散步才是名正言顺的散步，才能得到社会的承认。而工作时间散步是不合理的，违反了社会规范，属于偏差行为。因而"不合规范"的散步者常常被拦住去路，遭人质问。在故事篇《在街上的小小经历》（*Kleines Landstraßenerlebnis*）中，主人公因漫步某地被带到岗哨，被称作"不干正经事的人"（Tunichtsgut）。这样的散步者经常需要为自己的散步行为辩护，为自己无所事事和东游西逛的行为辩解。他们承受着来自社会各方的压力，时时处在与社会、自我及角色强迫的搏斗之中。

---

① Vgl. Peter Bichsel: Geschwister Tanner lesen. In: Robert Walser. Dossier. Literatur 3. Zürich 1984. S. 85.

"'您应该工作'，一位市民这样对我说，他补充道，'总是看到你在晃悠，这样不好……'奥，我要工作？这样的话我每天都对自己说。"[1]这是群体反应的表现形式，它在自发地执行来自主流社会的角色期望和角色规范。可见，社会对散步者不满，他自身也因良知与约束性的群体反应的作用，处于矛盾的自责中，尽管如此，他仍然无法改变自己的行为。这就需要考虑散步对不同人群的意义。对从事职业的市民来说，散步发生在下班后和周末，是人们在劳作一天或一周后短暂的休息，以便恢复体力和身心，继续工作。这种散步契合于工作伦理之中，服务于工作伦理，最终目的不是为人，而是为工作。与之相比，瓦尔泽人物的散步，也即闲逛，不再束缚于工作伦理，它本身有着属于自己的价值，是边缘人西蒙生存和救赎的方式。

在这种意义上，散步像硬币一样，具有两面性。一方面，散步是与社会保持距离，是对中心社会价值观的摒弃。散步者游离于自然之间，以观察者的身份审视隔着一定距离的现代社会，能更清楚地观察社会。众所周知，自然是远离文明社会的世界，是工业文明影响最小的地方。因此，西蒙散步式的生存方式常常被阐释为对现代市民生活的背弃[2]，对文明社会的批判[3]，是"颠覆传统"的暗语[4]。现代社会趋之若鹜的职业、晋升、金钱与名誉等，在他的散步式生存中消解了。同时，散步式生存

---

[1] Robert Walser: Das Gesamtwerk. Hg. von Jochen Greven. Band X. Frankfurt a. M. 1978. S. 10.

[2] Vgl. Kil-Pyo Hong: Selbstreflexion von Modernität in Robert Walsers Romanen „Geschwister Tanner", „Der Gehülfe" und „Jakob von Gunten". Würzburg 2002. S. 123.

[3] Vgl. Guido Stefani: Der Spaziergänger. Untersuchungen zu Robert Walser. Zürich 1985. S. 12.

[4] Kil-Pyo Hong: Selbstreflexion von Modernität in Robert Walsers Romanen „Geschwister Tanner", „Der Gehülfe" und „Jakob von Gunten". Würzburg 2002. S. 115.

也使西蒙得以捍卫自己的价值取向。瓦尔泽的一生似乎也可以用"散步"二字概括，他床下遗留的一堆破鞋便是证明。对于作家本人来说，他似乎认为要透彻地展示社会，就需要与社会保持距离，只有身处其外，才能管窥社会全貌。然而，这种有意而为的距离也让瓦尔泽渐渐远离社会，成为边缘处的独行人。

另一方面，在人群中散步，支撑着西蒙的边缘生存。因为散步让他短暂地处于人群之中，重拾曾经与社会断裂的联系，暂时解救其孤独的边缘生存。人的社会性决定即使边缘人也不可能与社会完全隔绝，总需要一种方式接近或融入社会，在西蒙这里便表现为散步。在人群中散步，边缘人总会有一种当下的归属感，感觉自己是社会的一员。在《散步》中，边缘人的这种心理刻画尤为细腻。在等待火车开过的一幕中，叙述者与形形色色的男女老少聚集于封闭的栅栏里。共同的等待给他带来一种暂时的归属感，过路乘客送来温馨的问候，像天籁之音在他的耳边散开。经历了这一幕的叙述者突然感觉周围的世界比往日迷人千倍，他甚至认为这一经历无疑是当天散步的高潮，让他难以忘怀。他沉醉其中，感觉到"将来变得苍白，过去却又化为乌有。我自己在轰轰烈烈、繁花似锦的现实一瞬中热烈和奔放"（《散》，163）。如果说散步使他身处其中，拥有表面上的归属感，那么人群的微笑与招呼则让这种归属感名副其实，它们足以证明他此刻"社会中人"的身份。因此，对于瓦尔泽的人物来说，散步肩负着一个非常重要的任务，便是为放弃与社会交往的人暂时建立与社会的联系。

短暂的融入人群让散步者心花怒放。此刻，他与社会的距离，他一意孤行的边缘人生，他害怕被社会束缚的忧虑皆烟消云散；此刻，他只感觉与社会紧紧相连。为此，他兴奋不已。这种暂时的融入感是对其边缘人生的弥补或曰拯救，成为他边缘生存的必要补充。因为散步既满足了他作为社会人与社会接近的基本需求，又不会破坏其边缘的小世界。此外，散步亦是缓解现实矛盾或紧张状态的有效手段。在走投无路时，西蒙习惯借助散步排解边缘生存招致的个体与社会的矛盾。这一点亦体现在《助手》中，当马蒂与托布勒家庭发生冲突时，散步便成为他的首选。在小说的后半部分，随着托布勒公司的经济困难日益加剧，马蒂作为公司与家庭成员，散步的次数也明显增多。

总之，散步对于瓦尔泽人物已经上升到生存的高度，它本身成为他们的生存方式之一，是其生命中不可或缺的组成部分。永无止境的散步是边缘生存的方式和保持自我的手段，放弃散步则意味着"对自我的放弃"①。如此，读者便能理解"不散步我就好像死了一样"这句散步者的经典之言。他因散步而活着，亦会随着散步的终结而结束自我的存在。"我走故我在"，停止散步的那一刻，自我也将无法生存。散步是一种自在的存在方式，这一点体现在西蒙的长夜漫游中。漫游者别无所求，唯以"走"为目标，他甚至忘却了行走的空间：

"西蒙什么都不想，渐渐增加的疲劳让他丧失了思考能力……一切似乎都与他同行，然后在其身后沉沦。夜润湿、漆黑而冰冷，他的双颊灼灼发热，头发被汗液浸湿……有生第一次，他感觉双脚生疼，但他毫

---

① Guido Stefani: Der Spaziergänger. Untersuchungen zu Robert Walser. Zürich 1985. S. 101.

不在意，继续前行。"（GT，108）

此时的行走显然为走而走，走成为他的目标，他在行走中感受着自己的存在，周围的一切都不重要，连身体的疲惫与疼痛也不能分散其专注的行走。

对于作家本人来说，散步是他自始至终忠实的事业之一，他的人生也在散步中画上句号。在《散步》中，他写道："不散步我就好像死了一样，假如不散步的话，我热爱的职业也就毁灭了。不散步，不接受外部信息我就无法写报道，也无法写文章，更不要说创作大部头的小说了。不散步我怎么去观察生活，怎么去体验人生？"（《散》，158）从中读者可以体会到，散步是作者的事业，是作者创作职业的灵感源泉，也给予他种种安慰："散步使我清新，给我安慰，使我情绪变好，散步是我的一种享受，同时也是一种刺激和激励我继续创作的源头活水，它给我提供了大大小小、许许多多的素材……没有散步，没有与此相连的自然观，没有那些在散步中得到的美妙启示和警示恒言，那么我就会感到自己脑瓜子里像是空空如也，而事实上也的确是如此。"（《散》，158）这位散步者的直白，再次证实了散步对于瓦尔泽的边缘人物的重要意义。

四、在自然中寻求庇护

自然对散步者亦具有特殊意义。在瓦尔泽的作品中，工作和自然是两个彼此割裂的因素，从属于不同的价值体系①。人们不得不面对或此或

---

① Vgl. Marian Holona: Arbeit – Mediocritas – Müssiggang zur Sozialethik in Robert Walsers Kleinprosa. Warszawa 1980. S. 36.

彼的生活状态，这两者的分裂是文明与自然的分裂，是文明对自然的排斥。西蒙为了工作，被迫放弃自然的欢愉，身体虽被禁锢于狭窄的工作室，心里却惦记着室外美好的大自然。马蒂在工作之余，常趁午休时间离开托布勒公司，躺在暖暖的阳光下，享受难得的自然风光，重回工作之地是他最不情愿的事情。西蒙和马蒂在工作与自然之间的取舍正体现了个体在社会与自我之间的权衡，是个体身份两个方面的平衡。

如同散步，自然在瓦尔泽的作品中亦分为两类。一类是主流社会眼中的自然，它具有工具性的特征，成为他们缓解工作疲劳的理想地。在小说中，休假的职业者纷纷到自然中修养，位于自然中的疗养院成为人们的常去之地。另一类则是边缘人眼中的自然，西蒙作为寻觅者的贡献之一便是对自然价值的发现。散步者在人与自然的比较中发现自然具有优越于人的自在性：

"存在对我来说已是难以言表的幸事，我倒很想把自己比作树木，无须像人类那样事事深思熟虑，它们无声无息，静静地竖立在那儿，就这样形成森林。无须理由，它们便可以存活，没有喜怒哀乐，便可以茁壮成长。不像那些可怜软弱、惶恐焦躁的人类，时而趾高气扬，时而垂头丧气，困顿于种种问题，总是行色匆匆，事业上却止步不前。因为他们尽管智商高度发达，却始终围于偏见与忧郁，犹如胆怯沮丧的奴隶。"（GW III, 195f）

人与自然想比，既不如自然简单洒脱，又困顿于种种烦恼之中。唯有自然与世无争、逍遥自在。因而，散步者情愿做一棵悄无声息的树木，自由自在。自然还是远离碌碌人群、远离喧嚣的唯一净地，唯有现代文明的边缘人才能在这里获得内心的安逸与知足，他们与自然和谐相处，在自然中自得其乐。

此外，自然在散步者眼中亦具有人性特征，如兄弟一般。当边缘者烦恼无助、倍感孤独之时，它如同手足给予他安慰与庇护；当边缘者需要它的时候，它总是守候在那里，聆听并化解其烦恼。他们之间无须语言，便可以沟通，一切在沉默中消解。正如史蒂芬尼所言，在瓦尔泽的作品中，自然并非抽象之物，作者更强调它的"实体性"，对脚下土地的感知，在草坪上舒展身体或以此方式拥抱大地的可能性①。或与自然精神交流，或与自然身体接触，边缘者均得到精神的慰藉："在自然中，这种淡淡的忧愁也烟消云散，他甚至心无所想。先前诸多看似糟糕、恼人的事情，此刻都变得没有想象中的那么严重了。一种悠然的健忘，加之如此明朗的天气，驱使他沿着亮丽的乡村小路走去。"（DG，100）边缘者可以信赖自然，它也如同朋友或恋人一般，给予他感情的回赠。

在瓦尔泽的笔下，自然也不再毫无感情，而是用种种方式——气味、符号和声音——与边缘者窃窃私语。瓦尔泽在一则小品文中写道："可以攀上这嶙峋的山峦，何等惬意。大地对我来说，像一个隐秘的兄弟。植物长着眼睛，向我投来充满友爱的目光。灌木丛发出甜蜜的声音……冷杉如同幻象屹立在那儿，高贵、威严而妩媚。它们的枝丫如同长袖，

---

① Guido Stefani: Der Spaziergänger. Untersuchungen zu Robert Walser. Zürich 1985. S. 79.

一本正经地指向这儿、那儿。"①此处的自然完全具有拟人化特征，像朋友，更像情侣，含情脉脉，让"我"为之动心。与冷漠的工业社会相比，自然更具人性，原本属于人的特质却只能在自然这里寻得，欢快的格调背后显然蕴含着作者的嘲讽与无奈。

　　散步者与自然建立了深厚的感情，自然因而成为其生命中不可或缺的组成部分。在自然中，他得以与现实保持距离，短暂忘却生活的烦恼，精神和心灵得到疗养，自然是他的精神疗养院。自然成为边缘者的逃避之地，这一母题在瓦尔泽的多数作品中得到体现，尤以《助手》最为突出。小说中不断出现马蒂因生气或烦恼逃向自然的场景。自然不仅意味着逃避，也意味着做自己（selbst zu sein）。在主流社会中，他被看作浪荡者与边缘人，承受着巨大的社会与生存压力。唯有在自然中，与自在的自然融为一体，他才得以做本真的自我。边缘者执着于边缘人生，为保护自我身份，决意放弃安逸的社会生活。因而，瓦尔泽的小说似乎可以称为人物的"自我之旅"，是边缘者以各自独有的方式坚持自我的尝试。

五、"找回失落的声音"

　　纷繁复杂的大千世界之中似乎存在两种声音，一种是代表主流社会利益的官方文化，另一种是主流社会外围的边缘生存者。前者代表社会的主流文化，他们为了维护既得利益，极力强调既有文化的合理性，规定其文化为社会至高无上的定律，并极力压制边缘文化，以保持中心文化的生命力及权威地位。主流社会的自我保护行为正是边缘群体形成中

---

① Robert Walser: Das Gesamtwerk. Hg. von Jochen Greven. Band VIII. Frankfurt a. M. 1978. S. 121f.

的第二步骤，它导致边缘人的生存障碍。为了达到这一目的，声音成为一种重要媒介，它不仅是思想的言说工具与生存躯体，更代表着深层的世界观。

在《唐纳兄妹》中，通过各式人物的言语，主流思想观念，即工作伦理作为时代价值观和意识形态得到张扬，它以规范的形式对边缘群体施加压力，引导人们服从社会规范。通过语言，我们同样可以看到边缘者的价值观念。与《唐纳兄妹》不同，在多数文学作品中，边缘者常常失去话语权，成为非自主之人，他们的思想和行为或者遭到忽视，或者只能通过叙述者或其他视角得到零星再现。沉默是边缘人物普遍的特征，同时也是边缘者消沉的原因。因为对他们来说，声音有着生死攸关的重大意义，"公开地发出'声音'意味着'浮出历史地表'的一种可能与努力，'找回失落的声音'意味着重构主体存在与主体意识，'声音'是身份和权力的代表，有了声音（voix）便有路（voie）可走"①。

《唐纳兄妹》与瓦尔泽其他三部小说的一个不同之处在于发声，西蒙不时抛出长篇大论，通过自己的声音，向其他小说人物和读者展现自我。与他相比，其他边缘人物则更沉默。从小说可以看出，西蒙的讲话有时长达14页，爱长篇大论是这一人物的典型特征之一。西蒙的声音主要出现在对话中，而对话是小说人物交流的主要方式之一。如果对这些对话进行细化，总体上可以分为三类。第一类，双方讲述式对话（erzählender Dialog），其特点为双方轮流讲话，彼此谈话内容几乎没有交叉点，因

---

① 郝琳：《唯美与纪实 性别与叙事——弗吉尼亚·伍尔夫创作研究》，科学出版社2012年版，第15页。

而并没有达到真正交流的目的。以西蒙和护工的初次谈话为例，其谈话模式如下：

陌生人护工坐到西蒙旁边的椅子上，对他说："我是护工（……）家乡对我来说如此陌生（……）我与家乡人并无同感（……）我（……）我（……）我很快又要去照顾我的病人了"。

西蒙没有回应，他问西蒙的职业。

西蒙像护工一样讲述了自己的生活。

西蒙稍停片刻，护工没有回应，他继续讲述自己的性格。

护工没有对他的生活和性格做出评价，只简单回应："我喜欢您"。

西蒙答道："我并非诚心博得您的喜欢（……）"随即继续讲述他对生活的看法。

护工未做任何回应，他们一起走了。（下划线为引者所加）（GT，253-258）

从以上模式可以看出，对话失去了原有的对话性，似乎只是形式上把双方强拉硬扯到一起，成为对话的双方。一方没有用问题或异议挑起对方的回应或反驳，只管讲述自己的情况，它不需要对方做出回应，各自讲述自己的生活，是一种互不相关的讲述。典型的例子还有女主任和西蒙的谈话，她讲述自己作为负责人的工作，对世界和他人的看法及西蒙留给她的印象。西蒙接住话茬，讲述了自己的家庭和对生活的见解。同样，在克拉拉和卡斯帕尔的初次谈话中，她用热情洋溢的语调评价了芭蕾舞演出及艺术与自然的和谐统一。话毕，她认真地问卡斯帕尔，她说的是否有道理。卡斯帕尔并未作答，克拉拉请求他说话，于是，他讲述了他的不幸同事埃尔温的故事。两人的对话同样平行发出，没有交叉点。

第二类可以称为单方性对话（einseitiger Dialog），虽有谈话的双方，但只有一方在发言，另一方则只扮演倾听角色，形同虚设。这样，倾听者显然具有随意性，讲话内容并不关涉对方，倾听者成为一个符号，可以被替换为任何人。在西蒙和罗莎的交谈中，他讲述自己在律师处的工作并大谈特谈自己对坦率之言的青睐。罗莎扮演着安静的倾听者角色，并未向西蒙提出任何问题或质疑，只在结尾处说自己累了，希望西蒙能让她安静。从她的脸上，西蒙看到了倦怠的神情，继而中断高谈阔论，询问罗莎原因，但罗莎并未回答，只求他离去。唯一对话的机会也未达到对话效果，形式上的对话者仍未打破那堵无形之墙，彼此仍处于隔离状态。西蒙离开后，她敞开心扉哭了好一阵子，才渐渐平静下来，对话中的隔绝状态在眼泪中得以消解。综观小说可以发现，单方性对话远远多于第一类。这样的例子还有西蒙向罗莎讲述他对婚姻的梦想，他在陌生人面前称赞不幸及卡斯帕尔向他倾诉自己对艺术的怠惰。最后一类是一般性对话，但与前两类相比，所占篇幅更少。

从以上列举可以发现，不管是第一类，还是第二类对话，都缺失了对话的本质特征，即对话性（讲述与回应）。而且讲述常常没有明确的指涉对象，扮演倾听者角色的人可以是 A，也可以换成 B 或 C，他只是起到构成对话形式的作用，甚至可以说是一个虚构形象。此外，对话也没有实现改变现实的功能。以上述西蒙和护工的谈话为例，双方各自讲

述后，均没有得到对方的回应，西蒙保持自己的观点，护工也同样。因
此可以说，这样的对话没有目标和结果，重在言说的过程。就像小说的
情节，没有开头，没有结尾，从一个片段开始，又结束于一个片段，从
未发生什么本质改变。从前两种对话类型可以看出，人物讲述的话题不
外乎关于自己、对生活和世界的看法、梦想、过去与现在及家庭情况，是"自
我表述"（Selbstdarstellung），即便是常规对话也没有摆脱"自我表述"
的倾向 ①。既然倾听者成为一种形式，对话变成"自我表述"，那么这样
的对话显然具有独白的特征。有的研究者甚至干脆视其为独白 ②。如此，
似乎"独白式对话"（monologischer Dialog）这个名称更为形象、妥帖。

作者为何采取如此独特的对话形式，笔者认为在主流声音中发出边
缘人独有的声音，用声音传达自己对生活的看法，这似乎是可能的答案
之一。巴赫金认为，发出自己独特的声音成为弱势群体与弱势文化存亡
的关键问题，个体没有独特的声音就发不出自己的声音，就会被他人的
声音淹没，就等于没有说话或者帮助别人说话。"'我'的声音应该具
有不可融合、不能完全消解的特制""一个独特的声音必须有某种不可
为他人所翻译的特质"，一种特殊的语调和语气，并显示一种"特殊的
精神风貌" ③。边缘者西蒙与"中心生存者"持完全不同的价值观，他要
通过自己的独特声音传达其精神面貌，因而对话成为长篇大论的"自我

① Dagmar Grenz: Die Romane Robert Walsers. München 1974. S. 53.

② Vgl. Dagmar Grenz: Die Romane Robert Walsers. München 1974. S. 48. 格伦茨也提到 Hans
Bänziger 称之为"滔滔不绝的讲话"（lange Ansprachen）;Naguib 称其为"伪对话"（Pseudodialog）.

③ 段建军，陈然兴：《人，生存在边缘上——巴赫金边缘思想研究》，人民出版社 2008 年版，
第 23-24 页。

表述"，他的世界得以层层展开。

西蒙在一次次的"自我表述"中获得内心的安定，自我得到确认。正如克劳斯在交谈中对西蒙的观察，他觉得西蒙的"自我表述"似乎是"心灵对自身状况与社会关系的解释的寻找"（GT，72）。西蒙平静地以"命运天定"（GT，71）接受了与社会的关系，因而能更加心安理得地接受自己的边缘地位，驱逐内心的不安。正如格伦茨所说的："对自我来说，现实愈是不可信任，它便愈加退缩回自己的世界，频繁地反思自己的生活方式。"①西蒙时而质疑自己的生活，时而又通过一堆言辞说服自己这种生活方式的合理性。他内心那种摇摆不定的担忧与自责常常需要通过长篇大论的"自我表述"得到宽慰。长时间的怠惰后，西蒙再次决定改变现状，努力工作，而实际上，他仍旧无所事事，可以说此刻的西蒙正经历新一轮的内心不安。这期间，他遇到护工，展开讲述式对话，再次表述了自己的生活。之后，小说这样描写西蒙的内心感受，"经过这番近乎狂野的倾吐，西蒙突然变得温柔、和顺"（GT，258），顷刻间，似乎世界也变得靓丽无比，"他心醉神迷地看着这个美妙的世界"（GT，258）。先前的不安与惆怅消解在语言的围墙之中，它用无形的力量让西蒙如释重负。

此外，这些声音也具有发泄与自卫的功能。既然西蒙采取独白式对话，为何作者不干脆设计为独白，为何要设计一个虚拟的对话者或倾听者？我们知道，边缘者生活在与周围世界隔绝的状态中，与人交谈无疑是他们冲破隔绝的便捷途径。只有面对他人，他们才能短暂地突破这种

① Dagmar Grenz: Die Romane Robert Walsers. München 1974. S. 56.

隔绝状态。这不可多得的机会成了他们倾吐与发泄的时机，只有面对他人，这种发泄才更加真实，倾吐才更加有力。他人的在场是促使他们发泄的动力，因为他们的声音不再被埋没，而是被人捕捉，有了存在的可能。读者可以发现，激动、情绪与激烈的言辞是这些声音常常伴有的现象。譬如西蒙离开贸易所前对总经理的一番斥责，以及他与讲述埃米尔故事的陌生人谈话中表现出的激动与攻击倾向。这种带有情绪的发泄亦是对自身世界观的辩护与自卫，他要在主流声音中为自己的声音开辟一席存在之地。因而，他不断地言说自己的世界观和生活方式，用自己的声音宣告边缘存在的合理性。这些声音总会在他迷茫或者消沉的时候出场，既排除他内心的不安，又坚定其边缘之路。

六、得与失

"无用人"西蒙自愿选择社会的边缘地位，经历种种生存困境，过着离群索居的生活，也遭受主流社会的胁迫，但西蒙亦有其边缘生存之道。最初的西蒙对世事并未洞若观火，对自己的生活也没有明确目标，他站在生活的大门之外，努力寻找属于自己的理想生活。他的寻找以尝试不同的职业为开端，种种经历和体验成就着西蒙的自我成长，他对职业的寻找逐渐转变为对自我和理想生活的追寻。不断地寻找，不管结果如何，至少给了他生存的希望。西蒙寻找的目标虽不明确，但他对自由的向往却始终如一。散步是边缘人物存在的方式之一，它既隔开了边缘者与工业社会的距离，让他更好地观察社会，又给他提供了短暂置身人群的机会，使其暂时摆脱孤独。散步在边缘人那里具有了生存维度，也是保持自我的途径。自然是散步的重要场所之一，作为自然的使者，散步者发现了自然的本身价值。它超然洒脱，亦不乏人性，给予边缘者兄弟般的呵护和情侣的安慰，化解其烦恼与不快，成为他的精神疗养之地。除此之外，边缘者还以自己独特的声音拯救其边缘生存，西蒙滔滔不绝的"自我表述"宣告着自己的价值观念和对生活的看法。有了属于自己的独特声音，边缘者便不会在主流社会中沉没，这些声音坚定了西蒙摇摆不定的内心及其边缘生存。

西蒙的种种生存策略正是卡尔斯泰德关于边缘人四步骤理论的第三步骤，这一步实施的好坏直接关系到边缘人存亡的问题。从分析来看，作为社会的少数者，西蒙在与主流社会较量中并未低头屈服。在形形色色中心生存者的劝告和威胁下，西蒙始终是原来的"无用人"。他没有改变自己的生存方式和理念，没有向主流文化低头，而是以自己独有的生存方式坚持着边缘生存。从双方人数看，主流社会在对抗中显然处于优势地位，但他们不仅没有战胜边缘生存者，而且其价值观念遭到一定程度的动摇。这最明显地体现在克劳斯身上，作为主流社会的代言人物，克劳斯在规劝西蒙的同时也暴露了他的矛盾心态："我过得不幸福……你也许比我更富有，有更多梦想和憧憬的权利，有诸多我不曾想象的计划和前景。"（GT，15）

如果说此时的克劳斯已经开始质疑自己的生活，随着时间的推移，他对西蒙的责备与劝告的声音越来越小。小说中，他首次见到西蒙，听了西蒙的一番话，开始相信"西蒙有自己的长处"（GT，72），他虽然担心这些是表象，却"为西蒙开心，心甘情愿寻找各式好听的话让弟弟开心"（GT，72）。显然，与之前相比，此时克劳斯的态度已经发生了很大的变化，他开始相信西蒙。克劳斯第三次在黑德维希那里见到西蒙，压抑一贯的责备态度，努力避免尴尬话题，只是用一个眼神警告西蒙的行为。第四次兄弟相见时，两人沉默寡言，尽力避免亲密谈话，克劳斯一反常态，沉醉于大自然，他"要亲眼观看这可爱的一切，每条枝丫，每个浆果，以更好地了解它们"（GT，303）。克劳斯的行为正是西蒙惯常的生活方式，他不自然地内化西蒙的生存方式，实际上是潜意识中对西蒙生活的肯定。虽然后来他还是忍不住搬出老套教育西蒙，但西蒙一句话便使他无还口之力。

可见，克劳斯的老套教育在"无用人"面前苍白无力，步步退缩，以缄口告终。西蒙用自己独有的生存方式战胜了主流社会的攻击，捍卫了其边缘生存。在这一过程中，西蒙也完成了卡尔斯泰德边缘人理论的第四步，形成独特的自我形象：成功的"无用人"，这一称呼意味着西蒙自我身份的胜利。

当然，西蒙也为此付出了沉重的代价，他的物质生存面临着越来越大的困境。结尾处，西蒙再次走投无路，遇到了疗养院的女经理，她对"天下兄弟友谊"的宣扬和对西蒙的聆听使小说走进冬日的童话世界里。西蒙没有绝望，也没有新的出路，他何去何从，作者没有设定一个固定的答案。友善的女经理对西蒙的指点或许会帮助西蒙渡过难关，作者如此安排至少留给读者想象的空间和生活的希望。整部小说是西蒙生活片段的截取，蕴含其中的乌托邦色彩冲淡了小说原本的沉重与压抑。现实中无法实现之事，西蒙便求助于幻想与梦境，它们成了"现实缺损"

（Realitätsverlust）的最佳替代①。生活中的西蒙得不到他人的尊重和重视，他便幻想夏日里帮助老农料理田地，并因此得到老农的赞赏与酬谢，就连老农天仙般的女儿也会在离别时用笑容挽留他。西蒙没有自己的家庭，便幻想有朝一日能在一个美好的城市拥有一个温柔贤惠的妻子和幸福的家庭。在幻想中，他似乎已经实现了自己的梦想，感觉无比甜蜜。西蒙的幻想犹如弗洛伊德所说的"白日梦"，不能实现的事情在"白日梦"中轻而易举地得以实现，它给予西蒙短暂的快乐，也是他在残酷现实中生存的力量。

第二节 艺术家卡斯帕尔、埃尔温与塞巴斯蒂安

如前所述，在小说《唐纳兄妹》中，除了西蒙这一边缘人物外，还有卡斯帕尔、埃尔温与塞巴斯蒂安这三位作为社会边缘人的艺术家。他们中以卡斯帕尔为代表的一类人在经历艺术家还是市民的选择后成为真正的艺术家；另一类则因其对艺术的疯狂与执着脱离市民世界，并最终遭遇严重的现实生存困境。不同于西蒙与雅考伯，他们选择了另一种边缘生存方式，即艺术生存，但本质上他们都是瓦尔泽笔下地道的社会边缘人。

一、卡斯帕尔：做艺术家，还是小市民？

《唐纳兄妹》中首次提及的艺术家是画家卡斯帕尔，未出场前，其不入流的外部形象似乎已给他贴上"另类"的标签。事实上，卡斯帕尔

---

① Dagmar Grenz: Die Romane Robert Walsers. München 1974. S. 67.

一直独来独往，四处漂泊，穷困潦倒，生活在主流社会之外。究其原因，其艺术职业是导致卡斯帕尔这一处境的主要因素。

在《唐纳兄妹》中，一种无形的资本主义价值观在操控着人们的思想，即每个人无论如何都要工作，要有一份"有价值"、得到社会认可的工作。而衡量工作价值的标准则是工业时代所推崇的高效率、高产出、实用性原则。因此，一份稳定、有晋升前途的市民职业既是多数人渴求之事，又是市民应遵从之事。一再辞职的西蒙就因其对待职业的轻率态度遭到各方指责，便是这一价值观作用的集中体现。卡斯帕尔亦因其不合时宜的艺术职业成为市民群体中的另类。要知道，在工业大生产时代，艺术因不符合所谓"价值、效益"的标准而逐渐被边缘化。艺术家地位也因此一落千丈，成为工业社会的边缘者、寄生虫。

正如马克思、恩格斯在《共产党宣言》中所言："资产阶级抹去了一切向来受人尊崇和令人敬畏的职业的神圣光环。它把医生、律师、教士、诗人和学者变成了它的雇佣劳动者。"[①] 在社会中，艺术家得不到尊重，甚至被视为"不务正业"。连地位显赫的兄长克劳斯对卡斯帕尔的行为也颇为不满，小说中两人唯一的一次谈话也以失败告终。卡斯帕尔叹道："我太不了解他了，也许永远都不会理解他，我们的人生是如此迥异。"（GT，76）兄弟二人代表的是两个截然不同的世界、两种迥异的世界观，即金钱、利益与无功利、美的对立。在卡斯帕尔这位艺术家的世界里，一方面是精神的享受，另一方面则是物质的匮乏和交际的缺失。选择了

---

① 语出马克思、恩格斯：《共产党宣言》，载《马克思恩格斯文集》，第 2 卷，人民出版社 2009 年版，第 34 页。

艺术职业，便意味着要自食其苦果。

是西蒙的邀请才让卡斯帕尔重新走进市民生活。他与市民家庭一起看戏、划船，与兄妹聚会，甚至坠入爱河。然而这些愉快的经历渐渐使卡斯帕尔陷入困惑，他一边与西蒙抱怨"最近几天都没摸过画笔"（GT，93），一边又质问自己"你非要搞艺术吗？难道就不能选择另外一种生活吗？"（GT，93）。可见，在艺术与市民生活碰撞的日子里，卡斯帕尔享受到了市民生活的欢愉，他动摇了，开始质疑其艺术事业，陷入了自我矛盾的状态。艺术与生活的矛盾导致其人格上"艺术家"与"人"的分裂。作家瓦尔泽亦在一篇文章中阐述了自己对这一问题的看法："每个作家身上都融合了两类人：市民与艺术家，两种身份此消彼长，快乐与痛苦此起彼伏。"（GW X，410）也即，市民性与艺术性作为一对矛盾体共存于艺术家个体内部。从作者排列的先后顺序可知，市民性优先于艺术性，它建构了个体的社会身份[1]，而后一句话也揭示了两者无法相融、此消彼长的常态。获得地位与名誉的艺术家多少窒息了其艺术性，"因为他与拥有社会地位的市民别无两样"[2]；在艺术上造诣颇深的艺术家则以牺牲其社会性为代价。同样，卡斯帕尔起初为了艺术，处于市民社会边缘，压制了其社会性；与西蒙、恋人克拉拉共同生活的快乐日子唤醒了其被压抑的社会性，他对市民生活，对爱情产生眷恋。显然，其社会性的膨胀以懈怠艺术为代价。

---

① Malcolm Pender: Gesellschaft und künstlerische Imagination am Beispiel Robert Walsers. In: Klaus-Michael Hinz, Thomas Horst (Hg.): Robert Walser. Frankfurt a. M. 1991. S. 16.

② Elias Canetti: Einige Aufzeichnungen zu Robert Walser. In: Katharina Kerr (Hg.): Über Robert Walser. Bd. II. Frankfurt a. M. 1978. S. 12f.

离开西蒙后，卡斯帕尔承接过舞厅的装潢工作，负责彩绘墙壁，为了生计也做过装订工人。其间，他都在不断地练习绘画，结果却是一事无成。他发现不仅绘画没有丝毫进步，连装订工作也无法胜任。终于有一天，挣扎于生活与艺术矛盾之中的卡斯帕尔再也无法忍受这种分裂的生活，决定将自己"抛向世俗的旋涡，忘却他梦寐以求的艺术事业"（GT，212），于是他成了一名餐馆服务员，准备开始正常的市民生活，承担其社会角色。重新融入市民社会的行为是结束其矛盾的边缘身份的途径。对此，西蒙的评价颇具深意："不可思议的坠落，与此同时，多么令人钦佩的飞跃！"（GT，212）显然，"坠落"指涉卡斯帕尔的艺术性，"飞跃"指其社会性，后者的"飞跃"建立在前者"坠落"的基础上。

然而，尽管如此，卡斯帕尔仍无法摆脱人格的分裂。工作之余，"在平静、孤寂的时刻，他常常陷入痛苦的回忆之中"，周遭的嘈杂声、熙熙攘攘的人群更使作为艺术家的他感受到内心对宁静的渴望，对"美好事物（这里主要指艺术——引者注）的向往"（GT，213）。他曾给西蒙写信，诉说自己"不久将因精神的荒芜与无聊与世长辞"（GT，213）。还有一次，他说自己是一只山雕。显然，山雕意味着在自然中无拘无束的自由生活。平庸、琐碎的市民生活正在侵蚀、撕扯他的灵魂，他渴望回归自然，去过无拘无束的自由生活。

在经历种种尝试之后，卡斯帕尔终于明白，对艺术家来说，精神的荒芜更可怕，他需要艺术，只有艺术才能拯救他。他全然不畏惧工业时代艺术家的遭遇与困境，坚定地选择了为艺术而存在。他将自己封闭在巴黎一个偏僻的村庄，全身心地投入艺术事业。他对艺术的专注与迷恋已经超乎常人的想象，简单的画室足以满足他的全部需求。为艺术，他放弃了高贵优雅的克拉拉，因为爱情在他看来只会是"艺术的牵绊"（GT，91）。"为了创作，必须消灭一切爱欲与关照，这样才能将唯一的爱与关照，分毫不差地献给艺术创作"（GT，224），这是克拉拉对其恋人生活方式的感悟。她知道，卡斯帕尔"只为艺术而活"（GT，224），"如果有朝一日他不能作画，那么他的生命也行将谢幕"（GT，321）。将生命献给艺术的卡斯帕尔终于结束了艺术家分裂的人格，成为一个完整的人，平静地沉醉于自己的艺术世界。

卡斯帕尔代表瓦尔泽笔下"真正的艺术家"（GT，320）。他虽然放弃了社会性，但抓住了艺术这一生命的源泉。沉醉于艺术，他不再孤单，不再忍受人格分裂之苦。他是瓦尔泽笔下离群索居、自由无羁、笑对世界的真正艺术家。正如克里斯托弗所言：他的专注与辛劳"使他成为自己的上帝"，生活在据有"独立生存法则的自我宇宙之中""他不是悲剧人物，因为他谱写了属于自己的宇宙法则……代表着欢天喜地的获胜者"①。小说对卡斯帕尔的叙述也以赞誉与肯定结束："人们仿佛听到他心灵的钟声响起，感悟到他在世界上名副其实、完美无瑕的地位。"（GT，225）

二、埃尔温：为艺术疯狂

与陷于艺术与生活矛盾的卡斯帕尔不同，埃尔温与塞巴斯蒂安从一开始就没有纠缠其中，因为他们对艺术的痴迷与疯狂态度使其早已放弃

---

① Christoph Jakob: Robert Walsers Hermeneutik des Lebens. Düsseldorf 1997. S. 38

了社会性的一面，专心艺术。他们离开家庭，过着浪迹自然的生活，彻底与生活、与世界隔绝，衣衫褴褛，食不果腹，但他们对艺术的狂热，使其无视现实生活的窘境，心甘情愿做社会的边缘人与另类。然而他们没有卡斯帕尔那么幸运，在艺术的边缘生存中充当了不幸者的形象。

画家埃尔温与卡斯帕尔同时拿起画笔，并肩作画，两人的艺术前途却背道而驰。最初的埃尔温颇具艺术天赋，画出不少精彩之作，但他丝毫不信任自己的作品，毁坏那些成功之作，将失败之笔奉为无价之宝，日复一日，他的天赋如同"被太阳炙烤的源泉"渐渐枯竭（GT，52）。失去天赋的埃尔温如撒旦一般疯狂地迷恋艺术，他用"冥顽不化的严肃态度"对待艺术（GT，52），用"学究式态度专研艺术"（GT，54），艺术在他那里失去灵韵，成为僵化物，这是他艺术失败的根本原因。

埃尔温并未真正出现在小说中，他是经卡斯帕尔之口才跃入读者视线的，因为他如同卡斯帕尔的"影子"（GT，52），与其形影相随，因此卡斯帕尔是世界上最了解他的人，理应掌握他的叙述权。在卡斯帕尔看来，艺术家需要不断地创作、创作、再创作，艺术创作的必要条件是"孜孜不倦、愉悦的热情和观赏自然"（GT，52），"严肃"与"学究"只会扼杀艺术家的创作才能。埃尔温虽听从他的意见与指导，却无法摆脱自己"冥顽不化的严肃劲"，他慢腾腾地作画，一再不由自主地踏入研究的死胡同。最终，他在艺术丛林中迷失，创作从此止步不前，他沦落为绝望的艺术家，返回家乡。卡斯帕尔在他身上看不到任何希望，视他为迷途的羔羊，与他一刀两断，因为卡斯帕尔知道艺术家的任务不是同情，而是创作。

艺术既导致了埃尔温的边缘生存，又是他生存的唯一指望与出路。他将全部心血投注艺术，享受着艺术带给他精神上的满足感，弥补了现实生存中的孤立与物质匮乏。然而，他重研究、少实践的艺术行为妨碍了其在艺术上的产出，最终招致了其艺术事业的枯竭与止步不前。这条通过艺术支持边缘生存的道路难以继续下去，他成了艺术的弃儿，一无所有地返回家乡。小说虽没有交代他以后的生活，但是返回家乡作为卡斯帕尔讲述的结局，其实也说明他不幸的人生结局。加之他对艺术的狂热程度，他无法完全放弃艺术，开始正常的市民生活，因而，他是游离于两种生存之间的边缘人物，是一个矛盾的个体。

三、塞巴斯蒂安：工业时代的抒情诗人

与埃尔温同病相怜的塞巴斯蒂安是一位年轻诗人，从其生平来看，其悲剧产生的根源主要在于时代。还是名中学生的塞巴斯蒂安已显示出诗人的潜质。他生性敏感、天资聪颖，因早熟、善解人意，颇得成年女性的喜爱，加上社会对他的欣赏与赞誉，更使小塞巴斯蒂安确信自己的禀赋与诗人的潜力。他沉醉于社会无形中为其编织的梦幻，踏上了诗人的道路，以为能继续做社会的宠儿。然而，社会可以欣赏一个会作诗的少年，却不会张开双臂迎接一位诗人。因为个体与现代社会核心价值体系——工作与生产体系——的偏离，将决定个体的社会地位及与主流社会的距离①。成为诗人的塞巴斯蒂安才真正体会到艺术家在社会中的边缘地位，并叹息自己的"辉煌时代已成为过去"（GT，80）。除偶尔写

---

① Friedrich Fürstenberg: Randgruppen in der modernen Gesellschaft. In: Soziale Welt. 1965. Jg.16. H.3. S. 237f.

写诗外，塞巴斯蒂安终日无所事事。他因不参与工业社会的生产体系而成为社会的弃子，终年穿着那套褴褛的西服，任凭胡子杂乱地生长。就连其父母也不再理睬他，任其自生自灭，这实际上意味着社会对他的宣判。

甚至同为艺术家的卡斯帕尔亦对塞巴斯蒂安冷嘲热讽，称诗人"并非职业，不过是懒散之徒的避难所"（GT，80）。他对弱者毫无同情心，因为他明白，只有马不停蹄工作的艺术家才能被社会容忍，才能坚持其艺术之路。主流社会的理念无处不在，连艺术领域也无法逃脱其掌控。塞巴斯蒂安的不幸正在于此，他对诗歌的痴迷几乎无人可及，为了写诗，他早早离家出走，意欲生活在诗的精神世界里，然而他产出甚少，性情又敏感、脆弱，无法抵挡来自外界的种种言语攻击，常常以泪洗面，逐渐丧失信心与斗志。他唯一的志气就是能写一首再现其人生的好诗，这一想法酝酿已久，可就是这一愿望也遭到卡斯帕尔最无情的讽刺："你怎么可能再现一个尚未经历的人生？瞅瞅你自己，如此年轻、健壮就想躲在书桌后，用诗歌歌颂自己的一生。我看，你还是等五十岁之后再写吧。"（GT，80）对此，塞巴斯蒂安毫无自卫能力，其梦想也在现实的残酷冲击下渐渐暗淡。

脆弱、绝望的诗人在生活与艺术之门掩上时，选择了回归自然。他在森林里搭建了一间茅舍，希望"像日本隐士那样不受干扰地朝拜自然"（GT，113）。只有在自然中才没有数量与效率要求，没有嘲笑与讥讽。在这里，他享有十足的自由，但正如本雅明所说，这是一种"失去任何生存空间的自由，一种被抛弃的自由"，这也是"摆脱作为一件商品，一个符号的存在所需付出的代价"①。塞巴斯蒂安放弃做一名普通市民的机会,选择了这种放逐的自由,这是瓦尔泽笔下工业时代抒情诗人的选择。

塞巴斯蒂安在大自然中度过了一段平静、安详的日子,直至西蒙在雪中发现其僵硬的身体。西蒙以诗意的描述为这位诗人的人生画上了句号:"一位年轻人横躺在满是积雪的路中央……宽大的帽子遮住了整张脸,就像烈日炎炎的夏日里常见的一幕:躺在草坪休息的人以帽掩面,以遮挡太阳的炙烤……他如何高贵地为自己挑选坟墓,躺在秀丽多姿、郁郁葱葱、白雪覆盖的杉树林中央……大自然俯身看着她的离世者,满天的星星在他上方轻声吟唱,夜莺们发出婉转的叫声,对失去听觉与感觉的人来说,这是最美妙的歌声。"(GT,129-131)西蒙第一次称赞他:"躺在繁茂的杉树枝丫下,在雪中,多么壮观的安息。这是你能力范围内最出色的做法。"(GT,131)在雪中逝去意味着消融在自然之中,成为自然的一部分,这对于向往自然的诗人来说是最好的归宿。因为塞巴斯蒂安柔弱、易受伤害的性格与讲究功效、成就的工业社会格格不入。他年纪轻轻,却常常弯腰驼背,表现出一副不堪重负的样子。死亡对他而言,既是身体上,也是精神上的一种解脱与拯救。他安详地离开了这个不属于他的世界,从其离世的场景来看,他似乎是做好准备,等待解脱的降临。不少研究者将塞巴斯蒂安视为瓦尔泽的映射人物,因为他们有许多共同特点:不成功、离群索居、亲近自然和在雪地里与世长辞②。

---

① 本雅明:《发达资本主义时代的抒情诗人》,张旭东、魏文生译,生活·读书·新知三联书店 2012 年版,第 5 页。

② Vgl. Walter Keutel: Röbu, Robertchen, das Walser: Zweiter Tod und literarische Wiedergeburt von Robert Walser. Tübingen 1989. S. 56; Christoph Jakob: Robert Walsers Hermeneutik des Lebens. Düsseldorf 1997. S. 36.

综观其上，瓦尔泽在小说中刻画了两类完全相反的作为边缘人的艺术家，展示了他们边缘的生存境况，丰富了小说中的边缘人主题。

第三节 仆人雅考伯

仆人形象在瓦尔泽的小说中始终占有重要的地位。西蒙在一位贵妇家做过三个星期的男仆工作；马蒂名义上是托布勒公司的助手，实际上也负责家庭事务，充当男仆角色；强盗也曾经有过仆人经历；仆人形象的代表要算雅考伯，作为养尊处优的末代贵族后裔，雅考伯毅然决定置家族经世辉煌之传统于不顾，投身仆人事业。他不仅让其身体与行为得到驯化，也努力掌握并内化仆人思想，准备把自己打造成一名地地道道的仆人。与其他三人不同，雅考伯完全自主地投身仆人事业，其中蕴含着他的边缘生存之道，具体表现为追寻自由与渺小理念。

一、追寻自由之旅

从对西蒙的分析来看，他也是一个向往自由的人，但他渴求的是无拘无束、自由自在式的自由。与西蒙不同，雅考伯更希冀精神自由，一种精神上不受制于资本主义社会和机器大生产的自由。这是两人的不同之处。共同之处在于，雅考伯对自由的追求亦源自他对自我身份的保护，为了在异化的世界中保持自我，雅考伯表现出比西蒙更加坚定的决心。

1."消极自由"——沉重的枷锁

主人公雅考伯本是贵族后裔，其父母冯·贡腾家"乌纱在身兼事商贾"

（《雅》，36）^①，其父有豪华马车，其母在剧院有自己的包厢，光景甚是不错，但他为何甘愿屈身于仆人学校？雅考伯并非意气用事，而是有不为人知的"人生自我奋斗之梦"，有"内心炽热的自我设计的计划"（《雅》，50）。

雅考伯父母身居资本主义社会上层，代表着资本主义社会的价值观，雅考伯与父辈的决裂实际是与资本主义社会保持距离。这一方面体现在资本主义社会的反面——班雅曼塔学校，资本主义社会注重名利、金钱、权势、地位，学校却宣扬渺小，微不足道与俯首帖耳。在这所学校里，主人公才有容身之地。另一方面，雅考伯也不愿与身居高位的哥哥约翰见面，他在日记中写道："不，一千个不，一万个不，我不要见他。"（《雅》，38）不见面，他也能清楚地想象哥哥的生活环境"抽着世界上最好的香烟，舒服地躺在表示资产阶级身份的高级地毯上，背后垫着垫子，而我呢？我现在内心全然没有资产阶级那一套，只有完全相反的，更好的东西。"（《雅》，39）可见，雅考伯内心完全排斥资产阶级的生活，他作为时代与社会的"观察者"（《雅》，51）似乎已经看穿资本主义社会的真面目。他以嘲讽的口气说道："现在宗教还有什么屁用，睡觉比什么宗教都宗教。也许睡着的时候上帝离得最近……近来这世界围着钱转了，不再围着历史转了。"（《雅》，42）比起宗教，金钱更是资本主义社会的宗教，它让人无法停下追逐的脚步。

从学校溜出来的雅考伯来到人流不断、车水马龙、熙熙攘攘的大城市，

---

① 小说引文均出自罗伯特·瓦尔泽：《散步》，范捷平译，上海译文出版社2002年版。括号中的数字为引文在书中的页码数，以后不再注释。

"觉得自己好像置身于纷乱的神话世界之中"（《雅》，25），感叹道："我在光怪陆离、五光十色、源源不断的人潮中又算个什么呢？"（《雅》，25）其实这不只是雅考伯的感觉，更是现代人的处境。在追名逐利的比赛中，个体在人潮中消失了，剩下的只是行色匆匆和一张张冰冷陌生的面孔。

在最拥挤的人潮中，主人公碰到了哥哥约翰，约翰对他所作所为的赞同才成就了兄弟俩的促膝长谈，这里叙述者故意借约翰之口传达雅考伯对文明社会的认识与态度。约翰告诉他："这世上没有，没有什么值得去追求的东西，一切都烂掉了……今天的老百姓是奴隶，而个人又是那空前伟大的群众思想的奴隶。"（《雅》，48）在通过哥哥认识许多上流人物后，雅考伯也发现他们"看上去情绪和心境永远不好……内心感到恐惧……总是惶惶不可终日……人人觉得对方是潜在的威胁"（《雅》，86），这就是资本主义社会上层人士的真实处境。

约翰的谈话虽然所占篇幅甚少，却不失为小说的点睛之笔，他的谈话有两个功能：其一，由身处其中的人亲口评论文明社会，更具有可信度与说服力；其二，坚定雅考伯自愿投身仆人事业的决心。自约翰一开头讲的"高处不胜寒"开始（《雅》，47），雅考伯实际上已经完全领会他要说什么，他故意让约翰替他说下去，因为约翰所言完全中他的意。"中意"（《雅》，49）二字说明哥哥对资本主义社会的看法也正是雅考伯的看法。他清楚地看到资产阶级的权势人物陷入追名逐利的旋涡，整日勾心斗角、惶恐不安、疲惫不堪，普通大众更难逃厄运，他们是工业文明的奴隶，是资本主义社会经济目的的工具。人们越来越清楚地发现，制造的财富反而成了制造者的主人，奴役着人类，生产者不过是机器大生产制度下的一个工具，一个小小的可有可无的齿轮，人本身湮没在物质世界里。

小说中描写都市生活的笔墨虽不多，对文明的批判倾向却不可忽视。小说的舞台班雅曼塔学校是一所与外界完全隔绝，一个培养地位卑微的仆人的地方，是小说表现的一种世界；另一种世界——大城市——则通过作者的精心安排，把雅考伯作为学校与都市的衔接者，在小说中占据一席之地。两种世界有着天壤之别。班雅曼塔学校虽为"世界之外的世界"，却仍被作者置于城市的一角，目的也许是让它与利欲熏心的大城市遥遥相对，形成两级分明的对比。都市生活的巧妙引入，向读者展示了小说创作的时代背景与社会环境，即 19 世纪末 20 世纪初的城市镜像与工业文明。众所周知，人类文明发展到近代，尤其是 20 世纪逐渐暴露出其弊端与矛盾，因而，从 19 世纪后期开始到整个 20 世纪，是批判和反思工业文明与工具理性的时代。瓦尔泽也顺应时代，将这一时代主题置于小说之中。

小说表现的上层和大众社会的恐惧感、孤独感和工具地位就是弗洛姆（Erich Fromm）所说的"消极自由"的表现和结果①。弗洛姆意义上的"消

---

① 弗洛姆把自由分为"消极自由"和"积极自由"。前者指"他（现代人）冲破了传统权威的束缚获得了自由，并成为一个'个人'，但他同时又变得孤立、无能为力，成为自己之外的目的的工具，与自我及他人疏离；不仅如此，这种状态伤害他的自我，削弱并吓坏了他，使他欣然臣服于新型的奴役"。"积极自由"则意味着"充分实现个人的潜能，意味着个人有能力积极自发地生活"。弗洛姆还认为，人虽然挣脱了束缚自由的纽带，却没有实现积极自由的条件，他所说的现代人的自由实指"消极自由"。参见埃里希·弗洛姆：《逃避自由》，刘林海译，国际文化出版社 2000 年版，第 193 页。

极自由"是一种具有两面性的自由：一方面，人挣脱了传统社会对人的种种束缚，获得了自由；另一方面，人的孤独和恐惧日益加深，人失去了安全感①。小说中，不管上流社会还是大众社会表面上享有各种自由，能自主安排个人生活，却无法摆脱现代社会带给人的恐惧与孤独，这便是"消极自由"与生俱来的弊端。精神困境成为小说中各个阶层的人们面对的问题，"消极自由"也蜕变为束缚现代人的沉重枷锁。当人们普遍挣扎其中的时候，雅考伯早就看穿了文明的真面目。他排斥资本主义生活，不愿像大众一样做工业文明的奴隶，因而选择了逃避——逃避弗洛姆意义上的"消极自由"，班雅曼塔学校显然成了他的庇护所。

2. 构建"继发纽带"②——逃避消极自由的机制

要弄清雅考伯如何在班雅曼塔学校实现逃避自由，就要从班雅曼塔仆人学校和雅考伯与班雅曼塔校长的关系说起。

班雅曼塔学校是一座全封闭的仆人学校，由一位"独裁者似的校长"（《雅》，30）掌管学校事务。学校有极为严格、苛刻的规章制度，学生不准在餐盘里剩一点食物，必须永远保持严肃的面孔，不能发笑，甚至对学生的身体部位如手、鼻、眼、耳、口等都有明确的严格规定。这些严格荒谬的规训足以说明班雅曼塔学校的专制集权特征。此外，学校不以传道授业为目的，教师们整天昏昏欲睡，翻来覆去的一门课《何为

---

① 参见埃里希·弗洛姆：《逃避自由》，刘林海译，国际文化出版社 2000 年版，第 25-26 页。

② "继发纽带"相对于"始发纽带"，后者指"联结母与子、原始共同体成员与其部落及自然或中世纪人与教会及其社会阶级的纽带"。个体化过程导致了始发纽带的断裂及由此带来的孤独感和不安全感，现代人试图通过建立"继发纽带"重新寻回逝去的归属感与安全感。参见埃里希·弗洛姆：《逃避自由》，刘林海译，国际文化出版社 2000 年版，第 17 页。

班雅曼塔仆人学校之宗旨?》由班雅曼塔小姐一人负责。学生们则"奴颜婢膝"(《雅》,46),俯首帖耳。可见,学校完全摒弃了传统价值观,压制能力、意志、意识和个性,教授最少的知识,实施最严格的规训,目的是要把学生培养成"微不足道、一无所有、注定要依赖别人的侏儒"(《雅》,46)。在这里"无情的条条框框才是巨大的"(《雅》,46),而学生只是"一群渺小的、无足轻重的生灵"(《雅》,10),这显然是一个"集权主义体制","是一个存在于世界之外","非现实,却又合理的"存在①。尽管如此,为何雅考伯还是铁了心要留下来?刚入校的雅考伯虽有些反抗,却也感觉到"也许恰恰在这些毫无用处、滑稽可笑的东西背后隐藏着什么奥秘"(《雅》,3)。

这种"奥妙"首先表现为雅考伯和班雅曼塔校长的受虐与施虐冲动。班雅曼塔校长是统治者、"独裁者"(《雅》,30)、"巨人"(《雅》,8),是"被赶下台、丢了王冠的国王"(《雅》,79),他拥有对学生绝对的统治权。那"巨大的拳头"(《雅》,30)是其权力的象征和实施工具,对雅考伯狂风暴雨般的痛打便是见证。与之相对,雅考伯及其他学生将自己置于社会底层的底层,深知自己现在是也将一直是一些微不足道的小人物。俯首帖耳、百依百顺是自己要牢记于心的准则,永远为仆、听命于主是自己的使命。弗洛姆把这两种对立的现象称为"施虐冲动"与"受虐冲动"。施虐冲动有三种施虐倾向:一是"让别人依赖于自己,以绝对无限的权力统治他们,以便让他们仅仅成为自己手中的工具";

---

① 范捷平:《"班雅曼塔学校"的符号和象征意义辨考》,载《外国文学》2004年第5期,第109页。

二是在绝对统治的基础上，在物质与精神上把别人"吸净榨干"；三是希望或看到别人受难。与之对立的受虐冲动常常表现为"深感自卑、无能为力、个人的微不足道"。"这些人有一种倾向，贬低自己，自甘懦弱，不敢主宰事物。这些人非常有规律地呈现出极度依赖于自身之外的权力、他人、机构组织或自然"①。班雅曼塔校长明显带有第一种施虐倾向，以雅考伯为代表的学生则具有受虐冲动的种种特征。

"奥秘"还表现在受虐冲动与施虐冲动带来的解脱与快感。校长除了是统治者，也是"整日愁眉苦脸"（《雅》，9）、"闷闷不乐"（《雅》，10）的孤独者。小说鲜有描写他高兴的笔墨，在暴打雅考伯之后，通过钥匙孔窥视的雅考伯听到"他在里面轻轻地笑"（《雅》，108）。雅考伯自问："他是不是想在我身上尽情地活一次？难道他把那种犯罪行为称作尽情地活？"（《雅》，111）如果说班雅曼塔校长通过暴力与施虐获得了解脱与快感，这似乎在意料之中，为何受虐者雅考伯也甘心受虐，甚至忍受皮肉之苦？雅考伯不仅甘愿臣服，还是一个赞美各种形式的强制的怪胎，因为有了强制就有了"逆反的可能，可以让人因此而产生愉悦"（《雅》，18）。他甚至不解自己"怎么会有这么大的兴趣去将一个暴虐狂挑逗得勃然大怒。难道我渴望得到这个班雅曼塔先生的训导和栽培？我内心有这种轻浮的贱性？一切都是有可能的"（《雅》，30）。雅考伯在受虐的同时也享受着一种快感与愉悦。校长与雅考伯表现出的施虐冲动与受虐冲动正是弗洛姆所说的"逃避自由"的手段之一，即"权威主义"机制。这是一种受虐和施虐倾向共生的心理机制，它明确地表现

---

① 埃里希·弗洛姆：《逃避自由》，刘林海译，国际文化出版社 2000 年版，第 101-102 页。

为渴望臣服和主宰。在这种机制的运行下，他们两人摆脱了现代人的恐惧感与孤独感，逃避了"消极自由"的沉重枷锁。

同时，施虐与受虐冲动也让班雅曼塔先生与仆人雅考伯逐渐发展为一种相互依赖的关系。这种新的依赖关系弥补了个体化过程中"始发纽带"的断裂，以及由此招致的个体的孤独感和不安全感。弗洛姆把这种重构的依赖关系称为"继发纽带"，它将两个孤独的个体，即班雅曼塔先生与雅考伯连接在一起，使其在摆脱孤独的同时也从对方身上获得安全感与归属感。小说中，雅考伯因依赖而无法离开班雅曼塔先生，他多次请求离开的愿望只能在自嘲中落空："我还待在班雅曼塔仆人学校，事实就是如此。"（《雅》，98）如同仆人对校长的依赖，班雅曼塔先生在仆人一次次离开的请求中，不得不坦言自己对仆人的依赖，称自己从雅考伯身上获得了新生。他苦苦哀求雅考伯不要离开他："你要是走了我会痛心的……几乎会要我的命的，会要我的命！"（《雅》，97）

小说中主人①与仆人关系的发展、变化，从量变到质变是小说的一个看点。初到学校的雅考伯在校长面前恭顺有礼，对方却板着面孔，不理不睬。后来，尽管古怪的校长常常用拳头恐吓他，他却充满好奇，想靠近他。之后校长的五次坦白彻底颠覆了这种初始关系。其中，校长第一次亲自找他谈话构成了两人关系的转折点，校长向他坦言对他的器重和好感，雅考伯则采取沉默、无动于衷的态度。在校长第二次坦言中，面对校长希望成为朋友的请求，雅考伯摆出一副冷酷的姿态。校长第三次坦言对他的依赖和爱恋，他则摆出傲慢的神情并暗自欣喜。面对校长

---

①小说中称班雅曼塔校长为 Herr Benjamenta，Herr 在德语中既是"先生"，也有"主人"的意思。

第四次请求他留在身边的坦白，雅考伯坚定地拒绝了校长的友好。第五次，校长坦言，是雅考伯让他获得了新生，此时羽翼渐丰的雅考伯故意折磨校长，从中取乐。一次次的坦言将高高在上的巨人校长渐渐拉下神坛，与地位卑微的学生距离越来越近，他甚至将主动权与决定权让给雅考伯，直至结尾两人肩并肩同行。可见，在施虐、受虐的过程中，"国王"摘下了权力的面孔，在仆人雅考伯面前变得极其软弱，因而兼具了仆人的面孔。相反，雅考伯从仆人身份一跃到一定程度上的主人身份，他强抑着自己胜利的欢笑，告诉自己"在这种时候我是主人"（《雅》，98）。

弗洛姆认为施虐者非常需要他所统治的人，"因为他的力量感是植根于统治他人这个事实的"[①]，也许正因如此，班雅曼塔先生才在雅考伯身上重新获得了新生，称雅考伯是"万能的上帝赐给（他——引者注）的礼物"（《雅》，117）。主仆二人在施虐、受虐的过程中除了获得解脱与快感，还摆脱了各自难以忍受的孤独与无能为力感。初入校门的雅考伯对班雅曼塔学校的师生进行了仔细观察，雅考伯发现高大的校长其实极其"寂寞"，他"不得不这么极端孤独地生活下去"（《雅》，31）。"不得不"也说明了他无力改变这种孤独的境况，是雅考伯的出现让他获得了新生，而雅考伯何尝不是在无力改变将要面对的孤独与惶恐的情况下，选择了逃避。主仆的默契或曰共同愿望使"逃避自由"在班雅曼塔学校成为可能。

学校里具有封建社会色彩的"奴仆制度"与资本主义社会格格不入，

---

① 埃里希·弗洛姆：《逃避自由》，刘林海译，国际文化出版社2000年版，第103页。

是时代的畸形儿，而它恰恰用自身的存在"质疑并嘲讽了现代社会，揭露了文明的荒谬性"①；另一方面，不合时宜的"奴仆制度"也暗示了资本主义社会以前人的安全感，那些时代的人们虽受到种种束缚，但其与生俱来的社会地位赋予了他们特定的阶级归属感和安全感。"我们这些班雅曼塔学校的男孩子成不了什么大器"，叙述者不断使用"我们"这个人称代词，让读者强烈地感到他们是一个归属于班雅曼塔学校的小集体，他们的存在不是孤独的。他们虽然受到学校的种种限制与束缚，却摆脱了都市人的内心惶恐与精神孤独。显然，不合时宜的奴仆学校是对现代社会"消极自由"的嘲讽。

如此，曾经"恨世界、恨生活"（《雅》，117）的"独裁者"和与传统断绝的仆人在"权威主义"机制中达到了逃避自由、摆脱现代人孤独感、不安全感的目的。此外，他们不仅逃避自由，还在逃避的过程中探寻精神自由。这就得从小说的核心理念"渺小"（Kleinsein）讲起，因为"渺小"中蕴含着雅考伯苦苦追寻的精神自由。

3. "渺小"——重获自由的途径

"渺小"贯穿瓦尔泽的全部著作，表示放弃权力、选择社会底层、甘愿做微不足道之人。瓦尔泽笔下的主人公皆一无所有、贫困潦倒、地位低下，他们是流浪汉、助手、仆人、小职员，作者在小品文中甚至将叙述对象进一步缩小为儿童、小女孩和日常什物，诸如纽扣、火炉、灯、帽子、裤子。马蒂的存在犹如一枚纽扣、一件外衣、一套西服："在那

---

① Michael Pleister: „Jakob von Gunten ": Utopie oder Resignation? In: Sprachkunst. Beiträge zur Literaturwissenschaft. Jahrgang XXIII. Wien 1992. S. 92.

儿他也是一枚即将脱落的纽扣，主人并不打算将其缝牢，因为他早就知道这件外套穿不了多久了。是的，他的存在犹如一件临时外衣，一套不太合身的西服。"（DG，23）瓦尔泽正是用这些不起眼的日常什物隐喻人物的物化与渺小，这是他的表现策略。

他在小品文《一记耳光及其他》（*Eine Ohrfeige und Sonstiges*）中写道："作家更应该学会完美地叙述最小的对象，这要比平淡地表现伟人轶事强得多。"（GW III，382）同样的见解也出现在《关于小说写作的几句话》（*Einige Worte über das Romanschreiben*）中："宁愿竭尽全力描写微小的东西，也不愿为宏大之物增添毫无意义的笔墨。"（GW VIII，253）关于渺小的叙述对象，作者亦在《散步》中写道："我所看到微小的、无足轻重的恰恰是巨大的、意义深远的，谦虚的恰恰是诱人的。"（《散》，164）可见，作者意欲在渺小中发现宏大，挖掘其深刻的内涵。

《雅考伯·冯·贡腾》中的"渺小"是主人公对工业文明中一切物质、地位和欲望的放弃，委身底层社会的底层，是一种极端低下的姿态，它与同义词"微不足道"（nichts）、"仆人思想"（Diener-Idee）一道成为解读这部小说的关键词。

在瓦尔泽的笔下，渺小不是单纯的渺小，渺小不是目的，而是达到目的的手段。首先，渺小的姿态让雅考伯达到了宏大（groß），在主仆较量的过程中，仆人雅考伯最终反仆为主，在主仆关系中掌握了主动权，那一刻，他感到了自己的伟大。其实，从瓦尔泽设置的名字密码中也可以看到这种主仆关系的颠倒，因为《圣经》中，班雅明是雅各布的小儿子，处于从属地位，而小说故意颠倒这种关系，目的却是要回归这种关系。

其次，也是最重要的，渺小意味着种种限制，即不自由，而不自由中却蕴含着雅考伯要寻找的自由，这种自由是精神自由，是不受制于资本主义社会、机器大生产的自由。资本主义社会中的人在争相追逐名利、地位、财富与权势的时候，他们不得不给自己套上"消极自由"的沉重枷锁，享受着追求物质的自由，也同时遭受着精神的摧残。而班雅曼塔学校宣扬的渺小、贫困、服从与微不足道却是保护个体精神自由的一道有效屏障。它们是一种与传统资本主义社会背道而驰的价值观。

"微不足道"表示远离社会地位与财富，与社会保持距离[①]。雅考伯无须为财富和地位勾心斗角，无须屈从于任何统治力量、任何资本主义机器大生产的目的，这样，他虽位于底层，却拥有自由呼吸的空气。正是这种无欲无求、不贪恋地位与权力的思想造就了他的自主生存。最早研究瓦尔泽的学者格莱文指出："作为断念者与仆人，他们可以心无枷锁，安全地生存在这个世界上，丝毫不受扭曲的表象世界和奴役的集体权力的操控。正是他们毫不保留、毫无顾忌地将自己渺小化，才得以逃脱有限与荒芜的社会生存的束缚，最终获得自己无限的生存。"[②] 自我放弃，即放弃一切身外之物，实际是对自我的保护，保护自我不受异化，捍卫自我的自由与自主性。他们的物化和渺小化不过是一种逃避社会的伪装手段，这样面对权力或者毫无知觉，或者可以悄然消失，仆人地位则意味着摆脱自由与责任的负担，因为仆人只需服从，无须担当任何社会职

---

① Vgl. Klaus-Michael Hinz: Robert Walsers Souveränität. In: Akzente. Zeitschrift für Literatur. Heft 5. Hg. von Michael Krüger. 1985. S. 467.

② Jochen Greven: Existenz, Welt und reines Sein im Werk Robert Walsers. Köln 1960. S. 85.

责或责任 [①]。

物化的马蒂以融入市民社会为目标，紧紧地依附于托布勒家庭，忍气吞声，卑躬屈膝，目的同样是逃避权力及其迫害，因为让自身融于其中，变成其中的一分子，便与整体毫无两样，这样才能躲避权力的锋芒。不管是托布勒家庭还是班雅曼塔学校都是权力的隐喻，马蒂、雅考伯及其他学生隐身于这个权力的体系不过是为了躲避权力。由此可见，物化、渺小化、同化或依赖都是人物的生存策略。本雅明在阅读卡夫卡的《中国长城建造时》指出主体在保护自身存在时有"两种可能性，第一种是无限制地将自己变得渺小或者将自己物化，第二种是求全保身，也就是被动的无为，第一种是万物之始，即'道'，中国（指造长城）要的是第二种策略，卡夫卡要的是第一种"。[②] 这里可以清楚地看到卡夫卡与瓦尔泽对渺小的相似理解，就连他们所观照的对象都如出一辙，即以表现社会的小人物或者物为主要目标。

小说中的雅考伯虽然渺小，却摆脱了资本主义社会的"消极自由"，他不再是资本主义机器下那颗被或急或缓驱使着的小齿轮，他实现的是其"人生奋斗之梦"——精神自由。此外，把自己放逐到社会最底层的雅考伯，仍然没有放弃自己的自主性，始终以一个"独立的人"自居。他自豪地说："说到底，决定最终还是我自己做，只有我一个人能决定。"（《雅》，18）

---

① Vgl. Claudio Magris: Vor der Türe des Lebens. In: Katharina Kerr (Hg.): Über Robert Walser. Bd. III. Frankfurt a. M. 1979. S. 188f.

② 转引自范捷平：《罗伯特·瓦尔泽与主体话语批评》，浙江大学出版社 2011 年版，第 174 页。

"渺小"的极端化便是"零"（Null），雅考伯成功地把自己从贵族后裔降为零。当弗里希以强调的口吻问道"雅考伯·冯·贡腾是谁？"[①]，小说只用一个数字"零"回答。在出走荒漠之前，雅考伯说："如果我也撞得粉碎或者倒霉，那又会怎么样呢？一个零蛋。我区区一个小人物无非是个零蛋。"（《雅》，123）"零"却意味着雅考伯结尾达到了自己开始设定的目标——"把自己打造为一个滚圆的零蛋"。雅考伯是"零"，那"零"又是什么？彼得·乌茨（Peter Utz）回答道："零是一个本身有意义的体系，从形状上看，它把自己的内容严严实实地包装起来。"[②] 乌茨还强调，"0"虽然没有值，它在数字体系中的重要性却不容忽视，因为它是正数和负数的开端与桥梁。雅考伯作为"零"正是大城市与仆人学校的连接者。从视觉上说，"0"（＝雅考伯）给人一种完美的感觉，它以流畅的曲线把自己封闭起来，不与外界同流合污，它只存在于自己的世界，享受着自己独有的自由。

雅考伯终于摆脱了孤独，寻得自由与安全，仆人学校也完成了它的历史使命：把雅考伯培养为一个滚圆的零蛋，它的存在成为多余，因而班雅曼塔学校寿终正寝。但雅考伯毕竟仍存在于文明的体系中，多少会与文明撞车，而且他寻得的自由植根于不自由，还不是彻底的自由，所以结尾他们选择了沙漠。沙漠是远离文明的地方，因而沙漠结局普遍被

---

① Ephraim Frisch: Ein Jüngling. Jakob von Gunten. In: Katharina Kerr: Über Robert Walser. Bd. I. Frankfurt a. M. 1978. S. 72.

② Peter Utz: Robert Walsers Jakob von Gunten. Eine „Null"-Stelle der deutschen Literatur. In: Deutsche Vierteljahres Schrift für Literaturwissenschaft und Geistesgeschichte. Jg. 74. Heft 3. Stuttgart, Weimar 2000. S. 490.

阐释为"逃离文明"（《雅》，122），否认文明社会，否认现存的价值体系。它也意味着雅考伯走向了更高境界的自由——一种彻底的自由，它是精神自由与身体自由的统一，是一种理想意义上的完美自由，正如他那完美的"0"。在扔掉笔杆之前，他最后写道："我倒要看看，在荒漠的沙漠里是否也能活人，是否也能呼吸，是否也能正直地做好人，也能做事，晚上也能睡个囫囵觉，是否也能做梦。"（《雅》，123）"我倒要看看"显示出雅考伯不甘示弱，愿意冒险尝试新生活的决心与勇气，活着、"呼吸""做好人"、睡觉、"做梦"是新生活的全部愿望，虽然微不足道，却能自得其乐、过上真正自由的生活。

二、毁灭式的拯救

与西蒙摇摆不定的生存方式和内心态度相比，雅考伯采取了脱离社会的生存策略。他试图通过毁灭自我的方式来拯救自我，前者是身体与社会的自我，后者是精神与心灵的自我。在"一致性"（identisch）与"共同参与"（mitmachen）的社会中，单独的个体无法抵抗集体权力，又不愿同流合污，只能采取极端的手法拯救精神自我。这是瓦尔泽设想的一条拯救之路，既然无法拯救身体，就牺牲肉体以拯救精神。他的渺小化、物化、同化等都是非暴力手段，因为他从不赞成革命。就连强盗也劝阻迈埃尔先生不要鲁莽，不要采取暴力手段，因为"瓦尔泽深信社会需要变革，但他也知道当下社会根本不愿意有所改变，因此，他并不相信社会变革之说"[1]。因而，他采取了相反的斗争手段，即所谓的以柔克刚、

① Heinz F. Schafroth: Wie ein richtiger Abgetaner. Über Robert Walsers „Räuber"-Roman. In: Katharina Kerr (Hg): Über Robert Walser. Bd. II. Frankfurt a. M. 1978. S. 299.

以小制大，《雅考伯·冯·贡腾》中主仆关系的颠倒与换位便是例证。瓦尔泽赋予其作品人物以坚定的决心与顽强的抗争力，不被社会收买，不屈服于权势是其共同特征，也是其抗争的胜利结果。当然，其中带有一定的乌托邦色彩。

出走荒漠给小说画上了理想的句号，但雅考伯的人生才真正开始，无人知道他要面对什么，也许是现实，也许是梦幻。无论如何，是他自愿选择的结果。他始终是自己的主人，掌握着自己的生存权与生存方式。按照卡尔斯泰德的四步骤，雅考伯同样在解救边缘生存中形成自己独特的形象：自主的仆人与"滚圆的零蛋"，完成了边缘人的最后一步。

同是"自我的损失"（Ich-Verlust），多数人视其为悲哀与不幸，瓦尔泽的小说人物却渴望这种"不幸"的损失，他们自愿选择"自我的损失"，甚至以"滚圆的零蛋"为人生奋斗目标。这也许正是瓦尔泽作家生涯坎坷不平的原因，因为读者并不希望阅读一个自我堕落的故事。对此，瓦尔泽在与塞利希的散步中谈道："您知道作为作家的我为什么没有功成名就吗？告诉您吧，我的社会天性先天不足。我没有演好自己的戏。确实，原因就是如此！现在我完全明白了。我太随心所欲了，是的，确实如此，我天生喜好四处闲逛，也从不克制自己。这种主观随意性激怒了《唐纳兄妹》的读者，他们认为作家不应该迷失在主观想象之中，不应该如此重视作家的自我，因为那将意味着狂妄。如果有人认为，读者会对他的私事感兴趣，那他定是大错特错了！我的处女小说定使人感觉循规蹈矩的市民令我兴味索然，似乎我贬低了他们的价值。这一点他们至今耿耿于怀，誓死视我为废物与无赖。"[1] 瓦尔泽没有顺从社会，没有选择循规蹈矩、墨守成规之路，而是站在市民社会的对立面，挑衅市民传统，披露文明社会的弊端，甚至欲通过"自我的损失"颠覆统治与权力，至少他在虚构艺术中如此实践。他的思想对同时代人来说极其陌生、遥不可及，那么误解与不解自然在情理之中。

第四节 边缘人复合体

瓦尔泽创作的最后一部小说《强盗》与柏林三部曲相隔 16 年，此时的作品明显地彰显了一个思想与技艺皆成熟的瓦尔泽。小说人物不再是当年寻寻觅觅、举棋不定的西蒙和马蒂，而是一个走自己的路，让别人去说，一个能主宰自己命运的人。小说的创作手法，诸如两种视角的引入、不断拖延的叙述风格，尤其代表了作者后期独树一帜的创作风格。

一、"强盗"：边缘人复合体

强盗拥有多重身份，做过仆人，是一位作家，亦是叙述者的助手，被社会一再鉴定为长不大的"孩子"，也是市民眼中地地道道的"无用人"。这一小说人物几乎糅合了柏林三部曲中所有主人公的形象，是一个边缘人复合体。因而，他的思想与行为更为复杂，叙述者用"不同寻常而又平凡无奇"（DR，12）这样自相矛盾的字眼修饰他，可见他平凡中隐藏着不寻常，不寻常的人生隐匿在平凡的日常生活中。

要想真正地了解强盗，决不能被表面现象迷惑，只有透过表面，才

---

[1] Carl Seelig: Wanderungen mit Robert Walser. Frankfurt a. M. 1990. S. 42f.

能看到真实的他。小说中的强盗看起来似乎丝毫没有边缘人的沧桑感与
沉重感，反而给人一个完全相反的印象：无拘无束，悠然自得。叙述者
称他为"无可救药的乐天派"（DR，8）。当人们强迫给他"灌输道德观念"时，
他置若罔闻，因为"他明白要永远保持开心，仅仅如此"（DR，53）。
在实际生活中，他慢慢懂得用快乐应对社会的压力与生活的不快。小说
提到，初来乍到的强盗，面对人们的挑衅，诸如冲着他打呵欠、做扔掉
的手势，常常暴跳如雷。打呵欠的目的是"激怒他"，让他"不知所措"、
"自我分裂"（DR，62）；扔掉的手势在强盗看来意味着要"铲除"他。
如今的强盗与过去的他早已判若两人，"这些动作还能使他怒发冲冠吗？
绝对不能！"（DR，62）他早已学会一笑置之、坦然面对，对于他人尖
酸刻薄的话语，他采取忘却的方式，"总是把所有事情忘得干干净净"（DR，
8）。他向医生陈述：

"我是一个可以任人随意摆放的玩意儿。比如说，放在矿井的井底
或者置于山顶，安排在一座豪宅或者送入一间茅屋。我的内心充满镇静，
当然这种心态常常被看作漠不关心或者兴味索然。人们对我的指责不计
其数，但它们某种意义上成为我舒展筋骨的床铺，我这样做也许有点恬
不知耻。可是，我告诉自己，我得坦然应之，也许，日后狂风暴雨般的
指责会如巨浪向我袭来，那时候我得显出一副从容应对的样子。"（DR，
142f）

这种漠然置之的态度会置自我于受人凌辱、任人摆布的境地，但实

际上，它只是手段，目的是保护自我。"漠然是一种必需的自我保护，有时，这种漠然的态度类似酒精的麻醉作用。"① 这种手段才使强盗有面不改色应对更多责难的本领。"折磨"给他"带来乐趣"（DR，124），"被跟踪"是一件"很有趣"的事（DR，58），他总能"把别人的刁难当作娱乐一饮而尽"（DR，124）。所以，他总是很快乐，但这种快乐实际是一种假象。正如一位女士的评价："你并不幸福，只是努力使自己看起来很幸福。"（DR，18）由此可见，快乐只是强盗的面具与自我保护手段，面具下才是战战兢兢的真实强盗。夏弗洛德在评论中总结道："明朗欢快的句子背后是残酷的现实，就像'干掉'这个词一样令人不寒而栗，于是再没有欢快的理由了。"② 唯德默尔也用同样的口吻结束他的评论："《强盗》是一本美丽、凄凉的书。"③

二、寻找精神家园

"快乐"与"冷漠"虽是强盗的自我保护措施，但它们都是被动的防御措施，不能从本质上改善不利的边缘处境。作为边缘人的强盗孤立地生活在社会中，他需要一个精神家园，以使孤独的心灵有所寄托。因而，与写作平行的另一条主线便是强盗的精神家园之旅，这一旅程与女性紧紧地联系在一起。

---

① 程殿梅：《流亡人生的边缘书写——多甫拉托夫小说研究》，中国社会科学出版社2011年版，第216页。

② Heinz F. Schafroth: Wie ein richtiger Abgetaner. Über Robert Walsers „Räuber"-Roman. In: Katharina Kerr (Hg): Über Robert Walser. Bd. II. Frankfurt a. M. 1978. S. 306.

③ Urs Widmer: Der Dichter als Krimineller. Robert Walser im Nachlaß entdeckter Roman *Der Räuber*. In: Katharina Kerr (Hg): Über Robert Walser. Frankfurt a. M. 1978. S. 25.

　　小说中强盗主动接近的人物，除了叙述者，全部是女性，从作品的第一句"埃迪特爱他"就可以猜测，这是一部关于爱情的小说。被男性世界隔绝的强盗试图在女性世界中寻找"女神"，于是，小说的主题之一便是主人公对女性的追求。

　　他真正追求的第一位女性是宛达。为了实现这一目标，他尾随宛达四个月之久，始终没有勇气与她搭讪。有一天，他终于迈出了关键性的第一步，"奔向她，握住她的手，低声说：'女皇'"（DR，30）。对于这突如其来的情况，宛达镇静地问他"要做什么"，强盗激动地用"坚定而又柔弱"的声音回答："我要待在您身边，每时每刻。"（DR，30）宛达虽然没有正面回答，但她开口的第一句话"要做什么"并未反对强盗的亲近。面对他的请求，宛达命令他走开，并说："您喜欢我，我自然开心。见鬼，妈妈去哪了？"（DR，30）这一句并非拒绝的回答，后一句尤其暗示了少女在爱慕者面前的羞涩与不知所措，受宠若惊的她需要母亲这一成熟女性的庇护。强盗深深地爱着宛达，在他的想象中，宛达是"女皇"（DR，58），他从骨子里"拜倒在宛达的石榴裙下"（DR，63），这一阶段，宛达作为"女皇"，凌驾于强盗之上。

　　后来，强盗渐渐地不再对她唯唯诺诺，有一次在剧院甚至拒绝给她让座。拒绝让座事件深有寓意，属于强盗的座位原本也有宛达的立足之地，如今，他拒绝让座，实际上暗示他不再接受宛达。他对宛达的爱慕和尊重日渐消失，宛达因此怒发冲冠，却无计可施。两人最初的关系被颠倒过来，强盗上升为主宰者。他的心灵告诉他，他"已经陷入另一条未知的爱河"，耳边响起一个声音："你要去认识她。"（DR，64）之后，强盗抛弃宛达，移情别恋。

强盗第二个追求对象是冥冥之中预感到的埃迪特。她是餐馆最漂亮的服务员，"性情温和"（DR，159）。小说并没有描述她的衣着外貌，而是首先揭示她的性格特征。这一点与宛达的描写完全不同，从初次登场到最后，叙述者只从外表描述宛达，"穿着蓝色短裙"（DR，30），"纤纤双足犹如踩在云朵上"（DR，58），身后跟着一只哈巴狗，"嘴唇微厚"（DR，65）等。这两种内外不同的表现方式似乎也暗示着宛达的平庸与埃迪特的内在美，因为宛达首先让人看到的是外表，埃迪特则是内在品质。这样看来，强盗从宛达转向埃迪特似乎合情合理。

他对埃迪特的感情胜过一切，把她看成自己的"天使"（DR，81），"单纯真挚"地喜欢她，"情感强烈"而又"柔情似水"（DR，144）。他还默默地模仿埃迪特的言谈举止，这对他来说是一种乐趣。面对强盗的追求，埃迪特不理不睬，接受他的玫瑰花，却不愿瞧他一眼。这种冷漠的态度，连叙述者也为强盗鸣不平，他直截了当地告诉埃迪特，再不会有第二个人像强盗一样爱她。强盗坚持不懈地追求埃迪特，而她一直没有接受这一请求，她对宛达说："我自己实在不清楚，为什么我没有那么做。"（DR，167）后来埃迪特枪击强盗事件终于彻底改变了这一僵局，他用自己的鲜血换来了埃迪特的爱情，小说结束的时候正是他们爱情的开始。鲜血意味着重生，是爱情让强盗获得了重生。

也许读者心中都有一个疑问，强盗为何会抛弃宛达，转向埃迪特。强盗对医生坦言："正如我所发现的，独特的天性决定我寻找的是一位母亲，一名女教师，或者精确地说是一个不可接近的人，一位女神。"

（DR，143f）也就是说，他的追求对象应该具有"不可接近"、高高在上、不容侵犯并具有母性特征的人。按照这一标准去审视宛达与埃迪特，答案不言自明。宛达接受强盗以后，从开始居高临下的"女皇"位置走下来，与强盗处于同一位置，即平等的恋人关系。这种位置是强盗所不能接受的，他感到失落，在他凌驾于宛达之上后，便解除了与她的恋人关系。与宛达不同，埃迪特对强盗来说始终是一个不能接近、无法得到，同时又具有母性柔和气质的人，她更符合强盗的标准。即使她不理不睬，强盗也心甘情愿坚持自己的追求。从强盗的标准来看，他追求的并非是恋人，因为恋人之间是相互、平等的，这种悬殊的关系不可能成就爱情。

强盗为何会设定如此不合常理的标准？

埃迪特虽然没有接受他，却了解他的内心与渴望，这一点是宛达做不到的。她只会气急败坏，向埃迪特质问强盗移情别恋的原因。埃迪特如此回答："他在寻找一个能够依靠的人，因为他那被你刺激的神经需要安睡，就像欢蹦乱跳后极度疲累的儿童一样……生活中，也没有人和他来往……"（DR，166f）埃迪特感觉到，强盗需要一个能让他那孤独、疲累的心灵得到安睡的人。这种感觉得到了叙述者的认同，他从强盗"憔悴"的脸上看到他"内心对和平的渴求"（DR，174）。在教堂的布道演说中，强盗毫不隐讳地透露了自己对爱情的见解：

"爱一个姑娘，拥有一个恋人是一件多么振奋人心、令人心满意足的事，恋爱中的人也许只懂得欢天喜地地感谢上苍……爱情令人充实，整个地球都会冲你微笑，因为整颗心都在欢呼雀跃……她成为我的大树，给予我充足的阴凉，在它那繁茂的枝叶下，我可以安闲自得……她的公主外袍如同沼泽里的宿营地给我容身与休息之地。如此难得的机会，我自然会物尽其用……我已经完全属于她，她却丝毫没有接受我，我只能坚持我的执着……"（DR，177f）

与其说强盗在寻找爱情，还不如说在寻找精神家园，他把埃迪特看作"大树"、"沼泽里的宿营地"、他的"容身与休息之地"。也就是说，强盗需要的是一个能给予他温暖与安全感的家，一个精神家园。强盗因不愿臣服文化工业，不愿违背艺术的自主性原则，选择与主流社会规范保持距离，放弃了创作事业。他情愿无所事事，也不愿遵从工作伦理，成了整个社会的抨击对象。不管是男性世界，还是女性世界都在嘲笑、排斥他，他不仅在社会上无立足之地，还不断受到社会的跟踪与逼迫。为了保持本真的自我，他只能承受物质的匮乏与社会的孤立。但作为坚定的"意向型边缘人"，强盗亦有自己独特的边缘生存之道，那便是拯救自己的精神，不让它跟随现实困境走向荒芜。为自己的精神寻找一个家园，这样他便不再孤独，边缘生存有了精神家园的支柱就不会走向荒芜，它给边缘人提供了生存的希望。

精神家园既能让他坚守自我，保持自我身份，又为他在隔绝的现实生存中提供了一个温暖的家。这个精神家园就是爱情。作为社会边缘人，他如同生活在"沼泽地"，恍惚的爱情给了他生存的希望。不管埃迪特是否接受他，有一个爱慕对象的存在已经让他有了精神支柱与生存动力，即使埃迪特永远不会接受他，"去爱"这一行为亦能令他"心满意足"

地生存下去。因为引文的第一句话便说明，一厢情愿的爱情足以令他"振奋人心"，"持续的追求过程远远比达到目标更为重要"①。追求这一过程本身给了强盗生存的动力，只要过程不中断，他便会满怀希望地生存下去，忘记困窘的现实生存。

在埃迪特面前或在她附近，"强盗的孩子气都一股脑儿爆发出来了"（DR，78），他心甘情愿扮演"劣势"、"听话"与"被管束"的角色（DR，144），这实际是未成年人的行为与思想。上文也提到，强盗追求的是"一位母亲"，因此可以推断他对埃迪特的感情是孩子对母亲的感情。叙述者也证实："事实上，在宛达面前，强盗感觉自己是父亲，在埃迪特面前，自己则是儿子。"（DR，168）在儿子心中，只有母亲才能称得上是"女神"、遮风挡雨的"大树"，才是"高高在上"、"不容侵犯"的女性。强盗苦苦追寻的也许正是母亲这样的影子。

小说提及强盗的童年，他四岁便在母亲的监管下学习鸣奏曲，那时母亲很关心他，后来由于家庭多子及父亲生意败落，强盗早早就离家自谋生路去了。至今他还留着母亲的照片，将其视若珍宝。对于一无所有的流浪生活来说，保持母亲的照片显然透露出强盗对母亲的眷恋。也许在严酷的现实生存中，这张照片对强盗来说有不小的慰藉作用，得以使他沉醉在对母亲的美好回忆中，遗忘现实的痛楚。此外，母爱的早早缺失也使主人公始终无法释怀。现代心理学研究表明，人虽有种种体验，但缺失性体验对人生的影响最大。从马斯洛的人格理论来看，人五种需

---

① Jens Hobus: Poetik der Umschreibung. Figuration der Liebe im Werk Robert Walsers. Würzburg 2011. S. 182.

求中的任何一种需求不能获得满足，就会形成缺失性体验。这五种需求按照先后顺序、高低层次分别是生理需求、安全需求、爱与归属需求、尊重需求与自我实现需求。母爱的缺失性体验影响着强盗与女性的交往，使他偏爱具有母亲特征的女性。

强盗的行为显然源于弗洛伊德的"俄狄浦斯情结"，已经成年的他仍然沉醉于对母亲的爱恋中，无法摆脱幼年的"恋母情结"。弗洛伊德认为，母亲是男孩的第一个性爱对象，他偏爱母亲，总想独占母亲的爱，因而记恨父亲——那个分享母亲爱的人。但"恋母情结"只发生在儿童的潜意识中，并不会被觉察，因而儿童也不会有意识地去执行。随着年龄的增长，"他的力比多不会始终固着在这最初的对象上；以后，他只是把他父母作为一个原型，并且当他们最后选择对象的时机到来时，他会逐渐从父母身上转向旁人。因此，如果一个儿童的社会适应不会面临危险，那么儿童与其父母的这种分离就是一项不可避免的事"[1]。强盗显然并未走出"恋母情结"，这也许如弗洛伊德所言与"社会适应"有关。他不愿适应社会的个性使他遭受种种生存困境，因而，母亲作为强盗曾经的庇护是他现实生活中唯一温暖的记忆。

母亲虽然不在人世，应对现实生存最好的办法仍是重建有着母亲影子的精神家园。只有这样，他才能得到真实的温暖和安全感，才能更好地在荒芜的现实中生存下去。他对母亲的依恋已经由潜意识上升为意识，他在有意识地延续其"恋母情结"。这种情况也明显地表现在瓦尔泽的其他人物身上。如同强盗对冥冥中替代母亲的埃迪特的追求，西蒙、马

---

①《弗洛伊德文集》（第三卷），车文博译，长春出版社 1996 年版，第 37 页。

蒂和雅考伯亦将自己对母亲的眷恋转移到带有母亲特征的女性身上。

从以上分析可以看出，强盗的边缘生存之道是执着地在特殊的爱情关系中寻找精神家园。这样的爱情对边缘人有着非同寻常的意义。其一，追求爱情的过程让边缘人不再孤单，也有了生活的目标。强盗感觉整个世界都在冲他微笑，边缘生存的困难似乎也烟消云散。其二，对有着母亲影子的女性的追求亦是对曾经无法实现的母爱的追寻，它让边缘人的追求充满动力，因为这种隐含着母爱的爱情是边缘生存的精神家园，它如同"大树"、"阴凉"、"宿营地"，安慰边缘人孤独、疲劳的躯体。其三，源于"恋母情结"的爱情是精神之恋，有爱无性，"儿子"爱恋"母亲"，但出于伦理道德不会与"母亲"发生关系，因而，这种爱情也不会束缚边缘人，成为他边缘生存的桎梏。小说中的强盗丝毫没有占有女性的欲望，他心目中的女神"不可接近"，不容侵犯。因此，对埃迪特特殊的爱情成了强盗的精神支柱和存活的家园。

第五节 他们的结局

在社会的边缘是物质的匮乏、社会的孤立、精神的孤独，瓦尔泽的边缘人采取了积极的边缘生存策略。在卡尔斯泰德看来，生存策略的寻找是边缘人成长过程中至关重要的一步，它关系到边缘人能否真正地存活下去。从几位边缘人的生存策略来看，他们无一例外地采取了逃避社会的策略，实行逃避主义。在社会之外，他们或者在自然，或者通过散步，或者在艺术，或者在爱情中寻找属于自己的生存方式，对自由的渴望，对自我的保持是他们边缘生存的动力和支柱，这些信念支撑着他们边缘的生存。

从分析来看，现实的困难并没有击垮边缘人，主流社会也丝毫不能改变他们，反而一定程度上受到边缘人的影响，甚至开始接纳他们。这样乐观的结局是多数生存型边缘人无法实现的，因为他们面对社会的迫害没有丝毫防御能力。边缘生存在"意向型边缘人"眼中是积极的生存方式，因为在边缘，社会的控制力减弱，他们有更多自主的机会，更能实现其保持自我身份的愿望。他们是一群怪癖人，不惧怕物质匮乏与社会孤立，却担心失去自由，不能自主。做自己，听从心灵之声是生命的意义，为此，他们可以放弃一切身外的荣耀与享受。在边缘人生成的最后一步中，边缘人形成独特的自我形象，西蒙是成功的"无用人"，卡斯帕尔是真正的艺术家，雅考伯是自主的仆人与"滚圆的零蛋"，强盗则是双重边缘人。

综合以上几类形象，对市民社会来说，它们都是消极的自我形象，是社会中的失败者，也意味着社会身份的失败。从另一个角度来看，社会的失败暗含着自我的成功，是自我身份的获胜。

第五章　边缘人主题的现实意义

　　瓦尔泽将一无所有、居无定处、无所事事的社会边缘人物置于作品的中心，并坚持不懈地表现此类人群。他们是游荡者、小职员、助手、仆人、落魄艺术家，穿梭于社会最底层，游走于社会最边缘，与社会格格不入，黑白分明。这一主题的创作意义如下：

　　第一，瓦尔泽向我们打开了一扇通向边缘者和小人物的窗户，承接了 19 世纪俄罗斯文学中"多余人"和"小人物"的文学传统①。他最欣赏的俄罗斯作家陀思妥耶夫斯基是家喻户晓的小人物的守护神，这些小人物在外部世界的压力下走向内心分裂与精神病态。陀氏承认，"我的性格是病态的"，病态心理既让他的生活苦不堪言，也造就了今日的陀

---

　　① "多余人"是当时贵族知识分子的先进代表，他们不满现实，表现出对本阶级的叛逆，却又缺少行动，无法改变现实，既不会站到政府一边，也不能站到人民中间，因而成为社会发展历程中的"多余人"。与多余人不同，"小人物"来自社会底层，贫困潦倒，逆来顺受，安分守己，性格懦弱，胆小怕事，是权力的牺牲品，被剥削、被欺凌的典型形象。

思妥耶夫斯基①。稍晚于瓦尔泽的卡夫卡创造了一系列弱者形象，他笔下的人物被称为"防守型的弱者"、"被抛入世界的小人物"，他们"一般都是正直、善良的劳动者，对社会黑暗有不平，有怨怒，但他们的致命弱点是屈辱退让，逆来顺受，对强者、对黑暗势力的袭击或欺凌缺乏自卫能力，因而在时代的风云激荡、社会上各阶级较量的时刻彷徨不前、拿不出行动的力量，听任命运的摆布而不敢'扼住命运的咽喉'"②。他们在权力和压力下走向变形，甚至常常变为小动物。与两位文学巨匠相比，瓦尔泽的小人物则别具一格，他们不再是那些唯唯诺诺、任人欺凌的弱者，而是不畏权势、我行我素，坚持不懈地寻找理想生存方式的现代边缘人。他们敢于违背主流社会的价值规范，对社会分配给个人的职业角色十分懈怠，不惧怕由此招致的群体反应和社会惩罚。为坚守自己信仰的价值观，自愿成为社会的越轨者与边缘人。

第二，如同"小人物"承载着俄罗斯的苦难历史③，瓦尔泽的边缘人肩负着再现社会现实的重任，他们是社会的镜子，是大城市的缩影图。在他们身上可以真实地看到社会现状，因为他们是"社会的产物"④，"如果说每个社会都生产了自己的边缘人群的话，那么边缘人打开了我们认识当时社会的一扇大门"⑤。从对小说人物边缘性的分析来看，时代与社

---

① 参见曾艳兵：《卡夫卡研究》，商务印书馆 2009 年版，第 323 页。
② 叶廷芳：《现代艺术的探险者》，花城出版社 1986 年版，第 35-37 页。
③ 程殿梅：《流亡人生的边缘书写——多甫拉托夫小说研究》，中国社会科学出版社 2011 年版，第 212 页。
④ Frank Meier: Gaukler, Dirnen, Rattenfänger. Außenseiter im Mittelalter. Ostfildern 2005. S.10.
⑤ Wolfgang Haltung: Gesellschaftliche Randgruppen im Spätmittelalter. Phänomen und Begriff. In: Bernhard Kirchgässner u. Fritz Reuter (Hg.): Städtische Randgruppen und Minderheiten. Sigmaringen 1986. S.49.

会原因是导致他们选择边缘生存的关键因素。因而，瓦尔泽对边缘人群的观照便意味着剥开社会的层层外衣，窥探社会的本质与真面目。

就西蒙这一人物形象，卡夫卡如此评论："真是一个差劲的职业生涯，但只有这样的经历才能反映现实，这也是一位好作家想方设法、不惜一切代价要达到的目的。从表面看，这类人四处游走，包括我在内，我还能列举几位，但他们并不是因微不足道备受关注，而是因为他们在优秀的长篇小说中得以照亮人类社会的每一个角落。"[①] 他们所到之处，任何被人遗忘的角落都尽收眼底。他们用独特的视角给读者展现那些司空见惯之事背后隐藏的玄机，也让我们看到大都市不为人知的阴暗角落。譬如西蒙对贸易所上千名员工习以为常的机械生活的反思、对现代都市人蚁族式生活方式的旁观，以及对聚集于快餐厅的底层人群的观察，以就餐于西蒙身旁的老人为典型。西蒙给我们展示的是资本主义社会光鲜亮丽的外表下真切、令人揪心的社会现状。为了让他们踏遍社会的每个角落，作者赋予边缘人观察与行走的两大特征，"观察者"与"游荡者"是其永恒的社会身份。他们边走边看，走走停停，通过边缘人的视角，都市全景便一览无余地呈现在了读者面前。

第三，边缘人主题中也蕴含着作者温和的社会批判倾向。正如本书主体部分所分析的，随着小说的发展，作者隐藏的对工业文明、市民大众和工作伦理的批判倾向渐趋明显。作者借助三位主人公，让他们去观察社会，窥探社会本质，挖掘别人触摸不到的社会真相。值得强调的是，瓦尔泽的社会批判别具一格，边缘人物是其批判倾向的践行者，但他们

---

① Franz Kafka: Briefe 1902 bis 1924. Frankfurt a.M. 1958. S.75.

并不像传统的批判者一样通过尖刻言语、暴力行动或反抗手段来抗争或发泄自己对社会的不满，而是采取无为手段，不与社会合作或妥协，自愿放逐身体自我，放弃舒适安逸的生活，身处社会边缘，寻找一种属于自己的理想生活。与主流社会格格不入的边缘生存，本身是他们批判社会、抵抗同化的最好表述与无声抵抗。他们用边缘生存独有的自由、自主及与自然的亲密关系证明边缘生存的合理性，这些是身处现代生产体系中的人所无法得到的。

第四，瓦尔泽将"意向型边缘人"置于作品表现的中心，打破了边缘人主题一贯的传统。主人公西蒙、雅考伯和强盗目睹了文明社会的种种弊端，均不愿身处其中，迷失自我，为了保持自我身份，他们自觉选择了边缘处境。对"意向型边缘人"的集中表现，可谓瓦尔泽对边缘人主题的贡献之一，因为文学史上表现的边缘人多以"生存型边缘人"为主，即那些由于种族、出身、肤色、文化冲突和越轨行为被排斥在社会之外的人。从边缘人理论的研究历史来看，社会学家也将"生存型边缘人"作为重点研究对象，因而，关于"生存型边缘人"的研究文献数量庞大。再次融入社会的尝试或者绝望的生存是多数"生存型边缘人"的生存之路。与"生存型边缘人"不同，瓦尔泽的"意向型边缘人"表现出乐观的人生态度和不同的边缘生存之道。

第五，瓦尔泽表现的是积极的现代边缘人。"积极"体现在三个方面。其一，边缘人是社会的观察者，他们对人们认识社会、了解社会发挥着积极的作用，让人们看到文明外衣下不可见人的丑陋现象。因此，从这种意义上说，边缘人参与着文明的进程，是潜在的现代社会的革新者。如卡尔斯泰德所言，边缘群体常常是新生活和制度的先驱，因为他们通过对传统的挑战和边缘生存的尝试，让人们看到变革社会的需要及可能的新生活。其二，在几位边缘人物的眼中，边缘生存并不是消极的，而是积极的生活方式。在边缘，他们不再需要承受来自社会规范和职业角色的强迫，不再需要参与异化的工业生产体系与社会生活。他们可以听从内心自我的声音，自在地生活，享受自由，或者保持心中的信仰，捍卫自己的艺术信念。其三，为了保护自我身份，他们不得不付出物质方面的代价，但物质困境从来没有威胁到他们边缘生存的信念，因为他们只需要微乎其微的物质基础便能过活。他们采取积极的生存态度，拥有不同的边缘生存之道，它们是边缘人生存的动力与支柱。从三部小说的结尾来看，强大的主流社会并没有吞没现代边缘人渺小的生存。相反，主流社会的思想观念或者遭到质疑，或者社会开始接受现代边缘人的存在。这主要体现在克劳斯对西蒙生活方式的默认与社会对强盗的认可与问候。边缘人的积极作用一方面是帕克极力强调的，另一方面是越轨行为理论的观点。越轨行为学家认为越轨表示不符合常规的行为，并不一定代表错误的行为，有时甚至是积极的行为。这正是瓦尔泽表现的内涵所在。

结 语

　　瓦尔泽将这些我行我素、离经叛道的特殊人群置于作品的中心，详细地探讨了边缘人的问题，为边缘人主题做出了不小的贡献。他倾注不少心血，关注身处社会底层和边缘的人物，不厌其烦地将再现现代边缘人的生存作为其文学创作的中心任务。他对这一特殊人物形象、特殊主题的刻画吸引了不少研究者的关注。

　　本文以瓦尔泽的三部小说为研究对象，辅之以其他作品、谈话和书信，借助社会学研究方法，即边缘群体理论、角色理论及越轨行为理论，立足于文本，分析小说中蕴含的现代边缘人主题，力求展现瓦尔泽笔下边缘人的与众不同之处，以及作者创作这一主题的意义所在。

　　按照边缘群体理论的研究者菲尔斯滕贝格的研究思路，辅之以卡尔斯泰德关于边缘人形成的四步骤理论，本书分别从边缘成因、边缘生存和主题意义三个角度分析了边缘人主题。

　　本书将边缘人大致划分为三种类型：以西蒙和雅考伯为代表的工业文明的边缘人、以卡斯帕尔为代表的艺术家边缘人和以强盗为代表的拒绝艺术创作的艺术家。按照三组分类，结合社会学理论，分别探讨三类人边缘性的原因。工作伦理是贯穿瓦尔泽小说的主流社会的规范之一，它在人们的生活中占据举足轻重的地位，也是市民社会普遍的价值观。然而，作为社会观察者的西蒙和雅考伯渐渐发现了工作伦理的非伦理性和文明社会的种种非人性因素。因而，鉴于对当下社会状况和资本主义生产体系的不认同，他们或者拒绝，或者消极对待职业角色，从而导致群体反应和角色失败，构成社会的越轨行为，成为市民眼中的越轨者与边缘人。

　　与西蒙、雅考伯二人相同，强盗的作家职业在以效益和功绩为主导的社会，本身是一种另类职业，社会给他加上"强盗"的标签。不仅如此，强盗因不满艺术商品化及艺术在文化工业中的贬值和变质，拒绝创作，成为一名徒有虚名的作家。这样，他在社会的边缘职业中，也扮演了另类的角色，成了名副其实的双重边缘人。此外，身为男性的强盗表现出诸多女性特征，无法正常地实施其性别角色，成为社会的怪癖人，既不能被女性世界接受，也不能融入男性群体。以卡斯帕尔为代表的艺术家扮演了地地道道的社会边缘人的角色，他们将艺术视为生活的全部，为了艺术创作，将自己隔离在市民生活之外。

　　瓦尔泽将三类边缘人置于作品表现的中心，原本属于主流社会的人物却成为边缘人物的参照物。通过边缘人的观察和反思，读者才得以看到现代社会中冷漠的人际关系、扭曲的价值取向、机器化的生活方式、工具化的工作伦理、他治的艺术创作和商品化的艺术事业等。这些社会观察一方面暗含了作者的批判倾向与社会观照，另一方面交代了小说的时代背景与社会现状，为理解边缘人的内心世界与外部作为奠定了基础。

从分析来看，瓦尔泽的边缘人不同于传统意义上那些胆小怕事、天性懦弱、因先天因素遭到社会排挤的边缘人，他们是现代边缘人，是"意向型边缘人"。因不满现代社会的运行法则和价值规范，他们不愿与社会保持一致，自愿选择主流社会的边缘位置。他们的边缘性首先源于工业社会，归功于工业发展带来的社会变化和由此导致的社会结构和价值观的变化，因而，他们是现代社会的产物。此外，独特的个性、内心的追求是导致其边缘身份的重要因素。他们执着地追求着自己信仰的东西，完全不顾现实处境，其不合常规的思想与行为导致其成为市民眼中的"社会病人"，但与异化的现实社会与价值观相比，他们的精神才是真正健康的，其追求是人性的、高贵的。

他们不仅自愿选择边缘的地位，还积极地寻找边缘生存的出路，这一步在卡尔斯泰德看来是关键性步骤，因为它关系到边缘人的存亡问题。西蒙内心渴盼自由，不愿被社会的条条框框捆住手脚，对自由的信念鼓励他不断地寻找属于自己的理想生活方式。寻找这一过程是一个充满希望的过程，排解了边缘生存的现实苦恼。散步与自然也是其重要的边缘生存之道，因为散步是边缘人重要的生活方式之一，自然则是边缘人的心灵疗伤之地。以卡斯帕尔为代表的艺术家，不管成功与失败，都将艺术视为自己的理想和生命，边缘的现实困难丝毫无法动摇他们的艺术理想，他们在艺术中找到了属于自己的归宿。对雅考伯来说，重要的是不受制于资本主义社会的精神自由，他逃往仆人学校，以摆脱现代社会的消极自由，并继而通过渺小思想、仆人理念寻找渴盼的精神自由。权威主义机制让雅考伯摆脱了现代人的孤独与恐惧感，赢得边缘生存的安全感。走向荒漠是雅考伯大胆的尝试，它让雅考伯获得了彻底的自由生存。最后的边缘人强盗将追求爱情作为自己的精神家园，这种爱情是糅合着对母爱的渴望的结果。这一精神家园是驱逐孤独、寂寞与社会逼迫的最好方法，也是强盗边缘生存的精神支柱。

虽然边缘人一再遭遇社会的冷嘲热讽、物质的极度匮乏、精神的孤独隔绝，但他们各式的生存策略也使其边缘生存变成一种积极的生存方式，因为他们不再是资本主义机器大生产下那颗被或急或缓驱使着的小齿轮，他们拥有贫穷、自由、独立、自主的权利，拥有为自己做主的可能。雅考伯是瓦尔泽小说中最激进的边缘人物，开场便抛弃自己的贵族身份，断绝与社会的关系，成为几部小说中最贫穷、最卑微的边缘人，然而他同时也是几位边缘人中最具自主性、反抗性的现代人。通过渺小、微不足道、仆人思想，他最终战胜了高大威猛的统治者班雅曼塔校长，反仆为主，让校长在他面前楚楚可怜、低声下气。戴上主人面具的雅考伯自豪地说："说到底，决定最终还是我自己做，只有我一个人能决定。"(《雅》，18)。他坚定的决心换来最彻底的自由。

西蒙与卡斯帕尔同样没有屈服于主流社会、物质、名利的引诱，主流社会代言者克劳斯的苦口婆心与威逼利诱最终也徒劳无功。社会面对这些"无用人"、"零蛋"束手无策，因为没有比"无用人"更无用的，没有比"零蛋"更微不足道的人。难怪雅考伯最后理直气壮地说："如果我也撞得粉碎或者倒霉，那又会怎么样呢？一个零蛋。我区区一个小人物无非是个零蛋。"（《雅》，123）类似于雅考伯，强盗也在小说结尾获得了意想不到的成功。强盗坚决听从心灵的呼声，捍卫艺术家的本质。面对社会的跟踪与排斥，强盗仍旧置若罔闻，我行我素，以不合作、不作为的方式与市民社会对抗。双方对抗的结果是强盗的胜利，身处市民社会的叙述者最后不得不宣布："人们应当认为强盗是一个可爱的人，从现在起人们都要认识他，问候他。"（DR，191）强盗经历了社会的鄙视、控诉、指责、跟踪、排挤，仍意志坚定，毫不畏惧，终于以一种玩世不恭的态度赢得了社会的承认与尊重。小说讲述的是艺术家与市民、个体与社会较量的故事，结局是艺术家个体的胜利。

在边缘人形成的最后一步中，卡尔斯泰德认为各式边缘人会形成独特的自我形象。西蒙是成功的"无用人"，卡斯帕尔是真正的艺术家，雅考伯是自主的仆人与"滚圆的零蛋"，强盗是双重边缘人。这些自我形象如同标签，成为他们区别于市民社会的独特标志，也是他们的首要身份，角色理论家称其为自我身份。边缘人的种种生存策略目的正在于捍卫边缘生存，保护自我身份，这才是他们存在的目的和生存的支柱。

与多数"生存型边缘人"的悲惨命运不同，瓦尔泽为"意向型边缘人"设定了较为乐观的结局，投注了他对现代边缘人的观照与同情。在小说中，主流价值观遭到颠覆。市民社会趋之若鹜的财富、名利、成功、地位等在边缘人眼中一钱不值。他们推崇的是失败、渺小、微不足道，目的是以此摆脱现代社会的控制与奴役，获得精神自由与个体自主。个体与社会较量中的成功、个体由渺小到宏大的转变，是瓦尔泽通过微不足道的边缘人物所要表达的理念。读者可以清晰地看到，瓦尔泽笔下微不足道的小人物不是听天由命、垂头丧气的失败者。他们个个精神抖擞、意志坚定，时刻为捍卫自己的自我身份而战，甚至可以说始终是坚不可摧的不倒翁、永不后退的战斗者：

"他（瓦尔泽——引者注）将现实缺损奉为道德准则：'不去察觉、不去感知、不去知晓自己是谁，什么职业，有何需求，这便是美德。'罗伯特·瓦尔泽并非对他人将其视为失败者这一事实视而不见，相反，他认为：'失败者并非如常人想象的那么软弱无能、一无是处，失败中蕴含着神奇与魅力。'"①

可见，瓦尔泽打破传统眼光，发现了失败辩证的一面，他用欣赏的眼光看待失败，并将现实生活中的失败视为美德。这里的失败意指放弃争名夺利、放弃互相倾轧夺来的成功、放弃自我异化换来的财富。这样，在失败的同时，个体也得以实现保持自我身份的愿望。瓦尔泽将这种思想灌输到小说中，传递给人物，创造了独特的艺术构思与奇迹。

瓦尔泽的边缘人是现实生活的"失败者"，他们丝毫不具备成功者的特征，但也许在作者看来，他们是"失败中的成功者"，他们在失败中获益。因而，边缘人在瓦尔泽笔下丝毫不具贬抑性，反而是一个积极的、正面的概念。他们的存在就如纽扣："始终都是那么谦逊，那么耐

---

① Peter Hamm: Der Wille zur Ohnmacht. Über Robert Walser, Fernando Pessoa, Julien Green, Nelly Sachs, Ingeborg Bachmann, Martin Walser und andere. München, Wien 1992. S. 58.

心，没有一刻想过要突出自己，把自己摆到某个有利的位置上去，好让绚丽、漂亮、刺眼，同时又令人瞩目的聚光灯照在你的身上，笼罩住你。你总是喜欢待在那些最最不引人注目的地方，在那里，你心满意足地实践着你可爱的美德。这是一种高尚和伟大得几乎没有任何语言可以形容的谦虚，你的这种谦虚让人感动，令人神往。"（《散》，243）如同纽扣，这些边缘人始终坚持"自己是什么就是什么，就做什么"（《散》，244）。这种敢做自己的英勇行为让人惊叹、感动，也让人震惊，这位边缘人的发掘者让人钦佩、敬仰，也让人耳目一新。瓦尔泽作品中透露出来的与世无争、保持自我的思想，不由地让读者想起黑塞的评语："假如像瓦尔泽这样的诗人能成为我们时代的精英，世界将不会被卷入战争之中，假如瓦尔泽拥有数十万名读者，世界将会更加美好……"[①]

瓦尔泽在三部小说中表现了不同的边缘人形象，他们是工业大生产时代的产物，是现代文明的边缘人。与传统的"生存型边缘人"不同，面对社会的种种不合理现象，他们选择回避，自愿生存在社会的边缘，是典型的"意向型边缘人"。这些人物身上寄托着作者对现代人摆脱他治生存、真正做自己的殷殷期望。

---

① Hermann Hesse: Eine Literaturgeschichte in Rezensionen und Aufsätzen, Hg. von Volker Michels, Frankfurt am Main. 1979. S. 461.

附录一

浅析《唐纳兄妹》《雅考伯·冯·贡腾》及
《强盗》的叙事策略

叙事内容要达到一定的效果，很大程度上依赖于叙事手段，不同的叙事策略会带来迥异的叙事效果。19 世纪末 20 世纪初，随着小说艺术的日渐成熟，其叙事艺术也日臻完善与多样化。罗伯特·瓦尔泽的作品正产生于这一时代，它们也展现出灵活自如的叙事手段。本文以《唐纳兄妹》《雅考伯·冯·贡腾》及《强盗》为例，从叙述视角、文体和叙事结构三个方面分别解析三部小说。

一、视角转换——以《唐纳兄妹》为例

一个故事可以有几百种的叙述方法与阅读效果，这其中的关键因素之一是叙述视角。在《唐纳兄妹》中，作者便采用纵横开阖、灵活多变的叙述视角，使小说中的各式人物，尤其是社会边缘人，得到了较为传

神的表现效果。

本节选取《唐纳兄妹》第一章，从叙事视角入手分析叙述者如何向读者展示边缘人西蒙的人物性格和内心世界。小说第一章讲述的是主人公出场、书店求职、克劳斯写给西蒙的书信和西蒙辞职。从情节来看，它正好构成西蒙不断重复循环的人生片段之一。

小说前四页描写了主人公登场及向书店老板求职的场景，小说开头如下：

"一天早上，一个满脸稚气的年轻人走向一位书店营业员，请求带他去见书店老板①。营业员如他所愿。老板看起来是一位年高德劭的老人，他用敏锐、严肃的目光盯着眼前这位腼腆的小伙子，敦促他开口。'我想成为一名书店营业员'，年轻人说道，'我渴望这份职业……'老板诧异地审视着年轻人，似乎还拿不准自己对眼前这位谈吐出众的年轻人的印象是好是坏。他无法下定论，变得有点不知所措，于是语气和缓地问道：'年轻人，我可以打听一下您的出身吗？'对方回答道：'出身？我不知道您具体所指为何，但我觉得，您最好还是不要过问……'"（GT，7-8）

这里叙述者采用外聚焦模式。按照热奈特的聚焦理论，"外聚焦"仅从外部观察人物的言行，不透视人物的内心想法，叙述者像一部摄像

---

① 文中采用第一虚拟式，原文为："... bat, dass man ihn dem Prinzipal vorstellen möge." 德文中的第一虚拟式表示客观的转述。

机一样如实记录人物的言谈举止。因此，西蒙求职的现场情景得以完整地显现在读者面前，让读者颇有身临其境之感。叙述者还采用了第一虚拟式，以强调自己完全是纯粹客观地转述。

与此呼应，本段及第一章从整体上看，叙述者采取的是少"叙述"（telling）、多"展示"（showing）的模式[1]。叙事学者指出，在现代小说中，"展示"主要有两种技巧：其一，是"基本上由人物对话或人物对话加上非常简练的描写与叙述报导构成某种戏剧性场面"；其二，是"通过小说中某一人物的意识来反映事件，从而完全省略叙述者的介入和评论"[2]。小说头四页采用的是对话的"展示"手段，对话属于"纯模仿"，它模仿、再现人物的真实交谈场景。在这种叙述模式中，叙述者退居次要位置，将发言权交予故事人物，使人物占据前台，作者的影子则暂时消失。这种叙述手段既能保持叙述的客观性、真实性与可靠性，又能突出人物形象，因为它直接展示所描述的对象，缩短了读者与人物之间的距离。

因此，借此叙事手段，西蒙的人物性格在第一章便得以清晰、形象地展示给读者。他年轻、率真、稚气、坦诚、勇于尝试，同时也敢于质疑传统观念。后者表现在他强烈反对把家庭和出身作为聘用员工的参考标准。他认为出身并不能说明一个人工作能力的高低，因而直率地否定

---

① "叙述"与"展示"是现代小说理论中两种对立的叙事方式，对应于柏拉图区分的"纯叙述"（diégésis）与"纯模仿"（mimèsis）。前者指叙述者"以自己的名义讲话，而不想使我们相信讲话的不是他"，后者正好相反，"他竭力造成不是他在讲话的错觉"。参见罗钢：《叙事学导论》，云南人民出版社1994年版，第189页。

② 罗钢：《叙事学导论》，云南人民出版社1994年版，第164页。

了书店老板的这类面试问题。西蒙不寻常的见解，使先前不知所措的书店老板此刻更加目瞪口呆。对出身的问询是主流观念在小说中的第一次登场，却遭到西蒙思辨式的质疑与否定。这一点正揭示了西蒙对主流社会标准的不认同。

以上论述，是从"感知者"角度分析视角问题，强调叙述者观察与感知的角度。此外，小说表达还涉及另一个方面，即"叙述者"或叙述声音。按叙述人称，可以将叙述者划分为第一人称、第二人称和第三人称叙述者。对于第一人称叙述者，需要注意的是他身上有两个自我："经验"自我（过去正在经历事件的"我"）和"叙述"自我（此时此地讲故事的"我"）。两个自我多数情况下是统一的，但有时也会出现分离或交叉。第二人称叙述者隐含的是叙述者与人物直接交流的情景模式，在文学作品中使用频率最低。第三人称叙述者则是传统小说的主流叙述模式，它有三种叙述视角，即全知全能式、人物视角式和观察者视角式。全知全能式叙述视角的叙述者如同奥林匹斯山上的诸神，居高临下、俯瞰众生、全知全能，可以对故事行使各种权利，包括中断情节、对故事进行评论或干预，甚至可以改变叙述方式用人物的眼光来观察与感知。人物视角式叙述则是用某一人物的视角叙述，小说情节随着人物的感知发展，被叙述对象常常带着人物的感情色彩。观察者视角同人物视角属于有限视角，但与人物视角不同，观察者是隐蔽的，不会出现在小说中，也没有具体的人物形象。①

小说对西蒙出场时的描写采用的就是第三人称观察者视角，观察者

①参见申丹、王丽亚：《西方叙事学：经典与后经典》，北京大学出版社2010年版，第94页。

不出现在小说中，只是有限地向读者展示自己观察到的情景。

与对西蒙的描述不同，叙述者接下来对主流社会的代表克劳斯的描写（10～12页）则采用第三人称全知全能视角。叙述者重新掌握自己的叙述权力，他不仅对克劳斯的个人情况与人物性格了如指掌，还能自如地窥探他的内心世界与想法。叙述者让读者看到克劳斯光鲜的一面——在当地赫赫有名、生活安逸、恪尽职守，也展示了他内心充满忧虑与压抑的另一面。与西蒙不同，叙述者在克劳斯身上采取了全知全能的视角手法，让读者在开篇便看到克劳斯的全貌，他如同主流价值的标尺，成为衡量小说其他人物的参照标准。此外，这种叙述视角还可以自由地表达叙述者的态度倾向，直接对克劳斯式人物发表评论与看法。

例如："在他还年轻的时候，也许还有过结束这一切的想法，但是他缺乏力量……抛弃？奥，他从不会抛弃什么东西！……他从不丢弃什么，他把年轻的生命浪费在重新摆置于根本不值得重视和投入感情的检查上。"（GT，11-2）从以上引文可以看到，叙述者在叙述中常常夹入自己的评论或补充。"奥，他从不抛弃什么东西"明显是叙述者插入的补充，"根本不值得"亦是叙述者对克劳斯行为的评论。叙述者从对西蒙的"展示"转为对克劳斯的"叙述"，其中包含了不少叙述者的态度倾向与主观情感。这一效果是"展示"式叙述方式无法企及的。叙述者对克劳斯采取全知全能视角显然有其特殊用意，这一叙述视角既能引入主流社会"地位、财富与职责"并行的价值观念，又能在再现小市民生活状况与内心情感之余，加入自己的态度倾向。这样，叙述者巧妙地呈现给读者西蒙生活的社会背景和时代观念，为边缘人西蒙设置了一个中心参照物。再加上其他的市民形象，叙述者逐渐拼贴出一幅主流社会的全景图，使边缘人西蒙在全景图中格外与众不同。总之，第三人称全知视角在此处恰如其分，较为完整地展现了西蒙生活的社会环境，为后文理解、走近西蒙奠定了基础。

在接下来克劳斯写给弟弟西蒙的长信（12～15页）中，叙述者原原本本地将信件再现给读者，叙述也由上文的全知叙述者转换为人物克劳斯为叙述者，且采用第二人称叙述。此时，小说叙述者完全隐匿，将话语权移交给克劳斯，让他与西蒙（第二人称"Du"）直接对话。读者看到以社会权威与家庭长者自居的克劳斯，以一种评判、教育、劝说的口吻指责西蒙玩世不恭、没有进取心与责任感，并用说教的语气写道："这一切都应该终结。"（GT，14）这一句短促有力，几乎没有回旋余地，显示出他对西蒙的要求与期望。在这一部分，小说叙述者故意放弃一切干预与话语权，让社会的代言者对不入主流者直接控诉与说教，传达社会对他的要求，指出"正确"的人生之路，此处选克劳斯为叙述者显然恰到好处。

叙述者既没有采用转述的方式，也没有考虑面对面的交谈形式，因为同样是第二人称，对话中的"你"是一种"小心翼翼、不敢越雷池一步的叙述，是一种对叙述者限制最充分的叙述"[1]。如果面对面交谈，克劳斯便不可能如此畅通无阻地说教，他要看对方的脸色与反应，更有被不断打断甚至中断谈话的危险。此外，前一部分对克劳斯的描述是"叙述"的表现形式，其中融合了叙述者的个人看法与评论，带有主观感情，

---

① 祖国颂：《叙事的诗学》，安徽大学出版社2003年版，第177页。

可信度大打折扣。这一部分，叙述者转而采用"展示"的模式，完全客观地再现克劳斯的言谈与思想。信中克劳斯自述自己的苦恼与不幸："我并不快乐……"（GT，15）这一段自述证实了前文叙述者对克劳斯评价的合理性，提升了叙述者的可信度与权威。

西蒙八天的试用期一晃而过，小说进展到西蒙辞职的场景（15～18页），叙述者再次变换视角，采取第三人称观察者视角，如实记录人物对话与场景描写，并采用相应的"展示"模式，让人物自己讲述辞职原因和对这一职业的看法。此处节选他的部分辞职谈话：

"您让我失望了，请您不要摆出这么惊异的表情，事情已经无可改变。我今天就离开书店，请您付清我的工资。您让我把话说完！我太了解自己想要什么……鬼知道，这个社会对新入职职员的要求无奇不有……谁又会想到向上司要求某些道德规范。难道我应该把自己工作的力气与兴趣、对自身的快乐和能让我鹤立鸡群的天赋，一股脑儿地交给这张破旧不堪、狭窄单薄的书店工作台吗？"（GT，15-17）

西蒙心直口快、咄咄逼人的叙述口吻完全符合一位二十岁年轻人的口吻，是叙述者难以模仿的，因而叙述者干脆交由人物自己说话，以避免自己转述时不够形象与逼真。而且直接引语展示的效果较强烈，更能烘托人物的个性特征，让读者对西蒙有进一步的了解。他年轻气盛、敢想敢做、直言不讳，也有点自命不凡，他反对社会对个人等级式、不平衡的责任与道德要求，他在高高在上的上司面前仍敢理直气壮地讲话。

这种谈吐姿态很自然地将他与小市民趋炎附势、谨小慎微和循规蹈矩的普遍特征相区分。

西蒙话毕，小说聚焦到书店老板上："让老书商大跌眼镜的是，那位年轻、安静、腼腆的小伙子在试用期工作勤勉，值得信赖，如今却用这种口气说话。毗邻的工作间探出几个公职人员和商店助手的脑袋，他们挤在一起看热闹。老书商开口讲道：'……'"（GT，17）可以看出，对老书商惊愕的反应使用了外部聚焦，继而转为人物视角，透视书商对西蒙试用期的评价："安静"、"腼腆"、"工作勤勉"和"值得信赖"。这一视角转换让读者看到了书商的客观评价，读者才得知原来自命不凡的西蒙也有其骄傲的资本，并不是市民眼中的无用之辈。小说在描写看热闹人群和老人的讲话时，又回到第三人称观察者视角。

辞职后的西蒙回到家中（18页），叙述者采用第三人称全知全能视角透视其对克劳斯来信与自身状况的内心感想。如果说上文一直采用外部聚焦，客观地记录西蒙的言谈举止的话，这里叙述者首次窥探他的内心世界，并采用"展示"人物意识的叙述技巧，将西蒙的想法毫无遗漏地呈现给读者。第一人称的使用大大缩短了读者与西蒙内心感想的距离，给读者以真实感与亲切感，让读者首次走入西蒙内心，聆听他的心语。之后，叙述者利用权力之便，插入简短的评论："西蒙满脑子想法，还是漂亮的想法。他思考时，脑子里会不由自主地浮现出一些漂亮的想法。"（GT，18）这些评论隐藏着叙述者对西蒙的好感与欣赏，与他对克劳斯的嘲讽形成强烈的反差。

从以上分析可以看出，叙述者时而俯视芸芸众生，时而只是旁观，时而窥探人物内心，时而又夹叙夹议，灵活自如地穿梭于形形色色的人物中间与人物内心，三种聚焦方式交替运用，观察视角灵活多变，从而造就了连贯、流畅、多变的叙事效果。

二、日记体小说叙事特色——以《雅考伯·冯·贡腾》为例

与柏林时期的前两部小说不同，瓦尔泽在第三部小说《雅考伯·冯·贡腾》中，采用了独特的日记体为小说文体形式。这一文体对表现小说的主题方面有以下五个方面的贡献。

第一，日记体不要求完整的线性发展的故事情节，符合《雅考伯·冯·贡腾》的叙事要求。在这部小说中，其故事性明显减弱，故事也不再以线性的方式发展，而是呈现为点状式或碎片式；事件发生时间也不是小说叙述的决定因素，相反，小说更多地是按照日记作者的感知、思考与反思向前发展。

第二，日记体采用第一人称叙述，对"我"的叙述有不可置疑的权威性，这就是戴维森（Donald Davidson）所说的"第一人称权威"，他认为"一个人具有了解并陈述自己的心的状态的'优先通道'"①。《雅考伯·冯·贡腾》讲述的正是雅考伯在仆人学校的经历和内心想法，更适合使用第一人称权威叙事。

叙述者兼主人公雅考伯，以第一人称叙述者的身份，讲述自己为寻找一种朦胧的理想生活方式，踏入仆人学校，让生活本身去教育他。在学校期间，他充当观察者的角色，细致地观察身边的同学、女教师和校

---

① 转引自赵宪章：《日记的形式诱惑及其第一人称权威》，载《江汉论坛》2006 年第 3 期，第 69 页。

长先生，记录学校生活，并溜出校门，察看社会百态。这种观察者的身份隐含着与社会及学校师生的距离，雅考伯或者置身街道观察车水马龙的大城市，旁观大众生活，或者置身上层社会窥视惶恐不安的有钱人。随着观察的深入，践行仆人理念的他与资本主义社会愈加格格不入。他也在不断经历与观察中反思现代社会并探寻自己的出路。作为所有这些事情的亲历者与观察者，第一人称叙事可以缩短读者与故事之间的距离，让故事听起来更加可信、权威与真实。

第三，日记体小说适合记录叙述者的心理活动与事件感想，偏重心理探索，因而"日记往往成为写作者审视自我的媒介，使创作主体成为审美观照的对象"①。借助日记体，雅考伯可轻易地将目光转向自我，转向心灵。

与资本主义社会的主流价值观相反，雅考伯选择放逐身体自我，观照与拯救精神自我，因此这部小说亦是自我审视、自我观照之书，与日记的文体特色较为匹配。第一人称权威叙述也赋予这种自我观照以便捷，因为只有人称"我"对自我的经历与想法有不可置疑的权威性，有陈述自我的"优先通道"。第一人称在叙事学者看来，带有更多的感情色彩，它"植根于现实经验和情感需要，导源于一种内在的生命冲动，具有强烈的艺术感染力"②。借此文体，雅考伯仆人学校的经历及其不为人知的内心世界，清晰地展现在读者面前，也吸引读者走入他独特的内心世界。

第四，日记的写作动机常常源自孤寂与无处言说，日记体小说承袭

---

① 王建平：《西方日记小说的叙事策略》，载《辽宁师范大学学报》1997年第1期，第51页。
② 张薇：《海明威小说的叙事艺术》，上海社会科学院出版社2005年版，第81页。

了日记这一原初的特征，因而更适合叙述者敞开心扉地自我倾诉与自言自语。

雅考伯是一个与社会、家庭隔绝的孤独个体，就连在班雅曼塔学校，他也始终是一个与众不同的旁观者。其他学生的目标只是学习仆人课程，以求将来找到一份仆人工作。而贵族出身的雅考伯在仆人学校另有企图，有不为人知的"自我奋斗之梦"，有"内心炽热的自我设计的计划"（《雅》，50）。没有人真正了解他的内心想法，他将自己严实地封闭在隐秘的世界里，是精神和身体的孤独者。日记成为他的密友与倾诉的对象，记录着雅考伯最隐秘的内心世界。从日记里，我们可以看到他对自己性格的剖析，"觉得自己甚至有点儿病态……在世界上最喜爱的东西是蒙受耻辱"（《雅》，16），承认他"喜欢受压迫"（《雅》，77）等等。读者还可以读到他的内心坦白："我永远不会忘记我是个微不足道的东西，我只能从最下面，最最下面开始做起，我完全没有往上爬所需要的特性……我不相信我有将幸福与光芒连在一起看待的时候，我毫无向上爬的道德观……"（《雅》，87）孤独的雅考伯只能在日记中倾诉自己的肺腑之言。日记体形式让雅考伯的倾诉更加直接，也让读者感觉到雅考伯选择最底层，甘愿微不足道的坚定决心。

第五，日记体形式便于展现双重自我，即叙述自我与经验自我。在《雅考伯·冯·贡腾》中，这两种自我时而合二为一，时而保持距离，就在两个自我的分分合合中，读者可以看到雅考伯随着时间夫人逝去而发生的改变。

雅考伯在日记中回忆刚到学校第二天早上的一幕：

　　"**那是**我刚到的第二天早上，我走进他的办公室，但还没容我开口，他就严肃地说：'给我出去，试试你是不是可以像有教养的人那样进来。'我走了出去，重新补敲刚才忘了敲的门。'进来！'他喊了一声，'鞠了躬了么？进来后该怎么说话？'我赶紧向他鞠了一躬，颤颤巍巍地说：'您好！校长先生。'**如今**我早已<u>训练有素</u>了，'您好！校长先生。'这几个字我能刺溜一下脱口而出，**可那时**我还无比地憎恨那种令人诚惶诚恐的客套，憎恨那种宫廷式的矫揉造作，**当时**我只是憎恨，不是其他。**以前**我觉得可笑和愚蠢的，**现在**我认为是漂亮和乖巧……我**当时**已经<u>义愤填膺</u>，所以张口就来：'……<u>我得走，离开这个黑洞洞、乌烟瘴气的地方</u>，谁也拦不住我。难道我来这儿就是为了学您那些<u>傻瓜条例</u>？就是让您来愚弄我不成？再说，<u>我高贵的家庭出身</u>也容不得我在这里干这种<u>蠢事</u>……'**今天**回想起当时的那一堆蠢话，<u>真会把大牙笑掉</u>，不过**当时**<u>我是很神圣地说这番话的</u>。"（《雅》，10-11）（黑体和下划线为引者所加）

　　以上引文形象地表现了叙述自我和经验自我的分离，不断重复"如今"、"那时"、"现在"、"当时"这些表示时间距离的词汇。叙述自我站在此时的立场观看彼时的"我"对学校礼节和条例的看法。当初的"义愤填膺"、"傻瓜条例"、"离开"的想法，在今天的"我"看来不过是"一堆蠢话"，令"我""笑掉大牙"；昔日令"我"憎恨的客套，如今"我早已训练有素"。可见，与当初叛逆的"我"相比，叙述者"我"如今已经心甘情愿地臣服于班雅曼塔仆人学校的条条框框，接受学校的训诫。可见，雅考伯在进入仆人学校之后，已经有了很大的变化，他正在不断地向自己的仆人理念靠近。

日记体的第一人称叙述使两个自我转换自如，现在的"我"可以对过去的"我"进行反思、评价或嘲讽，而不会造成任何唐突之感。如果采用传统的第三人称叙述，显然会产生叙述者与叙述对象的疏离，这是任何作家都不愿看到的效果。小说中，叙述自我还对"我"的变化做出了更明确的表述：

"假如我还是**当年**的雅考伯·冯·贡腾，还是我们贵族家族的后代，那么我一想到低贱的人，过平常的日子，就会深受侮辱的。可**现在**则完全不一样了，我成了一个普通人了，这点要感谢班雅曼塔兄妹俩，他们用无可名状的、知足常乐的滴滴滢珠露水浇灌了我的信念，改变了我骄傲的价值观，改变了我的荣誉感。我怎么会这样年轻就这么退化了，这是退化吗？从某种意义上讲，这是退化，但是从另一方面看却是进化。"（《雅》，85）（黑体和下划线为引者所加）

到此刻，叙述自我已经完全摆脱了曾经的贵族身份，已经不再是"当年的雅考伯·冯·贡腾"，而"完全"是一个"普通人"了。他从此彻底地摒弃了其贵族家庭及与其相连的资产阶级生活，开始全新的自我生活。这样的人生之路既是社会意义上的"退化"，同时又是自我意义上的"进步"。

综上所述，日记体的诸多文体特色使边缘者和孤独者雅考伯的自我生存之路，得到了完美表现。

三、双线并行的叙事结构——以《强盗》小说为例

柏林小说时隔 16 年后，瓦尔泽再次创作《强盗》小说，并采用了大胆的叙事技巧。小说围绕两条主线进行，一条线是小说主人公强盗的故事，另一条则围绕叙述者"我"展开。

对于第一条线，即强盗故事的展现，主要由叙述者"我"兼计划创作一部以强盗为题材的小说作者"我"负责完成。而且对强盗故事的叙述，也随着小说的发展，发生了微妙的变化。具体来说，在小说的前半部分，叙述者"我"主要采用讲述的叙事模式，选取第三人称全知全能视角，居高临下地讲述强盗的逸闻趣事、言谈举止与品行性格。叙述者如同全知的上帝，知悉强盗的一切言行与想法。因此，他轻而易举地向读者展示了一个孤僻怪异、玩世不恭、不谙世事的强盗形象。显然，强盗的形象几乎完全建立在叙述者滔滔不绝的讲述上，读者并未能亲自窥视强盗的内心想法。此时的叙述者掌握着对强盗的绝对叙述权，并以此证实自己对强盗及其故事的主宰权。在这一部分，叙述者在故事的叙述上介入较多，叙述声音较为强烈，因而作品中叙述者的主观色彩也较为浓烈。

在小说后半部分，则转变为"叙述"（telling）与"展示"（showing）并行的叙事模式。"展示"指的是，小说将从强盗的人物视角观察的事情、强盗的意识流及其讲话，原原本本地呈现给读者。不仅如此，强盗还不时以第一人称出现，讲述自己的故事或透露自己的想法。因而，在小说后半部分，叙述者的声音不再是唯一的叙述声音，强盗也开始部分掌握

对自己的叙述权。这样，强盗形象在读者心中逐渐清晰起来，变得真真切切、活灵活现，他不再是那个与读者隔着一堵墙的怪癖人与边缘人，而是一个拥有主见与个性，桀骜不驯，敢于面对社会，坚持自我的边缘艺术家。

强盗原本是叙述者"我"设计的小说中的人物，听从"我"的安排与建议，而"我"也一再申明："无论如何我都保持着对强盗故事的领导权。我相信自己。"（DR，145）然而申明之后，叙述者似乎立刻又质疑自己的话。他说，他从来不重视"我相信"这类的话，"如果真正相信的话，是不会说出口的"（DR，147）。可见，叙述者在申明自己对强盗故事的"领导权"的同时，也消解了这一权力。小说由独占鳌头的讲述模式到齐头并进的"叙述"与"展示"模式的转换，就是最好的见证。在"展示"模式中，叙述者只能客观地"展示"，而失去了对人物言行与思想的控制权。事实上，这一叙述模式的转变，也正符合人物性格上自主性逐渐增强的发展趋势。人物的刻画、主题的凸显与叙述手法较完美地结合在一起，达到相得益彰的叙事效果。

小说的另一条主线围绕叙述者"我"进行，自述自评"我"的写作过程，中间随意插入"我"的个人见解，并讲述作家"我"的生活状态及内心意识活动。"我"同时具有三重身份，即叙述者"我"、作家"我"和小说人物"我"。"我"的三重身份，打破了小说叙事艺术中，叙述者"我"所受到的种种限制。因为一般在第三人称小说中，叙述者很少以小说人物的身份出现，即使出现也是旁观者的身份，是有限视角，无法窥视人物的内心世界。而在《强盗》小说中，叙述者作为小说人物之一，却拥有全知全能视角。小说中的"我"摆脱了种种限制，成为小说中灵活自由、进退自如的叙述者与小说人物。

叙述者"我"的三重身份与小说采取的"元叙事"叙述模式有关。它是一种"关于叙事的叙事，自我意识的叙事，故事中出现对叙述者与接受者的评论，讨论叙述行为，它把叙述行为作为叙述对象，把叙述的人为性、技巧性裸露在光天化日之下，并为这样的裸露而自鸣得意"①。它在传统小说中很少有用武之地，到20世纪的先锋派小说中，却成了作家们垂青的叙事艺术。

因此，借助"元叙事"模式，叙述者"我"可以不断打断情节，自如地讲述自己的故事，讨论自己的写作计划或者插入对小说人物与偶遇事件的议论。有时甚至在讲故事的过程中，穿插故事、童话、报道、逸闻、哲理等，导致小说表面看起来有些杂乱无章，给人以随意拼贴的感觉。本雅明将瓦尔泽作品中的这种语言特点比喻为杂乱地向四处蔓延的藤茎植物②。一再推延叙述内容是叙述者"我"惯用的叙事手段，比如对足浴的叙述，叙事者"我"不断搁置，又不断提起："关于足浴，我保证还会回叙，单单是出于对我们这个亮丽可爱之城的名誉和对事实敬重的考虑……哎，如果我现在就可以讲述足浴的事就好了。可惜，它得遭到推延了。"（DR，22）对一个小小的足浴事件，叙述者表现出优柔寡断、举棋不定的叙述态度，想叙述，又不得不推延，本雅明称其为"唠

---

① 张薇：《海明威小说的叙事艺术》，上海社会科学院出版社2005年版，第119页。
② 范捷平：《荒芜的语言》，载《解放军外国语学院学报》2003年第4期，第97页。

叨的曲调"（Melodie von Geschwätzigkeit）①，瓦尔泽自称为"推延式"（Verschiebung）的语言方式②。

叙述者"我"写作的同时，将写作本身作为讨论的对象，他抛出叙述对象，却又不断地中断叙述，只是围绕着要叙述的对象兜圈。对此，叙述者解释道："书里的一些东西也许看起来神秘莫测，而这正是我们所期待的。如果一切叙述都赤裸无遮地暴露在您面前，您读着这些纸张，定会哈欠连天、昏昏欲睡。"（DR，60）可见，这种"推延式"叙述的目的之一是调动读者阅读的好奇心与热情，拉伸故事的张力与深度，让小说内容更加神秘莫测。以此手段，叙事者也向读者展示：情节并不一定是最重要的，叙事本身也可成为叙述的中心对象，如同散步一样漫无目的，其实散步本身就是目的。此外，这种叙事手法还有另一个重要的目的："我这么拐弯抹角、啰里啰唆地叙述，意图不过是消磨时间。因为我不得不写出一部篇幅不短的书，否则我会遭到比现在严重百倍的鄙视。绝不能这么继续下去了。因为写不出小说，这里的纨绔子弟都管我叫门仆了。"（DR，103）可见，兜圈式的叙述方式亦源于创作小说的压力。引文字里行间充满叙述者的调侃、无奈与嘲讽。作家身份的"我"在叙述的同时，也在消解叙述、解构小说、调侃读者和嘲讽社会，以一种极不严肃的姿态对待他治下的艺术创作。

双线并行的叙述结构极大地丰富了小说叙述的内容，同时也为叙述

---

① Walter Benjamin: Robert Walser. In: Illumination. Ausgewählte Schriften I. Frankfurt a. M. 1961. S. 372.

② 范捷平：《荒芜的语言》，载《解放军外国语学院学报》2003 年第 4 期，第 97 页。

视角的重合及叙述人称的合二为一提供了可能性。随着小说的发展，叙述者与强盗的距离不断缩短。小说第 104 到 105 页，展现的是卫生局、大学、山顶的亭子、教堂、火车站，以及形形色色的人物如擦皮鞋的、买报纸的、看门人、旅行者、公务员以及失业者乞讨香肠的情景。读者可以明显地感觉到观察视角来自强盗，他身处其中，一直在东瞧西看，镜头亦随着他的目光不断移动，而实际上的叙述声音来自叙述者，强盗的视角与叙述者的声音天衣无缝地重叠起来。不仅如此，随着作家"我"的职业危机的不断加重，小说中也多次出现叙述者"我"与强盗"他"人称上的混淆（DR，16，120）。"我"为了避免与强盗混为一谈，一再声明"我和他绝对是两回事"（DR，189），而实际上，在叙述中，两者却常常混淆在一起，他们的关系越来越纠缠不清。叙述者身上有强盗的影子，或者说小说讲述的其实是一个人物的两面。在两条主线并行的叙述过程中，边缘者强盗、作家"我"及两者的关系得到了完美再现。

　　综观三部小说灵活多变的叙事策略及与主题相得益彰的叙事手段，可以看出瓦尔泽在叙事技巧上的匠心独运。本雅明也曾如此评论叙述本身对作者的重要意义："对于瓦尔泽来说，如何写作从不是次旋律，与写作本身的重要性相比，他讲述的一切内容都要退避三舍。"①

---

① Walter Benjamin: Robert Walser. In: Illumination. Ausgewählte Schriften I. Frankfurt a. M. 1961. S. 371.

附录二 ^①

罗伯特·瓦尔泽作品选译

边 缘

我在路上行走，

不知不觉走远了一点，

那是一条通往精神家园的路；

无声无响我已身处边缘。

——GW XI（1899）

---

① 附录二到附录六的主要参考资料为：Jürg Amann: Robert Walser. Eine literarische Biographie in Texten und Bildern. Zürich-Hamburg 1995; Robert Walser. Dossier. Literatur 3. Zürich 1984; Carl Seelig: Wanderungen mit Robert Walser. Frankfurt a. M. 1990; Elio Fröhlich, Peter Hamm: Robert Walser. Leben und Werk in Daten und Bildern. Frankfurt am Main 1980. 中国海洋大学外国语学院德语系 2013 级学生李金艳、杨艳和胡成静参与了附录二到附录六的部分初稿翻译工作。

哥哥卡尔为罗伯特·瓦尔泽画的像，1900 年

爱

我把自己作为情人

我爱自己，也恨自己

哎，没有哪种爱的力量能像我自己一样

彻彻底底地掌控我

时常，当我独自

沉浸在自己的思维宫殿中

我便是我的黑夜，我便是我的白天

我是我的痛苦，也是我的阳光

我是温暖我的太阳

我是深爱我的心灵

> 毫无保留的爱
>
> 为情人忧虑的心
>
> ——GW Ⅺ（1900）

我知道，我如同一个做手艺活儿的作家，我不是什么中篇小说家。心情好的时候，我就把一行行文字缝制、锻造、抛光、敲打、锤击，或者紧紧地钉在一起，把它们变成浅显易懂的文字。人们要是愿意的话，可以称我为"写作车工"。我的写作，就如同裱糊活儿。然而出于顺从和礼貌，我还是接受了那些友好的人将我视为诗人。在我看来，我的诸多小品文只不过是一个冗长、毫无情节的现实主义故事的片段。对我来说，我间或写下的随笔亦是或长或短，或情节单一或内容丰富的小说章节。我接二连三创作的小说始终可以看成一部小说，一本以各种方式被肢解或分割的自我之书。

> ——GW X，323（1928/1929）

瓦尔泽，1949 年

附录三

罗伯特·瓦尔泽生平阶段划分 [1]

表一：1878—1895 年　比尔的童年时光

1878 年 4 月 15 日：

罗伯特·奥托·瓦尔泽出生在比尔的一个装订工人兼玩具商家中。他在家里八个孩子中排行老七。

1884—1892 年：

上小学和初中，中学最后一年因家庭经济条件困难，不得不辍学。

1885 年：

父亲生意艰难，家道中落，要强的母亲渐渐患上忧郁症。

1892—1895 年：

在伯尔尼州立银行比尔支行当学徒。

1894 年 10 月 22 日：

母亲去世。

1895 年：

投奔在斯图加特工作的哥哥卡尔。因哥哥职务之便，罗伯特得以经常出入剧院。这些经历点燃了瓦尔泽当演员的梦想。

瓦尔泽少年时期

瓦尔泽二十岁左右的照片

我从来都不生病，只能嫉妒那些生病而且能得到家人照顾的孩子。对生病的人，别人总是会说一些好听的话安慰他。所以，我常常幻想自己病了，每次在我的幻想中，当我听到父母温柔地对我说话，我就十分感动。我真的很希望得到他们温情的关怀，然而，这些从来都没有发生过。

——《唐纳兄妹》

---

[1] 表格左列为瓦尔泽生平概要，右列为对应时期的瓦尔泽本人作品、书信与谈话节选。

表二：1896—1905 年 苏黎世时期

1896 年： 回到瑞士，在苏黎世居住十年之久，其间只有几次短暂的外出，但这十年间，瓦尔泽频繁更换工作与住所。 1897 年 11 月底： 第一次在柏林短暂停留。	我在斯图加特一直待到 1896 年的秋天。之后便前往苏黎世，开始在一家保险公司上班，之后又转到一家信贷机构。在此期间，我经常处于无业状态，因为我需要不受任何干扰地写作。只要手头有点积蓄，我就立刻辞职，专心创作。依我个人的经验，一个人要想做出点成就来，就得把全部心思扑在上面。……那个时候，我就是在列宁生活过、格奥尔格·毕希纳病故的镜巷，完成了《弗里茨·考赫作文集》的一部分。……当时，我手头极为拮据，在为失业者设置的写字间誊写了堆积如山的地址。 ——1943 年 1 月 28 日，与卡尔·瑟利希散步途中
1898 年 5 月 8 日： 在约瑟夫·维克多·韦德曼的帮助下，首次在伯尔尼的《联盟》周日文艺副刊上刊发了几首诗。同年，瓦尔泽结识弗兰茨·布莱。 1902 年： 1 月在柏林，接下来两个月住在姐姐丽莎处，4 月再次返回苏黎世。	我的情况是，我每天都会努力学点法语；平时早上去上班，傍晚急匆匆赶回家，期待有信件送来，而我自己一封信都没写过。尽管如此，我每天最少会收到三封信。我已习惯了这样的生活，当我打开门时，首先映入眼帘的便是白色的信封，上面贴着的可爱的邮票和邮戳，它们静静地躺在那里等着我。如果看不到信的话，我就会心神不宁，无法专心工作。我只能理智地告诉自己：你一封信都不写，还指望别人给你写信？！唉，你这个笨蛋！……人要变得冷酷点，在我看来，你就有点太过心软。奇怪的是，我竟然觉得温柔的心灵和冷酷的现实世界的博弈，令人无比着迷。我们这些心肠软的人，总是能在与现实世界的抗争中打漂亮仗。 ——1898 年 5 月 5 日，写给姐姐丽莎的信

续 表

表二：1896—1905 年 苏黎世时期	
1903 年： 就读于伯尔尼的新兵学校；7 月底至 12 月在苏黎世湖畔的威登斯威尔担任工程师卡尔·杜布勒的助手。 1904 年： 1 月再次回到苏黎世，成为苏黎世州立银行的一名职员；11 月参加伯尔尼的首次军事培训课；11 月末，第一本书籍《弗里茨·考赫作文集》在岛屿出版社出版。	我们俩要不要寻找个主人，一辈子委身其下？你当女佣，我做忠实的小狗？至少我经常幻想这样的生活。人呀，要乐观地看待这尘世的一切，要勇于直面生活。还是不要胡思乱想了。亲爱的丽萨，悲伤是这世上最大的罪念。宁可游戏人生，也不要悲伤难过。上帝憎恶悲伤的人。 ——1902 年 3 月，致丽萨 瞧那太阳！ 就是它， 带来寒冷和不幸！ ——1904 年 4 月 11 日，写给范妮

表三：1905—1913 年 柏林时期

1905 年：

3 月迁居柏林，住在哥哥卡尔处。此时的卡尔是画家与舞台布景设计师，在柏林小有名气。这一年，瓦尔泽在一所仆人学校上学。之后，10 月一直到当年年底，在上西里西亚的达姆布劳宫殿当仆人。

恩，坦率跟您说，在柏林的时候我很喜欢在粗俗的小酒馆和舞厅里闲荡。那时候，我和卡尔以及一只叫"姆狮"的猫一起住在卡尔的工作室里。卡尔常常在那里给她的捷克女友和一条灵犬作画，但他从来不画我。我从不关心上流社会的事儿，而是贫穷但快乐地生活着，倒像个无忧无虑的舞者。那时候我也常常酗酒，有时候确实很不像话。但是幸运的是，我最后又回到了我可爱的姐姐丽萨身边，回到了比尔。细想起来，我可不敢带着这样的名声回到苏黎世。

——1943 年 1 月 28 日，与卡尔·瑟利希散步途中

1906 年：

一月初返回柏林。创作小说《唐纳兄妹》，并于 1907 年在布鲁诺·卡西尔的出版社出版。随后又创作了第二部小说，可惜这部小说不幸遗失。

《唐纳兄妹》

小说不能一本接一本地连着写，写小说毕竟是个严谨、细致的活儿，需要饱满的激情。去殖民地的念头我只能放弃了，一来太费钱，二来要花掉很多时间。人们想要逃避的话，也没必要跑到那么远的地方，因为这样很容易对一切与艺术或艺术家生活有关联的东西失去感觉。此外我觉得，微不足道也是一种不错的生活方式，它甚至比功成名就更让人着迷。一个终生职业既是个碍手碍脚的东西，但同时也是一件美妙又能息交绝游的事。但谁想与世隔绝呢，反正我想。我不想去非洲了，现在暂时没有兴致，以后也不应该有。蹲监狱倒会是一种深刻的经历，不过我也只是在这儿胡说八道。

——1906 年 11 月，写给克里斯汀·摩尔根斯坦的信

续 表

表三：1905—1913年 柏林时期	
1907年： 完成《助手》，并于第二年春天在布鲁诺·卡西尔的出版社出版。搬出哥哥卡尔的工作室，有了自己的独立住所。	我开始成为作家的时候，我重生了，我开始作为人存在了。对我来说，每一天都如同一个崭新的世界，它似乎在夜间死亡，又在第二天凌晨从死亡中苏醒了。 ——《诗歌II》，1919年 《助手》小说
1908年： 创作小说《雅考伯·冯·贡腾》，并于1909年春在布鲁诺·卡西尔出版社出版。	 《雅考伯·冯·贡腾》
1909年： 在布鲁诺·卡西尔出版社出版了精装版的《诗歌集》，并配有卡尔·瓦尔泽的铜版画。	 《诗歌集》

续 表

表三：1905—1913 年 柏林时期	
1912 年 11 月： 住在夏洛滕堡。创作《散文集》和《故事集》，并先后于 1913 年、1914 年在莱比锡的库尔特·沃尔夫出版社出版。	 卡尔为罗伯特《诗歌集》所配版画，诗篇题目为《雪》
 柏林时的瓦尔泽， 1905 年	

表四：1913—1921 年 比尔时期

1913 年： 返回瑞士，从 7 月起一直住在比尔"蓝十字"旅馆的一间阁楼里，并在那度过了七年。也是从这一年起，瓦尔泽和弗丽达·梅尔美开始建立友谊。	当我 1913 年带着 100 瑞士法郎从柏林回到比尔的时候，我觉得我应该尽量保持低调。实在没有什么值得欢呼雀跃的事情。在比尔，不管白天，还是晚上我一个人都会出去散散步，中间的时间则用来写作。到最后，穷尽了一切可写的母题后，如同牛吃光了整个草原一样，我偷偷地溜回了伯尔尼。 ——1939 年 4 月 23 日，与卡尔·瑟利希散步途中
1914 年： 2 月 9 日，父亲不幸去世。同年，瓦尔泽着手《小诗集》的创作，作者也因为这部诗集被授予"莱茵兰作家妇女联合会奖"。《小诗集》第一版于 1914 年秋天出版，第二版于 1915 在莱比锡的库尔特·沃尔夫出版社出版。	 《小诗集》 在冬天，爬山和烤火炉一样，都会让人全身暖洋洋。阁楼上温暖的阳光正将我层层包裹，十分惬意。您和您可爱的孩子最近还好吗？您送给我的烧酒，我一拿到就迫不及待地直接对着瓶口喝了好几口。亲爱的梅尔美，您对我这么好，我真诚地感谢您的友情。我每天都会想念您的。想到您可爱的眼睛、清秀的脸庞，还有您曼妙的身姿，我就感到无比快乐。亲爱的梅尔美，可敬的梅尔美，我可以这样热切地去思念您吗？ ——1913 年 12 月，写给弗丽达·梅尔美

续 表

表四：1913—1921 年 比尔时期

1914—1918 年：多次服兵役。 1916 年：完成中篇小说《散步》。 1917 年：在苏黎世的拉舍尔出版社出版《散文集》；在弗劳恩菲尔德的胡贝尔出版社出版《散步》；在伯尔尼的弗兰克出版社出版《小散文》。  《散文集》  《散步》	亲爱的梅尔美，为了掩人耳目，我们之间的书信来往都是借助我妹妹之手悄悄进行，贝勒莱这里的人至今还没有觉察到这件事，您说我们做得够隐秘吧。秘密的事情总是珍贵的，似乎还预示着一些好的兆头。我真想好好地坐在您身边，久久凝望您的双眸。这一定会是件幸福的事。 ——1914 年 1 月，写给弗丽达·梅尔美 面包上涂上点黄油就是一道令人垂涎的美味，但愚蠢的人类偏偏要败坏这种健康美好的食物带来的乐趣。目之所及之处都是笨蛋和蠢材。蠢货们跑进工厂，制造弹药，其他类型的笨蛋和蠢货也不计其数。几亿个战略家围着餐桌分吃所剩无几的食物。可怜了那些无助的，只能干瞪眼的人。……亲爱的梅尔美女士，我清楚地知道，即便是孩子们，那些小孩们，甚至是小脑瓜里装满恶作剧的傻乎乎的男孩们，都能比如今那些干瘦的国家统治者、世界统治者更好地统领这个世界。或者女士们，像您这样的或者像有些其他女士那样的人，都应该做国王和君主。 ——1918 年 9 月，写给弗丽达·梅尔美的信

续 表

表四：1913—1921年 比尔时期

1918年：

在弗劳恩菲尔德的胡贝尔出版社出版作品集《诗人生涯》。

1919年：

在苏黎世拉舍尔出版社出版作品集《湖地》；由出版商布鲁诺·卡西尔出版《喜剧》；《诗集》在布鲁诺·卡西尔的出版社再版；完成长篇小说《托波特》。

《喜剧》

那里的人们很友好。他们有一个好习惯，即：常常询问彼此是否需要帮助。他们不会冷漠地从他人身旁径直走过；也不会烦扰他人。他们体贴入微，却不会窥探他人隐私；彼此亲近，却又不会让他人感到不舒服。不幸的人，不会久久地沉湎其中，幸福的人，也不会因此目空一切。

居住在那里的人们，思想境界很高，他们不会对别人毫无兴趣的东西产生兴致，也不会在别人处境困窘时幸灾乐祸。这种恶劣的态度，只会让他们感到羞愧。他们情愿自己遭受损失，也不愿眼睁睁地看别人蒙受不幸。这种对美和美好世界的向往，使他们不忍目睹同胞遭受不幸，人人都将最美好的祝福寄予彼此。在那里，没有人只顾个人利益，也没有人只想着照顾好自己的妻儿老小。他们只希望，别人家的妻子和孩子也同样感到幸福。

当那儿的人们看到他们中的任何一个人遭受不幸时，他们自己的幸福感也瞬间荡然无存了。在这个充满博爱的地方，所有人如同生活在一个大家庭一样。如果不是所有人都感到幸福美满，便不会有人感觉幸福。在那里，人们不知嫉妒为何物，报复就更无从说起了。在那里，任何人都不会妨碍他人，也不会想着超过他人。

在那儿，即使有人知道别人的缺点，也不会趁机利用它，作为自己谋取利益的手段。每个人都会替他人着想；每个人也都有着相近的力量，掌握着同等的权力。因此，在那儿，强者和有权势者并无立足之地，也不会受到称赞。

表四：1913—1921 年　比尔时期	
1921 年： 从比尔迁居伯尔尼。	那里的人们享受着给予与获得的权利，两种权利以一种理性、理智的方式，优雅地交替进行。爱是那儿最重要的法则，友谊则优于一切准则。 　　这些健康的人儿居住的地方，没有贫富之分，也从未有过皇帝或国王的存在。男女间也一律平等，任何性别都不会统治另一种性别。除了自我统治之外，任何人无权统治他人。 　　那儿的一切事务以服务他人为宗旨；人们的共同愿望是消除苦痛，没有人会想着享受。每个人都自愿贫穷，结果是实际上没有人是贫穷的。 　　那里是那样美好，我真想安身于此，生活在那些因自我约束而能充分享受自由的人们中间，生活在彼此尊重的人们中间，生活在不知恐惧为何物的人们中间。然而我不得不认识到，一切只是我的幻想。 　　战争爆发了。所有人都奔向军营，拿起了武器。连我们故事中的这位工人也不假思索地匆忙前往。是啊，祖国需要你献身的时候，哪有空去想那么多？为国效力的想法占据了他的整个脑海，别的一切都顾不上了。 　　不久后，他已站在行军队列里，天生就健壮的他，看上去强壮有力。他感觉，与战友们在尘土飞扬的街道上一同行军抗敌真是件神圣、美妙的事情。他们唱着军歌前进着，很快战役就打响了。哎，谁知道呢，或许那个工人已加入那些为祖国英勇牺牲者之列吧。 　　——《一位工人》，112—116，节选自《诗人生涯》（1915 年）

表五：1921—1929 年 伯尔尼时期（居无定所）

1921 年： 在伯尔尼国家档案馆做了几个月图书馆管理员。 **1922 年：** 在霍廷根"读书俱乐部"朗读未发表的《台奥多》选段。 **1923 年：** 因坐骨神经痛住进医院一段时间。同年秋，徒步漫步到日内瓦。 **1924 年：** 开始《费利克斯》的写作。也是从这一年起，瓦尔泽的手写体发生变化，他开始用微型字体写作，《费利克斯》便是其中的一部代表作品。	很久很久以前，一位伯爵的儿子为了彻底地了解"敬畏"的含义，到世界各地周游。与他不同，我为了体验女人耳光的滋味，常常四处闲逛。可惜的是，我这最私心的、最大的愿望至今仍未实现。女士们都敬重我，我也一般极尽所能地向她们献殷勤。只有白葡萄酒会让我变得放肆。因此，我诚挚地请求你，给我寄些酒来吧。今年我没有做出太多成绩，我希望留点机会给那些有天赋的人，让他们充分发挥其才能。尽管如此，我差不多依然是瑞士的第九大诗人。带着这样的头衔向你致以诚挚的问候，但如你所希望的那样，我不会太过忠实于你，因为你说这样会让你感到些许无聊。 ——1923 年 12 月，致弗丽达·梅尔美

续 表

表五：1921—1929 年 伯尔尼时期（居无定所）

1925 年： 《玫瑰集》在柏林的罗沃特出版社出版，这也是瓦尔泽生前最后一次出版作品集。之后，瓦尔泽似乎不再热衷于出版作品。同年，创作《强盗》，但该小说直到 1972 年才与读者见面。	在"傻"这一概念中，包含着一些耀眼的、美好的、相当高贵的意味，也包含着智者们正迫切渴望的一些事物，他们也在不断尝试将其吸收到自己身上。举止愚蠢、无知其实也是一门艺术，一种精湛的艺术手段，很少有人能真正达到这种境界。为什么莎士比亚作品中的女性形象被塑造得如此杰出、光彩耀人？因为他很早以前就明白了这一道理，或者对他来说，有些东西不说出来，反而是一种令人陶醉的艺术。未经言说出来的东西，通过人物形象再现更可达到惟妙惟肖的境界。……在各种色调的文学作品中，唯理智论"唯独"是仆人。作家如果可以把这位所谓的仆人运用到极致，就能在创作时攀登顶峰，写出最好的东西。 ——1926 年 3 月 18 日，写给马克思・雷希纳 目前我的散文生意实在不景气。不过，我不会因此气馁的。 ——1928 年，写给弗丽达・梅尔美
1928 年 4 月 15 日： 瓦尔泽孤单地过完了 50 岁生日。	 瓦尔泽 1927/1928 年的照片

表六：1929—1933 年 在伯尔尼的瓦尔道精神疗养院

1929 年：

房东发觉瓦尔泽有时行为怪异，会提出一些无理要求，而且有时半夜会从他的房间传出喧闹声。瓦尔泽自己也承认内心的恐惧。经医生诊断，瓦尔泽患有遗传性抑郁症，有"幻听"现象，并最终诊断为"精神分裂症"。

1 月 25 日，在姐姐丽萨的建议下，瓦尔泽进入瓦尔道精神疗养院。在此期间仍然继续创作，也将自己的作品寄给报社。

刚到瓦尔道时，因床位紧缺，瓦尔泽被临时安排到监护大厅中，后来当空出一间单人房时，瓦尔泽借口害怕一个人住，不愿意挪动住处。然而，实际上他很少和别人来往。在疗养院期间，瓦尔泽一般上午帮助打扫房间，下午在园圃帮忙。有时，他会和一位病友一起打台球或下象棋。疗养院准许他接待客人或短暂离开，而他几乎没有使用过这些特权。

我真的很健康，同时也真的是病了……我的疾病是一种很难界定的头部方面的疾病，据说是不治之症。不过，它并不妨碍我思考我感兴趣的事情，我可以正常写作或者跟别人礼貌来往，可以尽情地享受美食。

——1919 年 12 月 23 日的一封信

是的，没错，我把能写的题材全都写光了，此刻就像被火炉烧尽的死灰。我不顾院方的警告，依然努力写作，然而绞尽脑汁写出来的却是些滑稽可笑的、毫无意义的东西。一直以来，我只能成功地写那些自然而然从我脑袋里冒出来的想法或者是自己亲身经历的事情。有几次，我试图自杀，却没有一次能打好绳套。后来，情况变得更糟，我姐姐丽萨只好把我送到瓦尔道精神病院。那天，在进入精神病院大门前，我还在问她"我们这样做是对的吗？"。从她的沉默中我已经知道了答案。除了进入这里，我还有别的选择吗？

——1939 年 4 月 23 日，与卡尔·瑟利希散步途中

续 表

表六：1929—1933 年 在伯尔尼的瓦尔道精神疗养院	
 瓦尔道精神疗养院的园圃	在疗养院，一直困扰我的恐惧症也消失了。我猜想主要原因是，我目前不再写作。而且我也倾向于这种看法：我之前和你、和可亲的女房东谈起的恐惧感，实际上源自创作危机，源自长久的孤单。 ——1929 年 2 月 11 日，写给姐姐丽萨的信

表七：1933—1956 年 在赫利萨期间	
1933 年： 在违背本人意愿的情况下，瓦尔泽被转入家乡所在州的赫利萨康复中心，从此绝笔。	在赫利萨的日子里，我不再写作。写作还要什么意义？我的世界彻底被纳粹摧毁了。我供稿的那家报社停刊了，编辑们不是被赶走，就是丧生。从此，我整个人失去了活力，化石般地活着。 ——1944 年 1 月 2 日，与卡尔·瑟利希散步途中
1936 年： 卡尔·瑟利希希望整理、再版瓦尔泽的所有作品，第一次来拜访瓦尔泽，从此开始了他们长达二十多年的散步与谈话。这一年《助手》也得以出版。	现在到处银装素裹。街道上白茫茫一片，覆满了柔软的雪花。战况越来越激烈了。谢天谢地，我们生活的地方远离战场。顽皮的孩子们依然嬉戏打闹，他们的世界单纯美好，没有战争的困扰。生活也有其美好的地方，不是吗？因此，人还是要好好生活，随时留意可能发生的危险。 ——1941 年 12 月 29 日，写给妹妹范妮

续 表

表七：1933—1956 年 在赫利萨期间

1937 年：

《巨大的小世界》出版，该作品集由卡尔·瑟利希挑选出的散文组成。

1943 年：

哥哥卡尔去世。

1944 年：

姐姐丽萨去世。卡尔·瑟利希成为瓦尔泽的监护人。1947 年：

关于瓦尔泽的第一部传记面世，它就是奥托·齐尼科所写的《诗人罗伯特·瓦尔泽》。

1950 年：

《雅考伯·冯·贡腾》再版。1953 年：

由卡尔·瑟利希出版《散文创作》。

在这座院子（赫利萨康复中心）里有我需要的安宁。嘈杂属于年轻人，我更喜欢悄无声息地消失。难道这样的日子不够美妙吗？

——1943 年 1 月 28 日，与卡尔·瑟利希散步途中

在我的周围，一直有人密谋除掉我这类臭虫。只要是与他们的世界不合拍的，都会被傲慢地拒之门外。我从来不敢相信我会被赶到那里去，我甚至自己连瞄一眼、想一下的勇气都没有。我就这样度过了我的一生，在市民社会的边缘。难道这样不好吗？

——来自瓦尔泽自己写的生平

瓦尔泽，1942 年，瑟利希拍摄

续 表

表七：1933—1956 年 在赫利萨期间

1956 年 12 月 25 日：

在美美地吃了一顿圣诞晚餐后，瓦尔泽一如既往地出去散步，途中不幸滑倒在雪中，再没站起来。如同其第一部小说《唐纳兄妹》中的塞巴斯蒂安，瓦尔泽也最后安息在皑皑白雪中。

瓦尔泽 75 岁生日，瑟利希拍摄

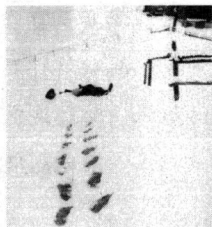

瓦尔泽雪中长眠

附录四

罗伯特·瓦尔泽生平自述节选

生平 I（1920）

1878 年 4 月 15 日，罗伯特·瓦尔泽出生在瑞士伯尔尼州的比尔，在家里八个孩子中排行老七。瓦尔泽初中一直读到 14 岁，之后离开学校，学习了银行行业的知识。17 岁那年，他离开家乡，前往巴塞尔，并在那里的冯·史拜耳公司工作了一段时间，后来又在斯图加特的德国出版社"联盟"找到一份工作。一年后，瓦尔泽徒步漫游，经过图宾根、赫辛根、沙夫豪森等地到达苏黎世。在那里，瓦尔泽一会儿在保险公司，一会儿又在银行工作，也曾先后居住在阿苏兹和苏黎世山上，并且开始写诗。需要说明的是，写诗并不是在工作之余进行，瓦尔泽每次都会为了写诗专门辞掉工作。因为在他的认知中，艺术是一项伟大的事业。事实上，写作对瓦尔泽来说是一种近乎神圣的事业，虽然有些人也许会觉得这点夸大其词。每次花光积蓄后，瓦尔泽才会再去找份合适的工作。就这样瓦尔泽来到了他所喜欢的图恩和索洛图恩。是啊，这样美丽、被群山环绕的地方，谁不喜欢呢？难道那里没有中世纪城堡，没有风格独特的巴洛克大教堂吗？但是不久后，瓦尔泽就又回到了苏黎世。据说，他在特里特里街巷的一个非常漂亮的房子里住过一段时间，那个房子有两间卧室，还带有花园。也是在这里，瓦尔泽写了很多小散文，并以作品集的形式，用《弗里茨·考赫作文集》这个书名大胆地发表了。为了维持生计，瓦尔泽有时在"失业者写字间"为他们写东西，有时在苏黎世湖的别墅区做佣人。这些经历并没有对他产生不利的影响，相反他通过这些工作，或多或少地开始了解这个世界和生活在其中的人们，当然也开始了解他自己，这对他来说还是很重要的。在经济拮据的情况下，瓦尔泽去了德国。有人说，他给一个伯爵当过仆人。可以确定的是，在这期间，瓦尔泽做过"柏林脱离派"（19世纪末德国的一个艺术流派）的文秘，但这份工作也没有持续很久。因为瓦尔泽很快就发现，自己还是更适合写作，适合尝试写小说。瓦尔泽创作了《唐纳兄妹》《助手》和《雅考伯·冯·贡腾》三部小说，并且写了无数大大小小、篇幅不一的随笔和故事。就这样，瓦尔泽在柏林待了七年。之后他回到家乡，在比尔住了下来，继续从事他已开始的写作事业。他非常努力地发展自己的写作事业，努力做一位高产作家。

——罗伯特·瓦尔泽，GW XII，283-284

原书页

瓦尔泽的生平手稿

附录五

对罗伯特·瓦尔泽的评价选译

摘自写给出版商布鲁诺·卡西尔的信（1906 年）

克里斯蒂安·摩根斯坦

　　这个男人一生都会这样言说下去，他会越来越优美地、越来越有影响力地以这种方式继续创作。他的作品将会是其奇异绝妙的生活的真实写照。他的生活不像正常人的生活，更像一株随意生长的植物，就这样自由地长啊长。现在，他仍处在黎明前的破晓时分，一旦阳光从他体内迸射，一旦他挣脱少年多愁善感的面纱，蜕变为自信、有自我决断能力的成熟男性，就像成熟的果核从果皮中剥落一样，这一过程一定会是个震惊世界的壮观。现在的他还像个孩子，完全忽视了人类内心深处的市民性，他把世界看成是一个仍在不断形成中的奇迹。但他会日益成熟，会将那些人们认为理所当然必须采取措施解决的重要问题，有意识地当作自己应该完成的任务；他会成为自由的狂热追求者，成为个体精神自主的捍卫者。这里说的不是个体的自主，而是个体精神的自主，这是一种唯一可能的绝对自由，它转化为我们当下所谓的宗教，同时也受到超越时代界限的伟大思想的滋润与充盈。他能否迸发出这样的思想，创造出这样的新词（如陀思妥耶夫斯基所说），尚不得而知。克伦威尔曾说过"不知道自己去往何处的人，往往会走得最远"。谁知道，这句话会不会在这位奇异的沉思者身上再次应验？

写给艾森纳校长的信（1909）

弗兰茨·卡夫卡

亲爱的艾森纳先生，我很感谢您寄给我的包裹，我的专业知识无论如何也非常糟糕。瓦尔泽认识我吗？我虽然不认识他，但我读过他的《雅考伯·冯·贡腾》，这是本好书。其他的作品我就没读过了，部分是您的责任，因为尽管我提过建议，但您最后还是没有买《唐纳兄妹》这本书。我记得西蒙好像是这些兄妹里的一个。他是不是到处转悠，还感觉十分幸福？他是不是最后什么出息都没有，仅仅是读者的消遣对象？真是一个差劲的职业生涯，但只有这样的经历才能反映现实，这也是一位好作家想方设法、不惜一切代价要达到的目的。从表面看，这类人四处游走，包括我在内，我还能列举几位，但他们并不是因微不足道而备受关注，而是因为他们在优秀的长篇小说中得以照亮人类社会的每一个角落。可以说，这些人脱离其上一代的速度稍微慢了点，但人们不能要求所有人都以同样的速度和节奏赶上时代的步伐。只要在前进途中落下一次，便很难再赶上整个队伍的步伐，这一点毋庸置疑。然而，那些被遗弃的步伐也别有一番景致，人们不禁想打赌，这不是人类的步伐，但这场赌注肯定会输。您想一想，如果可以看清楚在跑道上奔跑的马的眼神，看清楚正在跨栏赛跑的马的目光，那么人类会很容易地窥视到赛马行业极端、真实的本质。一排排的看台、情绪高昂的观众们、某一特定季节在某一特定的地方举办，等等，等等，还有乐队演奏出的最后一支华尔兹舞曲也是人们的最爱。假如我的马掉头跑了，不愿意跨栏，绕着栏架跑，或者它逃走了，更想待在室内，或者它干脆把我从马背上抛下，毫无疑问，它似乎会赢得所有人的关注。观众席中常常会出现空隙，一些人兴高采烈地伸直腰板，另一些人则垂头丧气地缩在座位上。无数只手摇来摇去，如同在风中摇摆。雨轻轻地飘在了我的身上，虽然很短暂，但还是有观众感觉到了，他们向我致意表示支持我，而我则像一条虫子一样狼狈地躺在草地上。这能说明些问题吗？

附录六

献给罗伯特·瓦尔泽的诗

罗伯特·瓦尔泽——美好的边缘（1978）

葛楚·威尔克

1.

痛惜

你的缺席，我甚至无从知晓

你的喜好，在你的文字中

也不见你的踪影，常常在字里行间

捉迷藏，却不在任何一处

停留片刻。

报纸上

他们写道，

人们计划让你复活

在嘈杂声中，你的声音还是不会被听到，

即使你对此非常在意

但你生前已将自己放逐到"美好的边缘"

你躺在雪中，那儿

没有人会找你回家。

2.

绿色的草地你不再

踏过，无视它

向冻得发紫的侏罗山暗送秋波，

无视对面光秃秃的森林

在白雪中抽枝发芽

正是在你出生的月份，满足于

没有人看到你从旁边经过时

没戴帽子，

演讲者谈论着你

丝毫不畏惧你沉寂的名字，

让你一再在众人面前孔雀开屏

你依然看不见，听不见，

当人们再次将你安葬。

参考文献

一、外文文献

1.Anthony, P. D.: The Ideology of Work. London 1977.

2.Auerbach, Nina: Romantic Imprisonment: Women and Other Glorified Outcasts. New York 1986.

3.Avery, Goerge C.: Inquiry and Testament. A Study of the Novels and Short Prose of Robert Walser. Philadelphia 1968.

4.Benjamin, Walter: Robert Walser. In: Illuminationen. Ausgewählte Schriften 1. Frankfurt a. M. 1961.

5.Bennholdt-Thomsen, Anke / Alfredo, Guzzon: Der „Asoziale " in der Literatur um 1800. Königstein 1979.

6.Bichsel, Peter: Geschwister Tanner lesen. In: Robert Walser. Dossier. Literatur 3. Zürich 1984.

7.Biddle, B.J./ Thomas, E.J.: Role Theory. Concepts and Research. New York 1966.

8.Binggli, Ulrich: Intertextualität und Lektüresemiotik. Der „Räuber "-Roman von Robert Walser. In: Zeitschrift für Semiotik. 2002. Jg. 24.

9.Borchmeryer, Dieter: Dienst und Herrschaft. Ein Versuch über Robert Walser. Tübingen 1980.

10.Butzer, Günter & Jacob, Joachim (Hg): Metzler Lexikon literarischer Symbole. Stuttgart 2008.

11.Canetti, Elias: Einige Aufzeichnungen zu Robert Walser. In: Katharina Kerr (Hg.): Über Robert Walser. Bd. II. Frankfurt a.M. 1978.

12.Dahrendorf, Ralf: Homo Sociologicus. Ein Versuch zur Geschichte, Bedeutung und Kritik der Kategorie der sozialen Rolle. Wiesbaden 2006.

13.Desilets, André: Protest und Außenseitertum im Werk Arno Schmidts. Frankfurt am Main 1987.

14.Echte, Bernhard: „Bedenkliches ". Überlegungen zur Kulturkritik bei Robert Walser. In: Wolfram Groddeck (Hg.): Robert Walsers „Ferne Nähe ". Neue Beiträge zur Forschung. München 2007.

15.Engel, Manfred: Außenwelt und Innenwelt. Subjektivitätsentwurf und moderne Romanpoetik. Robert Walsers „Jakob von Gunten " und Franz Kafkas „Der Verschollene ". In: JbdSG 30 (1986).

16.Evans, Tamara S.: Walser und die Kulturindustrie. In: Tamara S. Evans: Robert Walsers Moderne. Bern 1989.

17.Fiedler, Leslie A.: The Stranger in Shakespeare. Helm, London 1972.

18.Fontane, Theodor: Die gesellschaftliche Stellung des Schriftstellers

(1891). In: Beate Pinkerneil (Hg.): Literatur und Gesellschaft. Frankfurt 1973.

19.Frisch, Ephraim: Ein Jüngling. Jakob von Gunten. In: Katharina Kerr: Über Robert Walser. Bd. I. Frankfurt a. M. 1978.

20.Fürstenberg, Friedrich: Randgruppen in der modernen Gesellschaft. In: Soziale Welt. 1965. Jg.16. H. 3.

21.Goldberg, Milton M.: A Qualification of the Marginal Man Theory. In: American Sociological Review. Vol. VI. No.1 (Feb., 1941)

22.Golovensky, David I.: The Marginal Man Concept: An Analysis and Critique. In: Social Forces. Vol. 30. No. 3. 1952.

23.Grenz, Dagmar: Die Romane Robert Walsers. München 1974.

24.Greven, Jochen: Existenz, Welt und reines Sein im Werk Robert Walsers. Köln 1960.

25.Greven, Jochen: Robert Walser und Christian Morgenstern. Zur Entstehungsgeschichte von Walsers frühen Romanen. In: Katharina Kerr (Hg.): Über Robert Walser. Bd. II. Frankfurt am Main 1978.

26.Greven, Jochen: Robert Walser. Figur am Rande in wechselndem Licht. Frankfurt a. M. 1992.

27.Haltung, Wolfgang: Gesellschaftliche Randgruppen im Spätmittelalter. Phänomen und Begriff. In: Bernhard Kirchgässner & Fritz Reuter (Hg.): Städtische Randgruppen und Minderheiten. Sigmaringen 1986.

28.Hamm, Peter: Der Wille zur Ohnmacht. Über Robert Walser, Fernando Pessoa, Julien Green, Nelly Sachs, Ingeborg Bachmann, Martin Walser und andere. München, Wien 1992.

29.Heintz, Peter: Einführung in die soziologische Theorie. Stuttgart 1962.

30.Hesse, Hermann: Eine Literaturgeschichte in Rezensionen und Aufsätzen, Hg. von Volker Michels, Frankfurt am Main 1979.

31.Hinz, Klaus-Michael: Robert Walsers Souveränität. In: Akzente. Zeitschrift für Literatur. Heft 5. Hg. von Michael Krüger. 1985.

32.Hobus, Jens: Poetik der Umschreibung. Figuration der Liebe im Werk Robert Walsers.Würzburg 2011.

33.Holona, Marian: Arbeit – Mediocritas – Müssiggang zur Sozialethik in Robert Walsers Kleinprosa. Warszawa 1980.

34.Holona, Marian: Zur Sozialethik in Robert Walsers Kleinprosa. In: Katharina Kerr (Hg): Über Robert Walser. Bd. III. Frankfurt a. M. 1978.

35.Hong, Kil-Pyo: Selbstreflexion von Modernität in Robert Walsers Romanen „Geschwister Tanner ", „Der Gehülfe " und „Jakob von Gunten ". Würzburg 2002.

36.Jakob, Christoph: Robert Walsers Hermeneutik des Lebens. Düsseldorf 1997.

37.Jürgens, Martin: Die Erfahrung der Heteronomie in der späten Prosa Robert Walsers. In: Katharina Kerr (Hg): Über Robert Walser. Bd. II. Frankfurt a. M. 1978.

38.Kafka, Franz: Briefe 1902 bis 1924. Frankfurt a.M. 1958.

39.Karstedt, Susanne: Soziale Randgruppen und soziologische Theorie.

In: Manfred Brusten, Jürgen Hohmeier (Hg.): Stigmatisierung 1. Zur Produktion gesellschaftlicher Randgruppen. Neuwied und Darmstadt 1975.

40.Kaufmann, Herbert L.: Large and small worlds in Robert Walser's Novels. In: Literatur in Wissenschaft und Unterricht. 1970. Bd. III. Heft 1.

41.Kerr, Katharina (Hg.): Über Robert Walser. Bd. I Frankfurt a. M. 1978.

42.Keutel, Walter: Röbu, Robertchen, das Walser: Zweiter Tod und literarische Wiedergeburt von Robert Walser. Tübingen 1989.

43.Kinder, Hermann: Flucht in die Landschaft. Zu Robert Walsers „Kleist in Thun ". In: Heinz Ludwig Arnold (Hg.): Text + Kritik. H. 12/12a. 2004.

44.Krappmann, Lothar: Soziologische Dimensionen der Identität. Stuttgart 1971.

45.Lukacs, Georg: Die Theorie des Romans. Ein geschichtsphilosophischer Versuch über die Form der großen Epik. Frankfurt a. M. 1989.

46.Lüthi, Hans Jürg: Der Taugenichts. Versuche über Gestaltungen und Umgestaltungen einer poetischen Figuren in der deutschen Literatur des 19. und 20. Jahrhunderts. Tübingen 1993.

47.Magris, Claudio: Vor der Türe des Lebens. In: Katharina Kerr (Hg.): Über Robert Walser. Bd. III. Frankfurt a. M. 1979.

48.Mann, Thomas: Betrachtungen eines Unpolitischen. Frankfurt a. M. 1956.

49.Mann, Thomas: Gesammelte Werke in 13 Bänden. Bd. XI. Frankfurt a. M.: S. Fischer Verlag. 1990.

50.Mayer, Hans: Außenseiter. Frankfurt a. M. 1975.

51.Meier, Frank: Gaukler, Dirnen, Rattenfänger. Außenseiter im Mittelalter. Ostfildern 2005.

52.Meyer, Herrmann: Der Sonderling in der deutschen Dichtung. München 1963.

53.Middleton, J. Ch.: The picture of nobody. Some remarks on Robert Walser with a note on Walser and Kafka. Revue des Langues Vivantes (Bruxelles), 24. Jg., 1958.

54.Neubert, Brigitte: Der Außenseiter im deutschen Roman nach 1945. Bonn 1977.

55.Neumann, Thomas: Der Künstler in der bürgerlichen Gesellschaft. Entwurf einer Kunstsoziologie am Beispiel der Künstlerästhetik Friedrich Schillers. Stuttgart 1968.

56.Osswald, Klaus-Dieter: Das Konzept des Marginal Man in der Soziologie. In: Sozialwissenschaftlicher Studienkreis für Internationale Probleme. Bd. 20/21. 1969.

57.Park, Shina: Robert Walsers Prosa und die bildende Kunst der Jahrhundertwende. Köln 1994.

58.Pender, Malcolm: Gesellschaft und künstlerische Imagination am Beispiel Robert Walsers. In: Klaus-Michael Hinz, Thomas Horst (Hg.): Robert Walser. Frankfurt a. M. 1991.

59.Pleister, Michael: „Jakob von Gunten ": Utopie oder Resignation? In:

Sprachkunst. Beiträge zur Literaturwissenschaft. Jahrgang XXIII. Wien 1992.

60.Rudolf, Margot Wittkower: Künstler. Außenseiter der Gesellschaft. Stuttgart 1965.

61.Schafroth, Heinz F.: Wie ein richtiger Abgetaner. Über Robert Walsers „Räuber"-Roman. In: Katharina Kerr (Hg): Über Robert Walser. Bd. II. Frankfurt a. M. 1978.

62.Scheuch, E.K./ Kutsch, Th.: Grundbegriffe der Soziologie. Stuttgart 1975.

63.Schmidt, Klaus: The Outsider's Vision. Frankfurt am Main 1994.

64.Schmidt-Hellerau, Cordelia: Der Grenzgänger. Zur Psychologik im Werk Robert Walser. Zürich 1986

65.Schneider, Alois: Die Erziehung liederlicher und arbeitsscheuer Verbrecher zur Arbeit. [Diss]. Universität Zürich 1919.

66.Sedelnik, Vladimir: Robert Walser: Das Gesamtwerk. In: Katharina Kerr (Hg.): Über Robert Walser. Bd. III. Frankfurt a. M. 1979.

67.Seelig, Carl: Wanderungen mit Robert Walser. Frankfurt a. M. 1990.

68.Smith, Sidonie: A Poetics of Women's Autobiography: Margninality and the Fictions of Self-Representation. Bloomington 1987.

69.Starck, Astrid: Die Räuberfigur in Robert Walsers Roman „Der Räuber". In: C.A.M.Noble (Hg): Gedankenspaziergänge mit Robert Walser. Bern 2002.

70.Stefani, Guido: Der Spaziergänger. Untersuchungen zu Robert Walser.

Zürich 1985.

71.Stonequist, Everett: The Problem of the Marginal Man. In: American Journal of Sociology. Vol. XLT. No. 1 (July, 1953).

72.Utz, Peter: Robert Walsers Jakob von Gunten. Eine „Null"-Stelle der deutschen Literatur. In: Deutsche Vierteljahres Schrift für Literaturwissenschaft und Geistesgeschichte. 74. Jg. Heft 3. Stuttgart, Weimar 2000.

73.Wagner, Karl: Herr und Knecht. Robert Walsers Roman „Der Gehülfe". Wien 1980.

74.Walser, Robert: Das Gesamtwerk. Hg. von Jochen Greven. Frankfurt a. M. 1985.

75.Walser, Robert: Das Gesamtwerk. Hg. von Jochen Greven. Genf und Hamburg 1972.

76.Walser, Robert: Geschwister Tanner. Hg. von Jochen Greven. Zürich / Frankfurt a. M. 1985 (Sämtliche Werke in Einzelbänden 9).

77.Walser, Robert: Der Gehülfe. Hg. von Jochen Greven. Zürich / Frankfurt a. M. 1985 (Sämtliche Werke in Einzelbänden 10).

78.Walser, Robert: Jakob von Gunten. Hg. von Jochen Greven. Zürich / Frankfurt a. M. 1985 (Sämtliche Werke in Einzelbänden 11).

79.Walser, Robert: Der Räuber. Hg. von Jochen Greven. Zürich / Frankfurt a. M. 1986 (Sämtliche Werke in Einzelbänden 12).

80.Weber, Hartmut: Die Außenseiter im anti-utopischen Roman. Frankfurt am Main 1979.

81.Wershoven, Carol: The Female Intruder in the Novels of Edith Wharton. Rutherford 1982.

82.Widmer, Urs: Der Dichter als Krimineller. Robert Walser im Nachlaß entdeckter Roman *Der Räuber*. In: Katharina Kerr (Hg): Über Robert Walser. Frankfurt a.M. 1978.

83.Wiswede, Günter: Rollentheorie. Stuttgart u.a. 1977.

84.Wolf, Eva: Der Schriftsteller im Querschnitt: Außenseiter der Gesellschaft um 1900? München 1978.

85.Zimmermann, Hans Dieter: Der babylonische Dolmetscher. Zu Frank Kafka und Robert Walser. Frankfurt a.M. 1985.

二、中文文献

86. 埃里希·弗洛姆：《逃避自由》，刘林海译，国际文化出版社 2000 年版。

87. 程殿梅：《流亡人生的边缘书写——多甫拉托夫小说研究》，中国社会科学出版社 2011 年版。

88. 戴维·波普诺：《社会学》，李强等译，中国人民大学出版社 2007 年版。

89. 丁水木：《社会角色论》，上海社会科学院出版社 1992 年版。

90. 段建军、陈然兴：《人，生存在边缘上——巴赫金边缘思想研究》，人民出版社 2008 年版。

91. 范捷平：《"班雅曼塔学校"的符号和象征意义辨考》，载《外国文学》2004 年第 5 期。

92. 范捷平：《论罗伯特·瓦尔泽的小说〈雅考伯·冯·贡腾〉的现代性》，载《外国文学研究》2003 年第 4 期。

93. 范捷平：《罗伯特·瓦尔泽与主体话语批评》，浙江大学出版社 2011 年版。

94. 范捷平：《荒芜的语言》，载《解放军外国语学院学报》2003 年第 4 期。

95. 《弗洛伊德文集》（第三卷），车文博译，长春出版社 1996 年版。

96. 郝琳：《唯美与纪实 性别与叙事——弗吉尼亚·伍尔夫创作研究》，科学出版社 2012 年版。

97. 杰克·D. 道格拉斯等：《越轨社会学》，张宁等译，河北人民出版社 1987 年版。

98. 黎正忠：《对国外新教工作伦理研究的述评与思考》，载《生产力研究》2005 年第 10 期。

99. 刘文杰：《国外社会学理论》，高等教育出版社 2006 年版。

100. 罗刚：《叙事学导论》，云南人民出版社 1994 年版。

101. 罗伯特·瓦尔泽：《散步》，范捷平译，上海译文出版社 2002 年版。

102. 马克斯·霍克海默、西奥多·阿多尔诺：《启蒙辩证法》，洪佩玉等译，重庆出版社 1993 年版。

103. 马克斯·韦伯：《新教伦理与资本主义精神》，康乐、简惠美译，广西师范大学出版社 2010 版。

104. 齐格蒙特·鲍曼：《工作、消费、新穷人》，仇子明、李兰译，吉林出版集团有限责任公司 2010 年版。

105. 申丹、王丽亚：《西方叙事学：经典与后经典》，北京大学出版社 2010 年版。

106. 陶东风：《文学的祛魅》，载《文艺争鸣》2006 年第 1 期。

107. 王凤才：《批判与重建——法兰克福学派文明论》，社会科学文献出版社 2004 年版。

108. 王建平：《西方日记小说的叙事策略》，载《辽宁师范大学学报》1997 年第 1 期。

109. 吴勇立：《青年穆齐尔创造思想研究》，复旦大学出版社 2010 年版。

110. 奚从清：《角色论——个人与社会的互动》，浙江大学出版社 2010 年版。

111. 叶廷芳：《现代艺术的探险者》，花城出版社 1986 年版。

112. 余建华、张登国：《国外"边缘人"研究略论》，载《哈尔滨工业大学学报》2006 年第 5 期。

113. 俞国良：《社会心理学》，北京师范大学出版社 2006 年版。

114. 曾艳兵：《卡夫卡研究》，商务印书馆 2009 年版。

115. 章海山、罗蔚主编：《伦理学引论》，高等教育出版社 2009 年版。

116. 张薇：《海明威小说的叙事艺术》，上海社会科学院出版社 2005 年版。

117. 赵宪章：《日记的形式诱惑及其第一人称权威》，载《江汉论坛》

2006 年第 3 期。

118. 朱力：《社会学原理》，社会科学文献出版社 2003 年版。

119. 祖国颂：《叙事的诗学》，安徽大学出版社 2003 年版。

文中缩写

GT: Geschwister Tanner（《唐纳兄妹》）

DG: Der Gehülfe（《助手》）

DR: Der Räuber（《强盗》）

AdB: Aus dem Bleistiftgebiet（《来自铅笔领域》）

GW: Das Gesamtwerk （《全集》）

《雅》：《雅考伯·冯·贡腾》

《散》：《散步》

《日》：《日记》逸稿